Über dieses Buch Die Mönche im Lama-Kloster von Schangri-La, im ›Tal aller heiligen Zeiten‹, halten ihre Gemeinschaft für die letzte Oase, in der die geistigen Schätze der Menschheit aufbewahrt und lebendig erhalten werden, geschützt vor Kriegen und Katastrophen und vor der Hast und den Zwängen der technischen Welt. Durch eine List wollen sie ihr einsames Kloster im Himalaya vor dem Aussterben bewahren und entführen mit Hilfe eines Flugzeugs eine kleine Gruppe von Engländern und Amerikanern in diesen entlegenen Winkel Tibets ...
James Hiltons berühmter Roman ›Der verlorene Horizont‹, gehört heute zu den klassischen utopischen Romanen. Er entwirft das Idealbild einer menschlichen Gesellschaft und liest sich spannend wie ein Kriminalroman. In den unsicheren Jahren zwischen den beiden Weltkriegen geschrieben, entspricht diese romantische Utopie dem Wunsch unzähliger Menschen nach Frieden und konfliktfreiem Zusammenleben und hat auch heute noch nichts von ihrer Anziehungskraft verloren.

Der Autor James Hilton wurde 1900 in Leigh/Lancashire, England, geboren und starb 1954 in Hollywood. Nach einem Studium in Cambridge lebte er als Journalist in London und ging später in die USA, um sich in Kalifornien niederzulassen. Er hatte schon einige Bücher geschrieben, als sein Roman ›Lost Horizon‹ ihn 1933 auf einen Schlag berühmt machte. Der Roman ist in mehreren Millionen Exemplaren auf der ganzen Welt verbreitet und wurde verfilmt mit Peter Finch, Liv Ullmann und Charles Boyer in den Hauptrollen.

James Hilton

Der verlorene Horizont

Roman

Aus dem Englischen von
Herberth E. Herlitschka

Fischer Taschenbuch Verlag

13.–22. Tausend: April 1992

Veröffentlicht im Fischer Taschenbuch Verlag GmbH,
Frankfurt am Main, Dezember 1991

Lizenzausgabe mit freundlicher Genehmigung des
Arche Verlags AG Raabe + Vitali, Zürich

Die englische Originalausgabe erschien 1933
unter dem Titel ›Lost Horizon‹
Umschlaggestaltung: Friederike Simmel
Druck und Bindung: Clausen & Bosse, Leck
Printed in Germany
ISBN 3-596-10916-7

Vorspiel

Unsere Zigarren waren fast zu Ende geraucht. Langsam beschlich uns die Enttäuschung, die alte Schulkameraden meistens befällt, wenn sie als Männer wieder zusammenkommen und entdecken, daß sie weniger miteinander gemein haben, als sie annahmen. Rutherford schrieb Romane, und Wyland war Gesandtschaftssekretär; er hatte uns soeben ein Abendessen in Tempelhof gegeben, nicht sehr freudig, wie mir vorkam, aber mit dem Gleichmut, den ein Diplomat für solche Gelegenheiten immer bereit haben muß. Wahrscheinlich hatte uns nur der Umstand, daß wir drei unverheiratete Engländer in einer fremden Hauptstadt waren, zusammengeführt. Ich war bereits zu dem Schluß gelangt, daß der leichte Anflug von Dünkelhaftigkeit, dessen ich mich bei Wyland entsann, mit den Jahren und durch den Viktoriaorden nicht geringer geworden war. Rutherford gefiel mir besser: er hatte sich ganz gut aus dem mageren, frühreifen Kind herausgemausert, das ich abwechselnd geschupst und beschützt hatte. Daß er wahrscheinlich viel mehr Geld verdiente und ein viel interessanteres Leben führte als wir beiden andern, verursachte Wyland und mir das einzige gemeinsame Gefühl – eine Spur von Neid. Dennoch war der Abend keineswegs langweilig. Wir hatten einen guten Ausblick auf die großen Lufthansamaschinen, die aus allen Teilen Mitteleuropas auf dem Flugplatz eintrafen; als es dunkel wurde und die Scheinwerfer aufflammten, nahm die Szene einen üppigen Theaterzauber an. Eins der Flugzeuge war britisch; sein Pilot kam, in voller Fliegerausrüstung, an unserm Tisch vorbei und grüßte Wyland, der ihn zunächst nicht erkannte. Dann aber folgten allseitige Vorstellungen, und der Fremde wurde aufgefordert, sich zu uns zu setzen. Er war ein angenehmer, munterer junger Mann namens Sanders. Wyland bemerkte entschuldigend, wie schwer es sei, Leute zu erkennen, wenn sie Fliegeranzüge und Fliegerhelme trügen, worauf Sanders lachend antwortete: »Ach, natürlich, ich weiß das sehr gut. Vergessen Sie nicht, ich war in Baskul.« Auch Wyland lachte, aber weniger ungezwungen, und dann nahm das Gespräch eine andre Wendung.

Sanders war ein sympathischer Zuwachs für unsre kleine Gesellschaft. Wir tranken alle ziemlich viel Bier. Etwa gegen zehn Uhr verließ uns Wyland für einen Augenblick, um mit jemand an einem Tisch in der Nähe zu sprechen, und Rutherford bemerkte in die plötzliche Gesprächspause hinein: »Sie haben vorhin Baskul erwähnt. Ich kenne den Ort ein wenig. Auf welches Ereignis dort spielten Sie an?«

Sanders lächelte etwas verlegen. »Ach, nur eine kleine Aufregung, die wir einmal hatten, als ich dort eingeteilt war.« Aber er war ein junger Mann, der nicht lange an sich halten konnte. »Die Sache war die: Ein Afghane oder ein Afridi oder sonst so ein Kerl ging mit einer unsrer Kisten durch, und nachher gab's ein höllisches Donnerwetter, wie Sie sich vorstellen können. Der unverschämteste Streich, der mir je unterkam. Der Gauner lauerte dem Piloten auf, schlug ihn nieder, stahl seine Ausrüstung und kletterte in den Führersitz, ohne daß eine Menschenseele etwas merkte. Gab überdies den Mechanikern die richtigen Zeichen und flog in großartigem Stil davon. Das Verdammte daran war, daß er nie zurückkam.«

Rutherfords Blick verriet Interesse. »Wann war das?« fragte er.

»Oh – muß ungefähr vor einem Jahr gewesen sein. Ja, im Mai 31. Wir evakuierten die Zivilbevölkerung aus Baskul nach Peschawar wegen des Aufstands – Sie erinnern sich vielleicht an die Geschichte. Es ging dort ein bißchen drunter und drüber, sonst hätte das Ganze wohl nicht geschehn können. Aber es geschah doch – und das zeigt wieder einmal, daß Kleider Leute machen, nicht?«

Rutherfords Interesse war noch immer nicht befriedigt. »Ich hätte gedacht, daß ihr bei einer solchen Gelegenheit mehr als einen einzigen Mann für jedes Flugzeug zur Verfügung hattet.«

»Hatten wir auch, für alle gewöhnlichen Truppentransportflugzeuge, aber das war eine Spezialmaschine, ursprünglich für irgendeinen Maharadscha gebaut – mit ganz besondern Ausrüstungskniffen. Die Leute vom Indischen Vermessungsamt hatten sie für Höhenflüge in Kaschmir benützt.«

»Und sie kam also nie nach Peschawar?«
»Nie, und landete nirgends, soviel wir in Erfahrung bringen konnten. Das war das Sonderbare daran. Natürlich, wenn der Kerl von irgendeinem Eingeborenenstamm war, wollte er vielleicht in die Berge fliegen und dann von den Passagieren Lösegeld erpressen. Sie kamen wohl alle irgendwie um. Es ist an der Grenze kein Mangel an Gelegenheiten zum Abstürzen, ohne daß man je etwas davon erfährt.«
»Ja, ich kenne solche Gegenden. Wie viele Passagiere waren es?«
»Vier, glaube ich. Drei Männer und eine Missionarin.«
»Hieß einer der Männer vielleicht Conway?«
Sanders machte ein überraschtes Gesicht. »Allerdings, das stimmt. ›Conway der Glorreiche‹ – kannten Sie ihn?«
»Wir waren auf derselben Schule«, sagte Rutherford, ein wenig verlegen, denn es war zwar wahr, aber die Bemerkung paßte nicht zu ihm, und er wußte das.
»Er war ein sehr feiner Kerl, nach allem zu urteilen, was er in Baskul leistete«, fuhr Sanders fort.
Rutherford nickte. »Ja, zweifellos ... aber es ist sehr merkwürdig ...« Seine Gedanken schienen eine Weile abzuschweifen, dann sammelte er sich und sagte: »Es stand nie in den Zeitungen, sonst hätte ich wohl etwas darüber lesen müssen. Wie kam das?«
Sanders war plötzlich sehr betreten und, wie mir schien, sogar nahe dem Erröten. »Ich fürchte«, erwiderte er, »ich habe anscheinend mehr verraten, als ich hätte sollen. Aber vielleicht macht es jetzt nichts mehr. Muß schon in jeder Messe alter Kohl sein, und erst recht in den Basaren. Es wurde vertuscht, wissen Sie, – ich meine die Art, wie es geschah. Hätte schlechten Eindruck gemacht. Die Leute von der Regierung ließen nur verlauten, daß eine ihrer Maschinen abgängig sei, und nannten die Namen. So was macht nicht gar so schrecklich viel Aufsehen bei Außenstehenden.«
In diesem Augenblick kam Wyland an unsern Tisch zurück, und Sanders sagte, sich fast entschuldigend, zu ihm: »Hören Sie, Wyland, Ihre Freunde hier redeten von Conway dem Glorreichen, und ich habe die Baskul-Geschichte

ausgeplaudert. Hoffentlich finden Sie nicht, daß das was schadet, wie?«
Wyland hüllte sich für einen Augenblick in strenges Schweigen. Es war klar, daß er die Höflichkeit Landsleuten gegenüber mit der Korrektheit des Beamten auszusöhnen suchte. Dann sagte er: »Ich kann mir nicht helfen, ich habe das Gefühl, daß man aus so etwas nicht einfach eine Anekdote machen darf. Ich dachte immer, ihr Fliegerleute seid auf Ehre verpflichtet, nicht aus der Schule zu schwatzen.« Nachdem er den jungen Mann so angeblasen hatte, wandte er sich bedeutend gnädiger an Rutherford: »Selbstverständlich ist in deinem Fall weiter nichts dabei, aber ich bin überzeugt, du siehst ein, daß man die Ereignisse oben an der Grenze manchmal in Geheimnisse gehüllt lassen muß.«
»Anderseits«, erwiderte Rutherford trocken, »juckt es einen ganz merkwürdig, die Wahrheit zu erfahren.«
»Sie wurde niemals verheimlicht, wenn jemand wirklich ein Recht hatte, sie zu erfahren. Das kann ich dir ganz bestimmt versichern, denn ich war damals in Peschawar. Kanntest du Conway gut – ich meine, seit der Schulzeit?«
»Nur ein wenig in Oxford und von ein paar zufälligen Begegnungen seither. Hast du ihn oft getroffen?«
»Als ich in Angora stationiert war, trafen wir einander ein paarmal.«
»Konntest du ihn gut leiden?«
»Ich fand ihn gescheit, aber ziemlich schlapp.«
Rutherford lächelte. »Er war sicherlich gescheit und kam an der Universität gradezu zum Staunen vorwärts – bis der Krieg ausbrach. Er war in der ersten Rudermannschaft, eine Leuchte im Debattierklub, vielfacher Preisträger und überdies wohl der beste Klavierspieler, den ich je außerhalb des Konzertsaals hörte. Erstaunlich vielseitig. Dieser Typ Mensch, in dem manche Leute den künftigen Premierminister gesehn hätten. Tatsächlich hörte man aber nach seiner Oxforder Zeit nicht mehr viel von ihm. Natürlich unterbrach der Krieg seine Laufbahn. Er war grade in dem Alter und hatte ihn, glaube ich, fast ganz mitgemacht.«
»Er wurde bei einer Sprengung verschüttet oder so etwas«, erwiderte Wyland, »aber nichts sehr Ernstes. Hat sich gar

nicht schlecht gehalten – bekam den Verdienstorden in Frankreich. Kehrte dann, glaube ich, für einige Zeit nach Oxford zurück – als eine Art Lektor. Ich weiß, daß er im Jahre 21 nach dem Osten ging. Er konnte orientalische Sprachen, dadurch bekam er das Ämtchen ohne die üblichen Präliminarien. Dann war er auf verschiedenen Posten.«
Rutherford lächelte noch breiter. »Ja, das erklärt natürlich alles. Die Geschichte wird nie enthüllen, wieviel glänzende Begabung an das tägliche Einerlei, Depeschen des Foreign Office zu entziffern und Kuchen beim Gesandtschaftstee herumzureichen, verschwendet wird.«
»Er war nicht im diplomatischen, sondern im Konsulardienst«, sagte Wyland von oben herab. Es war ersichtlich, daß er keinen Sinn für solche Neckereien hatte, und er erhob keinen Einspruch, als sich Rutherford nach einigem weitern Geplänkel dieser Art zum Abschied erhob. Es war auch schon spät geworden, und ich erklärte ebenfalls, gehn zu wollen. Wylands Miene drückte beim Abschiednehmen noch immer stumm leidende amtliche Würde aus, Sanders aber war sehr herzlich und sagte, er hoffe, uns gelegentlich wiederzusehn.
Ich mußte zu schauderhaft früher Morgenstunde einen transkontinentalen Zug erreichen, und als wir auf ein Taxi warteten, fragte mich Rutherford, ob ich vielleicht die Zwischenzeit in seinem Hotel verbringen wolle. In seinem Salon könnten wir bequem plaudern. Ich sagte bereitwilligst zu, und er antwortete: »Schön, dann können wir über Conway reden, wenn du Lust hast, – falls dir diese Geschichte nicht schon zum Hals herauswächst.«
Ich verneinte das lebhaft, mit dem Bemerken, daß ich Conway allerdings kaum gekannt hatte. »Er ging am Ende meines ersten Trimesters von der Schule ab, und nachher bin ich ihm nie wieder begegnet. Aber einmal war er mir außerordentlich behilflich: Ich war ein Neuer, und es bestand für ihn nicht der geringste Grund, für mich das zu tun, was er damals tat. Es war weiter nichts von Bedeutung, aber ich habe es nie vergessen.«
Rutherford stimmte mir bei. »Ja, auch ich hatte ihn sehr gern, obgleich auch ich überraschend wenig von ihm sah, wenn man's in Zeit ausrechnet.«

Während des etwas sonderbaren Schweigens, das nun folgte, wurde uns klar, daß wir beide an jemand dachten, der uns viel mehr bedeutet hatte, als einer so beiläufigen Bekanntschaft entsprach. Ich fand seither wiederholt, daß andre Leute, auch wenn sie Conway nur ganz förmlich und flüchtig kennengelernt hatten, ihn immer in lebhaftester Erinnerung behielten. Er war in seinen Jünglingsjahren zweifellos eine bemerkenswerte Erscheinung und ist mir, der ich ihn kennenlernte, als ich noch für Helden schwärmte, ganz deutlich in romantischer Erinnerung. Er war hochgewachsen und außerordentlich hübsch und zeichnete sich nicht nur in jedem Sport aus, sondern trug auch alle Schulpreise davon, die es zu erringen gab. Ein etwas rührseliger Schulleiter sprach einmal von seinen glorreichen Leistungen, und daher stammte Conways Spitzname. Vielleicht hätte einen andern dieses Spottwort erledigt. Einmal hielt er bei der Schulfeier eine Rede auf griechisch, wie ich mich erinnere, und war hervorragend bei den Theatervorstellungen. Conway hatte etwas von den Männern des sechzehnten Jahrhunderts: die mühelose Vielseitigkeit, das gute Aussehn, die blendende Vereinigung reger geistiger und körperlicher Betätigung. Unsre heutige Kultur züchtet nicht mehr oft solche Menschen. Ich sagte das Rutherford, und er antwortete: »Ja, das ist wahr, und wir haben ein besonders abfälliges Wort für solche Menschen – wir nennen sie Dilettanten. Ich vermute, manche Leute müssen Conway so genannt haben, Wyland zum Beispiel. Ich mag Wyland nicht sehr, ich kann diesen Typus nicht ausstehn: so geziert und von seiner eignen gewaltigen Bedeutung durchdrungen. Dabei im Denken ganz wie ein Oberlehrer – hast du's bemerkt? Diese kleinen Wendungen wie ›auf Ehre verpflichtet‹ und ›aus der Schule schwatzen‹ – als wäre das ganze Britische Reich die fünfte Klasse der St. Dominik-Schule. Na genug, ich falle ja immer über diese Sahibdiplomaten her!«
Wir fuhren schweigend ein paar Straßen weiter, dann setzte er fort: »Immerhin hätte ich diesen Abend nicht missen mögen. Es war ein eigenartiges Erlebnis für mich, Sanders von dieser Geschichte in Baskul erzählen zu hören. Weißt du, ich hatte sie nämlich schon vorher gehört und

nie wirklich daran geglaubt. Sie ist nur Teil einer noch viel phantastischeren Geschichte, die zu glauben ich überhaupt keinen Grund sah – oder doch nur einen einzigen, allerdings sehr schwachen Grund. Jetzt gibt es zwei sehr schwache Gründe, sie zu glauben. Du wirst wohl sicher bemerkt haben, daß ich kein besonders leichtgläubiger Mensch bin. Ich habe einen schönen Teil meines Lebens auf Reisen verbracht und weiß, daß es viele wunderliche Dinge auf der Welt gibt, – wenn man sie mit eigenen Augen sieht, heißt das, aber nicht gar so viele, wenn man nur aus zweiter Hand von ihnen erfährt. Trotzdem . . .«
Er schien plötzlich zu merken, daß ich seinen Worten nicht viel entnehmen konnte, und brach lachend ab. »Na, eins ist immerhin sicher: Wyland werde ich wohl nicht ins Vertrauen ziehn. Das wäre so, als wollte man ein Epos bei einem Witzblatt anbringen. Da versuche ich lieber mein Glück bei dir.«
»Ob du mich da nicht überschätzt?«
»Nach deinem Buch ist das nicht anzunehmen.«
Ich hatte mein fast rein fachwissenschaftliches Werk nicht erwähnt – Nervenheilkunde ist schließlich nicht jedermanns Sache – und war angenehm überrascht, daß Rutherford überhaupt davon gehört hatte. Ich sagte das auch.
»Tja, siehst du«, antwortete er, »es interessierte mich, denn Amnesie war auch Conways Leiden – zu einer bestimmten Zeit.«

Wir hatten das Hotel erreicht; er mußte den Zimmerschlüssel aus der Portierloge holen. Als wir in den fünften Stock hinauffuhren, sagte er: »Mit alledem habe ich nur auf den Busch geklopft. Tatsächlich ist Conway nicht tot, wenigstens lebte er vor ein paar Monaten noch.«
Eine Bemerkung dazu verbot sich wegen der Enge des Raums und der Kürze der Liftfahrt. Im Korridor, ein paar Sekunden später, entgegnete ich: »Bist du dessen sicher? Und woher weißt du es?«
Während er die Tür seines Zimmers aufschloß, antwortete er: »Weil ich im vergangenen November mit ihm auf einem japanischen Dampfer von Schanghai nach Honolulu fuhr.«
Er sprach erst wieder, als wir uns in Lehnstühlen nieder-

gelassen und mit Getränken und Zigarren versorgt hatten. »Ich war letzten Herbst in China, weißt du, — auf Ferien. Ich bummle immer so umher. Conway hatte ich seit Jahren nicht gesehn. Wir schrieben einander nie, und ich kann nicht behaupten, daß ich oft an ihn dachte, obzwar sein Gesicht eins der wenigen ist, die mir sogleich deutlich vor Augen stehn, sobald ich sie mir vorzustellen suche. Ich hatte einen Freund in Hankau besucht und kehrte mit dem Peking-Expreß zurück. Im Zug geriet ich ins Gespräch mit einer ganz reizenden Mutter Oberin irgendwelcher französischer Barmherziger Schwestern. Sie reiste nach Tschung-Kiang, wo ihr Kloster stand, und weil ich ein wenig Französisch konnte, schien sie gern mit mir über ihre Arbeit und ihren Wirkungskreis im allgemeinen zu plaudern. Tatsächlich habe ich für die übliche Missionstätigkeit nicht viel übrig, aber ich will gern zugeben, wie das heutzutage auch viele andre tun, daß die Römisch-Katholischen eine Klasse für sich sind, denn zumindest arbeiten sie angestrengt und gehaben sich nicht wie Feldwebel in einer Welt voller Rekruten. Übrigens gehört das nicht hierher. Worauf ich kommen will, das ist folgendes: Diese geistliche Schwester erzählte mir von dem Missionshospital in Tschung-Kiang und einem Fieberfall, der dort einige Wochen zuvor eingebracht worden war, einem Mann, den sie für einen Europäer hielt, obgleich er keine Angaben über sich machen konnte und keinerlei Papiere besaß. Er war wie die allerärmsten Eingeborenen gekleidet und zur Zeit seiner Aufnahme bei den Nonnen wirklich schwer krank. Er sprach fließend Chinesisch und recht gut Französisch; meine Reisegefährtin beteuerte mir, daß er die Nonnen, bevor er ihre Nationalität erkannte, auch, mit äußerst gebildeter Aussprache, auf englisch angeredet hatte. Ich sagte, ich könne mir ein solches Phänomen nicht vorstellen und neckte sie ein wenig damit, daß sie seine englische Aussprache äußerst gebildet finden konnte, ohne Englisch zu verstehn. Wir scherzten über das und anderes; zum Schluß lud sie mich ein, die Mission zu besuchen, falls ich je in die Gegend käme. Das hielt ich natürlich für so unwahrscheinlich wie, daß ich den Everest erstiege, und als der Zug in Tschung-Kiang einfuhr, verabschiedete ich mich von ihr mit aufrichtigem Bedauern, daß unsre zufällige Bekanntschaft schon zu Ende war. Es fügte sich aber, daß ich mich schon wenige Stunden später wieder in Tschung-Kiang befand. Nach ein paar Meilen hatte die Lokomotive einen Defekt bekommen und uns nur noch mit Mühe in den Bahnhof zurückschieben können, wo wir erfuhren, daß eine Ersatzlokomotive frühestens in zwölf Stunden eintreffen werde. Solche Dinge erlebt man oft genug auf chinesischen Eisenbahnen. Es gab also einen halben Tag in Tschung-Kiang zu überstehn – und das veranlaßte mich, die gute Mutter Oberin beim Wort zu nehmen und der Mission einen Besuch abzustatten.

Ich wurde herzlich, wenngleich ein wenig erstaunt willkommen geheißen. Ich vermute, ein Nichtkatholik begreift am schwersten die Leichtigkeit, mit der ein Katholik offizielle Strenge und inoffizielle Vorurteilslosigkeit verbinden kann. Klingt das zu verwickelt? Macht nichts. Jedenfalls waren diese Missionsleute ganz entzückende Gesellschafter. Ich war noch keine Stunde bei ihnen, da hatten sie mir schon eine Mahlzeit zubereiten lassen; ein junger christlicher chinesischer Arzt setzte sich mit mir zum Essen und unterhielt sich mit mir in einem lustigen Französisch-Englisch. Nachher führten er und die Mutter Oberin mich durch das ganze Hospital, auf das sie sehr stolz waren. Ich hatte ihnen erzählt, daß ich Schriftsteller sei, und sie waren einfältig genug, darüber erregt zu sein, daß sie vielleicht einmal alle in einem meiner Bücher vorkommen könnten. Wir gingen an den Betten vorüber, wobei der Arzt die Fälle erklärte. Das ganze Haus war makellos sauber und machte den Eindruck höchst sachgerechter Leitung. Ich hatte den geheimnisvollen Patienten mit der gebildeten englischen Aussprache völlig vergessen, bis mich die Mutter Oberin darauf aufmerksam machte, daß wir nun zu ihm kämen. Ich konnte nur den Hinterkopf des Mannes sehn, der offenbar schlief. Man schlug vor, ich solle ihn auf englisch anreden, und so sagte ich: ›Guten Nachmittag‹, denn das war das erste – nicht grade sehr Originelle – was mir einfiel. Der Mann sah plötzlich zu uns her und antwortete auf englisch: ›Guten Nachmittag‹. Es war wahr: seine Aussprache war die eines Gebildeten. Aber mir blieb gar nicht

Zeit zum Staunen, denn ich hatte ihn bereits erkannt, trotz seinem Bart und ganz veränderten Äußeren und der langen Zeit, die wir einander nicht gesehn hatten. Er war Conway, dessen war ich ganz gewiß. Und doch wäre ich bei einigem Nachdenken vielleicht zu dem Schluß gekommen, er könne es unmöglich sein. Glücklicherweise folgte ich einer augenblicklichen Eingebung. Ich rief meinen Namen und seinen eigenen, und obgleich er mich ohne ein bestimmtes Zeichen des Wiedererkennens ansah, war ich doch überzeugt, mich nicht geirrt zu haben. Dasselbe merkwürdige kleine Zucken der Gesichtsmuskeln, das ich seinerzeit an ihm beobachtet hatte, war da, und er hatte dieselben Augen, von denen wir im Balliol-College sagten, sie seien weit eher Cambridge- als Oxfordblau. Doch von alledem abgesehn, war er ein Mann, den man einfach nicht verwechseln konnte; wenn man ihn einmal gesehn hatte, mußte man ihn jederzeit wiedererkennen. Der Arzt und die Mutter Oberin gerieten natürlich in große Aufregung. Ich sagte ihnen, daß ich den Mann kenne, er sei Engländer und ein Freund von mir, und daß er mich nur deshalb nicht erkenne, weil er sein Gedächtnis völlig verloren haben müsse. Sie bejahten das ziemlich verdutzt, und wir berieten lange über den Fall. Sie hatten nicht einmal Vermutungen darüber, wie Conway in einem solchen Zustand nach Tschung-Kiang hatte gelangen können.
Kurz und gut, ich blieb länger als zwei Wochen dort und hoffte, Conway irgendwie so weit zu bringen, daß er sich wieder an etwas erinnerte. Damit hatte ich keinen Erfolg, aber er gewann seine körperlichen Kräfte wieder, und wir sprachen ziemlich viel miteinander. Als ich ihm ganz offen sagte, wer er sei und wer ich sei, war er fügsam genug, es nicht zu bestreiten. Er war sogar recht gut aufgelegt, aber auf eine etwas abwesende Art, und schien ganz froh zu sein, daß ich ihm Gesellschaft leistete. Auf meinen Vorschlag, ihn nach England heimzubringen, antwortete er einfach, daß er nichts dagegen habe. Dieser offenkundige Mangel jeglichen persönlichen Wunsches brachte einen etwas aus der Fassung. Sobald ich konnte, traf ich Anstalten für unsre Abreise. Ich zog einen Bekannten im Konsulat in Hankau ins Vertrauen, und so wurde der erfor-

derliche Paß ausgestellt und alles übrige erledigt, ohne die Plackereien, die es sonst vielleicht gegeben hätte. Ich war überhaupt der Meinung, daß um Conways willen die ganze Sache vor dem Bekanntwerden und fettgedruckten Zeitungsüberschriften bewahrt werden müsse, und kann mit Genugtuung sagen, daß mir das gelang. Die Sache wäre natürlich ein Fressen für die Presse gewesen.

Wir verließen China ohne Zwischenfälle, fuhren den Jangtse hinunter nach Nanking und dann mit der Bahn nach Schanghai. Ein japanischer Dampfer ging noch in derselben Nacht nach San Francisco ab; es war zwar für uns eine rechte Hetzjagd, aber wir gelangten doch rechtzeitig an Bord.«

»Du hast ungeheuer viel für ihn getan«, sagte ich.

Rutherford leugnete es nicht. »Für einen andern hätte ich wohl kaum so viel getan«, antwortete er, »aber es war etwas an Conway, seit jeher schon, — was, läßt sich schwer erklären, aber es bewirkte, daß man gern sein möglichstes tat.«

»Ja«, stimmte ich bei. »Er besaß einen eigenartigen Zauber, etwas Gewinnendes, an das ich mich auch heute mit Vergnügen erinnere, obgleich er mir noch immer als Schuljunge im weißflanellenen Cricketanzug vor Augen steht.«

»Schade, daß du ihn nicht in Oxford kanntest. Er war einfach blendend — es gibt kein andres Wort dafür. Nach dem Krieg sagten die Leute, er sei verändert. Ich selbst glaube auch, daß er es war. Aber ich kann mich des Gefühls nicht erwehren, daß er mit all seiner Begabung Größeres hätte leisten müssen, — das ganze ›königlich großbritannische‹ Zeug entspricht nicht grade meiner Vorstellung von der Laufbahn eines großen Mannes. Conway war groß — oder er hätte es sein sollen. Wir beide, du und ich, haben ihn gekannt, und es ist kaum Übertreibung, wenn ich sage: Es war ein Erlebnis, das wir nie vergessen werden. Sogar als ich im innersten China auf ihn stieß und sein Gedächtnis ein leerer Fleck, seine Vergangenheit ein Rätsel war, blieb noch immer diese wunderliche Anziehungskraft in ihm.«

Rutherford schwieg, in Erinnerung verloren, dann fuhr er fort: »Wie du dir vorstellen kannst, bauten wir unsre

Freundschaft auf dem Schiff von neuem auf. Ich erzählte ihm, soviel ich wußte, über ihn selbst, und er hörte mir mit einer Neugier zu, die fast ein wenig widersinnig scheinen konnte. Er erinnerte sich ganz deutlich an alles seit seiner Ankunft in Tschung-Kiang – und an noch etwas, was dich interessieren dürfte: Sprachen hatte er nicht vergessen. Er sagte mir zum Beispiel, er wisse, daß er etwas mit Indien zu tun gehabt haben müsse, weil er Hindostani sprechen könne.

In Yokohama füllte sich das Schiff. Unter den neuen Passagieren war Sieveking, der Pianist, unterwegs zu einer Konzertreise durch die Vereinigten Staaten. Im Speisesaal saß er mit uns an einem Tisch, und manchmal sprach er deutsch mit Conway. Das wird dir beweisen, wie normal Conway äußerlich war. Abgesehn von dem Verlust seines Gedächtnisses, der sich im gewöhnlichen Umgang nicht zeigte, erweckte nichts den Eindruck, daß etwas mit ihm nicht stimmte.

Ein paar Abende nach der Abreise von Japan wurde Sieveking gebeten, ein Konzert an Bord zu geben. Conway und ich wohnten ihm bei. Er spielte natürlich brillant – einiges von Brahms und Scarlatti und viel Chopin. Mehrmals blickte ich verstohlen auf Conway und glaubte zu erkennen, daß ihm das Ganze Freude machte, was mir in Anbetracht seiner eigenen musikalischen Vergangenheit nur ganz natürlich schien. Nach der eigentlichen Vortragsfolge verlängerte sich das Konzert durch eine Reihe von Zugaben, zu denen Sieveking sich einigen um den Flügel gedrängten Kunstbegeisterten zuliebe herbeiließ. Wieder spielte er hauptsächlich Chopin, dessen Musik gradezu sein Sondergebiet ist, mußt du wissen. Endlich stand er vom Klavier auf und ging zur Tür, noch immer von Bewunderern umschwärmt, aber offenbar mit dem Gefühl, genug für sie getan zu haben. Unterdessen ereignete sich etwas sehr Sonderbares. Conway hatte sich an die Tasten gesetzt und spielte ein lebhaftes Stück, das mir nicht bekannt war, aber Sieveking veranlaßte, sehr aufgeregt zurückzukommen und zu fragen, was es sei. Conway vermochte nach einem langen und recht befremdlichen Schweigen nur zu antworten, daß er es nicht wisse. Sieveking rief, das sei doch unmöglich und geriet in noch größere Aufregung. Conway machte dann, wie es schien, gewaltige körperliche und geistige Anstrengungen, um sich zu erinnern, und sagte endlich, das Stück sei eine Chopin-Etüde. Ich selbst glaubte das nicht und war also nicht überrascht, als Sieveking es entschieden bestritt. Conway jedoch geriet plötzlich in wahre Entrüstung darüber, was mich sehr verwunderte, denn bis dahin hatte er wenig Gemütsbewegung aus irgendwelchem Anlaß gezeigt. ›Mein lieber Freund‹, widersprach Sieveking, ›ich kenne alles von Chopin und kann Sie dessen versichern, daß er das, was Sie da spielten, nie geschrieben hat. Er hätte es ganz gut schreiben können, denn es ist durchaus in seinem Stil, aber er hat's eben nicht geschrieben. Ich wette, Sie können es mir in keiner Ausgabe gedruckt zeigen.‹ Worauf Conway endlich antwortete: ›Ach ja, ich erinnere mich schon — es erschien nie im Druck. Ich selbst kenne es nur durch eine Begegnung mit einem Mann, der ein Schüler Chopins war ... Hören Sie sich ein andres unveröffentlichtes Stück an, das ich von ihm lernte.‹« Rutherford bedeutete mir mit den Augen, ihn nicht zu unterbrechen und sprach weiter: »Ich weiß nicht, ob du Musiker bist, aber auch wenn du es nicht bist, wirst du wohl imstande sein, dir Sievekings Aufregung ein wenig vorzustellen, und auch die meine, als Conway weiterspielte. Für mich war es natürlich ein jäher und völlig unenträtselbarer Einblick in seine Vergangenheit, die erste Spur eines Schlüssels zu ihrem Verständnis. Sieveking war dagegen ganz von dem musikalischen Problem gefangengenommen — das verblüffend genug war, wie du begreifen wirst, wenn ich dich daran erinnere, daß Chopin 1849 starb.

Der ganze Vorfall war in gewissem Sinn unergründlich, und ich sollte daher vielleicht hinzufügen, daß wenigstens ein Dutzend Zeugen zugegen waren, unter ihnen ein Universitätsprofessor aus Kalifornien von einigem Ruf. Es ließ sich natürlich leicht einwenden, daß Conways Angabe geschichtlich unmöglich oder fast unmöglich sei, aber dann blieben immer noch die Musikstücke selbst zu erklären. Wenn sie nicht von Chopin waren, wie Conway behauptete, von wem waren sie denn? Sieveking beteuerte mir, wenn diese beiden Stücke veröffentlicht würden, stünden sie binnen sechs Wochen im Repertoire jedes Virtuosen. Selbst wenn das eine Übertreibung war, zeigt es doch, was Sieveking von ihnen hielt. Wir stritten damals viel hin und her, konnten aber zu keinem Ergebnis kommen, denn Conway blieb bei seiner Geschichte, und als er Ermüdung zu zeigen begann, dachte ich nur noch daran, ihn aus dem Gedränge weg und ins Bett zu bringen. Zuletzt handelte es sich noch darum, ob Grammophonaufnahmen von den Stücken gemacht werden könnten. Sieveking sagte, er werde alles Nötige veranlassen, sobald wir nach Amerika kämen, und Conway versprach, auch vor dem Mikrophon zu spielen. Meiner Ansicht nach war es in jeder Hinsicht jammerschade, daß er sein Versprechen nicht einhalten konnte.«

Rutherford warf einen Blick auf seine Uhr und beruhigte mich, ich hätte noch reichlich Zeit, meinen Zug zu erreichen; seine Geschichte sei fast zu Ende. »Denn in dieser Nacht – der Nacht nach dem Konzert – erwachte endlich Conways Gedächtnis. Wir waren beide zu Bett gegangen, und ich lag noch wach, als er in meine Kajüte kam und es mir sagte. Sein Gesicht war, ich kann es nicht anders beschreiben, wie in überwältigender Traurigkeit erstarrt, einer Art Weltschmerz – wenn du verstehst, was ich meine –, in einer fernen, unpersönlichen Wehmut. Er sagte, er könne sich nun alles ins Gedächtnis zurückrufen, es habe ihm einzufallen begonnen, während Sieveking spielte, wenn auch anfangs nur bruchstückhaft. Er saß lange auf dem Rand meines Bettes; ich ließ ihm Zeit, es mir auf seine Weise zu erzählen, und sagte nur, ich freute mich, daß sein Gedächtnis zurückgekehrt sei, würde es aber bedauern, wenn er schon jetzt wünschte, es wäre nicht der Fall gewesen. Da sah er auf und sagte etwas, das ich stets als ein unglaublich großes Kompliment betrachten werde. ›Gott sei Dank, Rutherford‹, sagte er, ›daß du Vorstellungsgabe besitzest.‹ Nach einer Weile zog ich mich an und überredete ihn, sich auch anzukleiden, und wir gingen auf dem Deck auf und ab. Die Nacht war windstill, sternklar und sehr warm, das Meer sah bleich und klebrig aus wie Kondensmilch. Wäre die Erschütterung durch die stampfenden Maschinen nicht gewesen, man hätte glauben können, auf einer Esplanade spazieren zu gehn. Ich ließ Conway anfangs ruhig sprechen, ohne Fragen zu stellen. Gegen Morgen begann er zusammenhängend zu erzählen, und es war hoher Vormittag mit heißem Sonnenschein, als er zu Ende war. Zu Ende – damit meine ich nicht, daß es nach diesem ersten Geständnis nichts mehr zu erzählen gab. Er ergänzte während der nächsten vierundzwanzig Stunden noch recht viele Lücken. Er fühlte sich tief unglücklich und hätte ohnehin nicht schlafen können, also verplauderten wir fast die ganze Zeit. Mitte der nächsten Nacht sollte das Schiff in Honolulu landen. Abends nahmen wir noch ein paar Drinks in meiner Kajüte. Um ungefähr zehn Uhr verließ er mich, und ich sah ihn nie wieder.«

»Du willst doch nicht sagen –« Ich mußte an einen wohlüberlegten, in aller Ruhe ausgeführten Selbstmord denken, dessen Zeuge ich einmal auf dem Postdampfer Holyhead-Kingstown wurde.

Rutherford lachte. »Ach Gott, nein – er war nicht von der Art. Er entwischte mir nur. Man konnte ganz leicht an Land gelangen, aber es muß ihm schwer gefallen sein, unauffindbar zu bleiben, als ich Leute hinter ihm her hetzte, was ich natürlich tat. Später erfuhr ich, daß es ihm gelungen war, unter die Bemannung eines Bananenschiffs zu kommen, das südwärts fuhr, nach Fidschi.«

»Wie hast du das erfahren?«

»Auf ganz geradem Weg. Er schrieb mir drei Monate später aus Bangkok und schloß einen Scheck bei für die Auslagen, die ich seinetwegen gehabt hatte. Er dankte mir und berichtete, daß er sich völlig wohl befinde. Am Schluß schrieb er, daß er soeben zu einer langen Reise aufbreche – nach dem Nordwesten. Das war alles.«

»Was meinte er damit? Wohin?«

»Ja, es klingt recht unbestimmt, nicht wahr? Nordwestlich von Bangkok muß es eine ganze Menge Orte geben. Sogar Berlin liegt nordwestlich davon, wenn man's genau nimmt.«

Rutherford machte eine Pause und füllte unsre Gläser nach. Es war eine wunderliche Geschichte gewesen, zumindest hatte sie aus seinem Munde so geklungen; ich wußte nicht recht, was zutraf. Der musikalische Teil, obgleich höchst rätselhaft, interessierte mich weniger als das geheimnisvolle Auftauchen Conways in jenem chinesischen Missionshospital. Das sagte ich Rutherford, und er antwortete, beides seien Teile ein und desselben Problems.

»Schön, aber wie kam er nun eigentlich nach Tschung-Kiang? Vermutlich erzählte er dir doch auch das alles in jener Nacht auf dem Schiff?«

»Einiges. Es wäre lächerlich von mir, nachdem ich dich so viel wissen ließ, den Rest geheimzuhalten. Nun ist es vor allem eine längliche Geschichte, die ich dir nicht einmal in Umrissen erzählen könnte, ohne daß du deinen Zug versäumst. Es gibt aber einen viel bequemeren Weg. Ich bin ein wenig mißtrauisch, wenn es gilt, die Kniffe meines lichtscheuen Gewerbes zu enthüllen. Aber die Wahrheit ist, daß mich Conways Geschichte bei späterem Nachdenken unerhört anzog. Anfangs, nach unsern verschiedenen Gesprächen auf dem Schiff, hatte ich mir nur ganz kurze Aufzeichnungen gemacht, um nicht Einzelheiten zu vergessen. Später, als gewisse Gesichtspunkte der Sache mich zu fesseln begannen, fühlte ich mich gedrängt, doch etwas mehr zu tun und aus den Bruchstücken meiner Notizen und meiner Erinnerungen eine zusammenhängende Erzählung zu formen. Das soll nicht heißen, daß ich irgend etwas erfand oder abänderte. Was Conway mir erzählte, ist Material genug – er war ein guter Erzähler und besaß eine natürliche Gabe, dem Hörer die Stimmung des Augenblicks zu vermitteln. Auch fühlte ich vermutlich, daß ich den Mann selbst zu verstehn begann.« Er ging zu einer kleinen Handtasche und nahm ein maschinegeschriebenes Manuskriptbündel heraus. »Na, da hast du die Geschichte jedenfalls, du kannst daraus entnehmen, was du willst.«

»Was wohl heißen soll: Du erwartest von mir nicht, daß ich sie glaube?«

»Oh, es sollte keineswegs eine so ausgesprochene Warnung sein. Aber vergiß nicht: Wenn du es glaubst, dann wirst du es aus Tertullians berühmtem Grund tun – du erinnerst dich doch? – *quia impossibile est.* Vielleicht gar kein so schlechter Grund. Laß mich jedenfalls hören, was du davon hältst.« Ich nahm das Manuskript mit, las den größten Teil davon im Ostende-Expreß und beabsichtigte, es mit einem langen Brief zurückzusenden, sobald ich nach England käme. Aber es traten Verzögerungen ein, und bevor ich es noch zur Post geben konnte, erhielt ich eine kurze Mitteilung von Rutherford, daß er sich wieder auf eine seiner Wanderfahrten begebe und für etliche Monate keine ständige Anschrift haben werde. Er gehe nach Kaschmir, schrieb er, und von dort »nach Osten«. Das überraschte mich nicht.

Erstes Kapitel

Während jener dritten Maiwoche hatte sich die Lage in Baskul bedrohlich verschlimmert, und am 20. trafen weisungsgemäß aus Peschawar Flugzeuge des Luftgeschwaders ein, um die Europäer zu evakuieren. Deren waren ungefähr achtzig, und die meisten wurden heil und sicher in Truppentransportflugzeugen über das Gebirge gebracht. Auch andre Maschinen verschiedener Bauart wurden verwendet, darunter ein Kajütenflugzeug, das der Maharadscha von Tschandapur geliehen hatte. Etwa um zehn Uhr Vormittag bestiegen es vier Passagiere: Miss Roberta Brinklow von der Fernost-Mission, Henry D. Barnard, amerikanischer Staatsbürger, Captain Hugh Conway, königlich britischer Konsul, und Charles Mallison, königlich britischer Vizekonsul.

Dies die Namen, wie sie später in indischen und englischen Zeitungen erschienen.

Conway war siebenunddreißig. In Baskul hatte er zwei Jahre lang einen Posten bekleidet, der, im Licht der Ereignisse besehn, als nichts andres erscheint denn ein hartnäckig wiederholter Einsatz auf das falsche Pferd. Ein Abschnitt seines Lebens war zu Ende. In einigen Wochen oder vielleicht nach ein paar Monaten Urlaub in England würde er anderswo hingesandt werden: nach Tokio oder Teheran, Manila oder Maskat; Menschen seines Berufs wissen ja nie, was kommt. Er hatte zehn Jahre im Konsulardienst gestanden, lange genug, um seine eigenen Aussichten ebenso klug abschätzen zu können wie die andrer Leute. Er wußte, daß die Rosinen im Kuchen nicht für ihn bestimmt waren, aber es war ein ehrlicher Trost und waren nicht nur saure Trauben, wenn er sich sagte, daß Rosinen nicht sein Geschmack seien. Er zog die weniger förmlichen, dafür aber malerischen Posten vor, die zu haben waren, und da das fast nie gute Pöstchen waren, schien er andern zweifellos ein herzlich schlechter Kartenspieler zu sein, während er die Karten, nach seinem Geschmack, gar nicht übel ausgespielt zu haben glaubte; er hatte ein abwechslungsreiches und nicht unerfreuliches Jahrzehnt verlebt.

Conway war hochgewachsen, dunkelgebräunt, mit kurzgeschorenem braunem Haar und schieferblauen Augen. Er neigte dazu, streng und grüblerisch dreinzusehn, bis er lachte, und dann — aber das war selten — sah er jungenhaft aus. Nahe seinem linken Auge saß ein leichtes nervöses Zukken, meist bemerkbar, wenn er zu angestrengt arbeitete oder zu viel trank. Und da er einen ganzen Tag und eine ganze Nacht vor der Evakuierung Schriftstücke verpackt und vernichtet hatte, war dieses Zucken sehr auffällig, als er das Flugzeug bestieg. Er war erschöpft und überfroh, daß er in dem luxuriösen Eindecker des Maharadschas Platz gefunden hatte, statt in einem der überfüllten Truppentransportflugzeuge. Genießerisch rekelte er sich in dem Korbsitz, während das Flugzeug höher stieg. Er gehörte zu den Menschen, die sozusagen als Entschädigung für die großen Strapazen, an die sie gewöhnt sind, kleine Annehmlichkeiten erwarten. Die Unbill der Straße nach Samarkand etwa konnte er gutgelaunt ertragen, aber von London nach Paris seine letzte Zehnpfundnote für einen Platz im »Goldenen Pfeil« ausgeben.

Sie waren schon über eine Stunde geflogen, als Mallison sagte, er glaube, der Pilot halte keinen geraden Kurs. Mallison, der ganz vorn saß, war ein junger Mensch Mitte Zwanzig, mit rosigen Wangen, intelligent, ohne ein Intellektueller zu sein, mit allen Beschränkungen, aber auch allen Vorzügen englischer Internatserziehung. Eine nicht bestandene Prüfung war der Hauptgrund, daß er nach Baskul gesandt wurde, wo Conway sechs Monate viel mit ihm beisammen gewesen war und begonnen hatte, ihn gernzuhaben.

Aber Conway hatte keine Lust zu der Anstrengung, die ein Gespräch im Flugzeug erfordert. Schläfrig öffnete er die Augen und erwiderte, der Pilot werde wohl am besten wissen, welchen Kurs er einzuhalten habe.

Eine halbe Stunde später, als Müdigkeit und das Dröhnen des Motors ihn fast in Schlaf gelullt hatten, störte ihn Mallison abermals. »Hören Sie, Conway, ich dachte, Fenner führt unser Flugzeug?«

»Na, tut er das nicht?«

»Der Mann wandte soeben den Kopf, und ich könnte schwören, daß es nicht Fenner ist.«
»Läßt sich durch die Glaswand schwer feststellen.«
»Fenners Gesicht erkenne ich überall.«
»Tja, dann muß es wohl ein andrer sein. Das macht doch keinen Unterschied.«
»Aber Fenner sagte mir, daß diese Maschine ganz bestimmt er lenken werde.«
»Es wird eben eine Änderung getroffen und ihm eine andre gegeben worden sein.«
»Wer ist dann der Mann vorn?«
»Mein lieber Junge, woher soll ich das wissen? Sie glauben doch nicht, daß ich mir das Gesicht eines jeden Fliegerleutnants merke?«
»Ich kenne jedenfalls eine ganze Menge, aber diesen Menschen da nicht.«
»Dann muß er eben zu der winzigen Minderheit gehören, die Sie nicht kennen«, lächelte Conway. »Wir werden ja bald in Peschawar sein, da können Sie seine Bekanntschaft machen und ihn über ihn selbst ausfragen.«
»Auf diese Art werden wir überhaupt nicht nach Peschawar kommen. Der Mann ist ganz von seinem Kurs abgewichen, und das überrascht mich auch nicht – er fliegt so verdammt hoch, daß er nicht sehn kann, wo er ist.«
Conway kümmerte sich nicht weiter darum. Er war Luftreisen gewöhnt und nahm alle diese Dinge für gegeben. Überdies gab es für ihn in Peschawar nichts Dringendes zu tun und niemand Nennenswerten zu besuchen, also war es ihm ganz gleichgültig, ob die Reise vier oder sechs Stunden dauerte. Er war unverheiratet, keine zärtliche Begrüßung erwartete ihn bei der Ankunft. Er hatte Freunde dort, und ein paar von ihnen nahmen ihn dann wohl in den Klub auf einige Drinks mit; das war eine ganz angenehme Aussicht, aber nicht grade eine, nach der man im Vorgefühl seufzte.
Auch der Rückblick auf das ebenso angenehme, aber nicht ganz befriedigende vergangene Jahrzehnt entlockte ihm keinen Seufzer. Veränderlich; dazwischen Schönwetterperioden; im großen und ganzen recht unverläßlich. So faßte er meteorologisch seine eigene Lage und die der ganzen Welt während dieser Zeit zusammen. Er dachte an

Baskul, Peking, Makao und die andern Städte – er hatte seinen Aufenthalt hübsch oft gewechselt. Am allerfernsten lag Oxford, wo er nach dem Krieg zwei Jahre Lektor gewesen war, über Geschichte des Orients gelesen, in sonnigen Bibliotheksräumen Staub geatmet und sein Fahrrad durch die Straßen gelenkt hatte. Dieser Rückblick zog ihn an, ohne ihn zu erregen. In gewissem Sinn fühlte er sich noch immer als Teil von alledem, was er hätte sein können.

Ein wohlbekannter Ruck in den Eingeweiden sagte ihm, daß das Flugzeug tiefer zu gehn begann. Er fühlte sich versucht, Mallison wegen seiner Besorgnis aufzuziehn, und hätte es vielleicht getan, wenn der junge Mann nicht plötzlich aufgesprungen wäre, daß er mit dem Kopf gegen die Decke stieß, und Barnard, den Amerikaner, geweckt hätte, der in seinem Sitz auf der andern Seite des schmalen Mittelganges döste. »Um Himmels willen«, rief Mallison, durch das Fenster blickend, »sehen Sie da hinunter!«

Conway sah hinunter. Der Anblick war keinesfalls der erwartete – falls er überhaupt etwas erwartet hatte. Statt der säuberlich geometrisch angelegten Baracken und der größeren Rechtecke der Hangars war nichts zu sehn als trüber Dunst, der eine ungeheure sonnigbraune Einöde verschleierte. Das Flugzeug sank zwar mit großer Geschwindigkeit, befand sich aber noch immer in einer für gewöhnliche Flüge außerordentlichen Höhe. Lange, zackige Bergketten wurden wahrnehmbar, fast zwei Kilometer näher als die wolkigen Kleckse der Täler: die unverkennbare Grenzlandschaft, obgleich Conway sie nie zuvor aus solcher Höhe gesehn hatte. Es fiel ihm auf, daß diese Gegend, soweit er sich erinnerte, nirgends in der Nähe von Peschawar sein konnte. »Diesen Teil der Welt kenne ich nicht«, bemerkte er und dann flüsterte er leiser, um die andern nicht zu beunruhigen, Mallison ins Ohr: »Sieht aus, als hätten Sie recht –, der Mann hat sich verflogen.«

Das Flugzeug sauste mit gewaltiger Geschwindigkeit abwärts. Die Luft wurde immer heißer; die versengte Erde unten war wie ein Backofen, dessen Tür plötzlich geöffnet wird. Eine Bergspitze nach der andern erhob sich in zackigem Schattenriß über den Horizont. Der Flug ging nun längs eines gewundenen Tals, dessen Boden mit Felsblökken und dem Geröll ausgetrockneter Wasserläufe bedeckt war. Es glich einem mit Nußschalen bestreuten Fußboden. Das Flugzeug schwankte und rüttelte, wenn es in Luftlöcher geriet, so unangenehm wie ein Ruderboot bei Wogengang. Alle vier Passagiere mußten sich an den Sitzen festhalten.

»Mir scheint, er will landen«, rief der Amerikaner heiser.

»Kann er nicht!« gab Mallison zurück. »Wenn er das versucht, ist er einfach verrückt! Er wird abstürzen, und dann — «

Aber der Pilot landete doch. Eine kleine freie Fläche öffnete sich neben einer Schlucht, und mit beträchtlicher Geschicklichkeit wurde die Maschine dort zum Stillstand gebracht. Aber was danach geschah, war noch verwunderlicher und beunruhigender. Ein Schwarm bärtiger, beturbanter Eingeborener kam von allen Seiten herbei, umzingelte das Flugzeug und verhinderte, daß irgendwer außer dem Piloten ausstieg. Der kletterte aus dem Sitz auf die Erde und begann ein erregtes Gespräch mit ihnen; es wurde klar, daß er jedenfalls nicht Fenner, ja nicht einmal Engländer und wahrscheinlich überhaupt kein Europäer war. Inzwischen wurden aus einer nahen Hütte Benzinkannen herbeigeschleppt und in die außergewöhnlich geräumigen Tanks gefüllt. Die Rufe der vier eingeschlossenen Passagiere wurden nur mit Grinsen und schweigender Nichtbeachtung beantwortet, während der leiseste Versuch auszusteigen ein Dutzend Gewehre in drohende Bewegung brachte. Conway, der ein wenig Puschtu konnte, redete auf die Männer, so gut er es vermochte, in dieser Sprache ein, aber ohne Erfolg, während der Pilot alle Bemerkungen, die in irgendeiner Sprache an ihn gerichtet wurden, nur mit einem vielsagenden Schwenken seines Revolvers erwiderte. Die Mittagssonne, die auf das Dach brannte, erhitzte die Luft in der Kabine, bis die Insassen infolge der Hitze und der Anstrengung ihrer Proteste einer Ohnmacht nahe waren. Sie waren völlig machtlos. Eine der Bedingungen der Evakuierung war gewesen, daß sie keine Waffen tragen durften.

Als die Tanks endlich wieder zugeschraubt waren, wurde eine Benzinkanne mit fast lauwarmem Wasser durch ein

Kabinenfenster gereicht. Fragen wurden nicht beantwortet, obgleich die Männer nicht den Eindruck der Feindseligkeit machten. Nach weiteren Wechselreden kletterte der Pilot in den Führersitz zurück, ein Pathan drehte ungeschickt den Propeller, und der Flug ging weiter. Der Abflug auf dem beschränkten Raum und mit der Extraladung Benzin wurde noch geschickter durchgeführt als die Landung. Das Flugzeug erhob sich hoch in die Dunstschleier und wandte sich dann nach Osten, als schlüge es einen bestimmten Kurs ein. Es war nun Nachmittag.

Eine ungewöhnliche und beunruhigende Sache. Die Passagiere vermochten, während die kühlere Luft sie ein wenig erfrischte, kaum zu glauben, daß sie sich wirklich ereignet hatte. Es war eine Ungeheuerlichkeit ohnegleichen; keiner konnte sich an einen ähnlichen Übergriff in der ganzen Geschichte der Grenzwirren erinnern. Sie hätten es einfach nicht geglaubt, wären nicht sie selbst die Opfer gewesen. Es war ganz natürlich, daß auf diese Ungläubigkeit zunächst höchste Entrüstung folgte und erst, als diese sich erschöpft hatte, ängstliches Vermuten. Mallison entwikkelte dann eine Ansicht, die sie in Ermangelung einer andern am annehmbarsten fanden: sie wurden entführt, damit Lösegeld von ihnen erpreßt werden konnte. Dergleichen war an sich nichts Neues. Aber die Art, wie es hier geschah, mußte man immerhin als originell bezeichnen. Es war ein gewisser Trost, daß sie nicht etwas ganz Unerhörtes erlebten, denn solcher Menschenraub war schließlich schon früher vorgekommen und meist ganz gut ausgegangen. Die Eingeborenen hielten einen in irgendeinem Versteck in den Bergen verborgen, bis die Regierung zahlte, dann wurde man wieder freigelassen. Die Behandlung war ganz anständig, und da das erpreßte Geld nicht aus der eigenen Tasche kam, war die Sache nur unangenehm, solange sie währte. Nachher natürlich sandten die Behörden ein Geschwader von Bombenflugzeugen, und man konnte für den Rest seines Lebens eine gute Geschichte erzählen. Mallison war ein wenig nervös, als er diese Vermutungen aussprach, aber Barnard, der Amerikaner, gefiel sich in etwas schwerfälligem Humor. »Nun, meine Herren, da hat jemand eine sehr gescheite Idee gehabt, gewiß, gewiß, aber es macht mir nicht grade den Eindruck, als hätte sich Ihre Luftflotte mit Ruhm bedeckt. Ihr Briten macht Witze über die Überfälle in Chicago und so weiter, aber ich kann mich nicht erinnern, daß ein Gangster je mit einem staatlichen Flugzeug durchgebrannt wäre. Übrigens möchte ich gern wissen, was dieser Kerl mit dem wirklichen Piloten angestellt hat. Wird ihm wohl eins über den Kopf gegeben haben, schätze ich.« Barnard gähnte. Er war ein breitschultriger, muskulöser Mann mit einem hartgeschnittenen Gesicht, in dem die gutmütigen Fältchen nicht ganz von pessimistischen Säcken unter den Augen verdrängt wurden. Niemand in Baskul hatte Näheres über ihn gewußt, als daß er aus Persien gekommen war, wo er vermutlich irgend etwas mit Erdöl zu tun gehabt hatte.

Conway beschäftigte sich inzwischen mit einer sehr praktischen Aufgabe. Er hatte jedes Stückchen Papier, das sie bei sich trugen, gesammelt und schrieb darauf Nachrichten in verschiedenen Eingeborenensprachen, um sie von Zeit zu Zeit auf die Erde fallenzulassen. Es war eine sehr geringe Aussicht in einer so spärlich bewohnten Gegend, aber immerhin des Versuchs wert.

Miß Brinklow, der vierte Passagier, saß mit zusammengepreßten Lippen steif da; sie machte wenig Bemerkungen und klagte nicht. Sie war eine kleine, ziemlich lederne Person, mit einer Miene, als müßte sie an einer Gesellschaft teilnehmen, in der Dinge vorgingen, die sie nicht ganz billigen konnte. Conway hatte weniger gesprochen als die beiden andern Männer, denn SOS-Botschaften in verschiedene Dialekte zu übersetzen, war eine Kopfarbeit, die Konzentration erforderte. Er hatte jedoch auf Fragen geantwortet und vorläufig beigestimmt, daß Mallison mit seiner Theorie von Entführung und Lösegeld wohl recht haben könne. Er hatte auch in gewissem Maß Barnards Ausfällen gegen die Luftflotte beigepflichtet. »Man kann sich allerdings ausmalen, wie das Ganze geschehn ist. Bei dem Durcheinander, das dort herrschte, sah im Fliegeranzug wohl ein Mann genau so aus wie ein andrer. Niemand wäre es eingefallen, einen Mann zu verdächtigen, der die richtige Uniform trug und sich auf seine Arbeit zu verstehn schien. Und dieser Kerl muß sich darauf verstehn — die Signale, die er gab, und so weiter, beweisen das. Es ist auch ziemlich klar, daß er sich aufs Fliegen versteht ... Immerhin gebe ich zu, daß irgendwem für einen solchen Vorfall ein tüchtiger Rüffel gebührt. Und irgendwer wird ihn bestimmt auch kriegen, aber wahrscheinlich nicht der, der ihn verdient.«

»Herr, ich muß sagen«, erwiderte Barnard, »ich bewundere wirklich die Art, wie Sie beide Seiten des Falls zu sehn vermögen. Das ist zweifellos die richtigste Art, ihn zu nehmen, auch wenn man wider Willen geflogen wird.«

Amerikaner — überlegte Conway — haben die eigene Gabe, gönnerhafte Dinge zu sagen, ohne beleidigend zu wirken. Er lächelte nachsichtig, setzte aber das Gespräch nicht fort. Seine Müdigkeit war so gewaltig, daß selbst die größte drohende Gefahr sie nicht hätte verscheuchen können. Als Barnard und Mallison, die über irgend etwas nicht einig werden konnten, sich am Spätnachmittag um eine Entscheidung an ihn wandten, ergab es sich, daß er eingeschlafen war.

»Total fertig«, bemerkte Mallison hierzu. »Wundert mich auch gar nicht, nach diesen letzten paar Wochen.«

»Sie sind sein Freund?« fragte Barnard.

»Ich habe mit ihm im Konsulat gearbeitet. Ich weiß zufällig, daß er die letzten vier Nächte nicht ins Bett gekommen ist. Wir können wirklich von großem Glück sagen, daß er in einer solchen Klemme bei uns ist. Abgesehn davon, daß er die Sprachen kennt, hat er so eine eigene Art, Menschen zu behandeln. Wenn irgendwer uns aus dieser Patsche herausbringen kann, dann ist's er. Conway behält fast immer kühlen Kopf.«

»Na, dann lassen Sie ihn lieber schlafen«, meinte Barnard.

Miß Brinklow machte eine ihrer spärlichen Bemerkungen. »Ich finde, er sieht aus wie ein sehr tapferer Mann«, sagte sie.

Conway war keineswegs so überzeugt, daß er ein sehr tapferer Mann sei. Aus rein körperlicher Müdigkeit hatte er die Augen geschlossen, ohne aber wirklich zu schlafen.

Er konnte jede Bewegung des Flugzeugs wahrnehmen, und er hörte auch, mit gemischten Gefühlen, die Lobrede Mallisons auf ihn. Denn jetzt begannen auch ihm Zweifel zu kommen; er kannte dieses krampfige Gefühl im Magen, mit dem er regelmäßig auf einen beunruhigenden Überblick über irgendeine Lage reagierte. Er gehörte, wie er aus Erfahrung wußte, nicht zu den Leuten, die Gefahr um der Gefahr willen lieben. In einem gewissen Sinn erfreute er sich manchmal an Gefahr — als einer Aufregung und wegen ihrer läuternden Wirkung auf ein träges Gemüt, aber er war weit davon, sein Leben gern aufs Spiel zu setzen. Zwölf Jahre früher hatte er die Gefahren der Schützengräben in Frankreich hassen gelernt und war mehrmals dem Tod entgangen, weil er es abgelehnt hatte, unmögliche Heldenstücke zu versuchen. Sogar seinen Verdienstorden hatte er sich nicht so sehr durch blindes Draufgängertum als durch eine gewisse, kaum entwickelte Technik des Ausharrens erworben. Und seit dem Krieg war er, wo immer es Gefahren gab, ihnen mit wachsendem Mißbehagen entgegengetreten, wenn sie nicht ganz übermäßige Ausbeute an Nervenkitzel verhießen.

Er hielt die Augen immer noch geschlossen. Mallisons Worte hatten ihn gerührt und ein wenig verzagt gemacht. Es war sein Los im Leben, daß sein Gleichmut immer für Mut gehalten wurde, während er in Wirklichkeit etwas weit Leidenschaftsloseres und viel weniger Männliches war. Sie waren alle in einer verdammt unangenehmen Lage, wie ihm schien, und er fühlte alles eher als mutige Entschlossenheit in sich, sondern empfand einen ungeheuern Widerwillen gegen das Unangenehme, das ihnen bevorstehn mochte. Da war zum Beispiel Miß Brinklow. Er sah voraus, daß er in gewissen Lagen so werde handeln müssen, als wäre sie, weil sie eine Frau war, viel wichtiger als er und die beiden andern zusammen, und er scheute eine Situation, die ein so sinnwidriges Verhalten vielleicht unvermeidbar machen würde.

Dennoch richtete er, als er wieder Zeichen von Wachsein gab, das Wort zuerst an Miß Brinklow. Er gewahrte, daß sie weder jung noch hübsch war, — negative Vorzüge, aber äußerst nützlich in solchen Schwierigkeiten, wie sie sie vielleicht bald zu bestehn hätten. Sie tat ihm auch leid, weil er vermutete, daß weder Mallison noch der Amerikaner Missionare leiden mochten, am allerwenigsten weibliche. Er selbst war unvoreingenommen, fürchtete aber, daß sie seine Unvoreingenommenheit noch weniger gewohnt wäre und daher entmutigender fände. »Wir sind, so scheint es, in einer sonderbaren Patsche«, sagte er, sich zu ihrem Ohr vorneigend, »aber ich bin froh, daß Sie es so ruhig hinnehmen. Ich glaube wirklich nicht, daß uns etwas Schreckliches widerfahren wird.«

»Sicher nicht, solange Sie es verhindern können«, antwortete sie, und das tröstete ihn gar nicht.

»Sie müssen es mich wissen lassen, wenn ich es Ihnen irgendwie behaglicher machen kann.«

Barnard fing das Wort auf. »Behaglich«, echote er rauh, »aber natürlich haben wir's behaglich. Wir genießen unsern Ausflug mächtig. Schade, daß wir keine Spielkarten haben, – wir wären grade vier zum Bridge.« Conway war die gute Laune, mit der diese Bemerkung gemacht wurde, willkommen, obgleich er kein Freund des Bridgespiels war. »Miß Brinklow spielt wohl nicht, wie?« sagte er lächelnd. Aber die Missionarin wandte sich lebhaft herum: »Doch, ich spiele, und ich konnte auch nie etwas Schlechtes am Kartenspiel sehn. In der Bibel steht nichts dagegen.«

Alle lachten und schienen ihr dankbar, daß sie ihnen Anlaß zum Lachen gegeben hatte. Jedenfalls ist sie nicht hysterisch, dachte Conway.

Den ganzen Nachmittag war das Flugzeug durch die dünnen Dunstschleier der höheren Luftschichten gejagt, viel zu hoch, um eine klare Sicht zu ermöglichen. Manchmal, in großen Abständen, riß der Schleier auf und enthüllte dann den zackigen Umriß eines Bergs oder das Glitzern eines unbekannten Flusses. Die Richtung ließ sich nach der Sonne annähernd bestimmen. Sie flogen noch immer nach Osten, mit gelegentlichen Abschwenkungen nach Norden. Aber wo sie sich befanden, hing von der Fluggeschwindigkeit ab, die Conway auch nicht mit entfernter Genauigkeit abschätzen konnte. Es war jedoch wahrscheinlich, daß der Flug einen beträchtlichen Teil des Benzins verbraucht

hatte, obgleich auch das von unbekannten Faktoren abhing. Conway besaß keine flugtechnischen Kenntnisse, aber er war überzeugt, daß der Pilot, wer immer er war, ein außergewöhnlich tüchtiger Mann sein mußte. Die Landung in dem mit Felsbrocken übersäten Tal und auch andre Einzelheiten seither hatten das gezeigt, und Conway konnte ein Gefühl nicht unterdrücken, das er stets angesichts hervorragender und unbestreitbarer Tüchtigkeit hatte. Er war so daran gewöhnt, um Hilfe angegangen zu werden, daß schon das Bewußtsein, jemand werde sie weder fordern noch brauchen, etwas Beruhigendes hatte, sogar angesichts der schwierigeren Aufgaben, die möglicherweise die Zukunft bereithielt. Er erwartete von seinen Gefährten nicht, daß sie solche subtile Gefühle teilten, denn er sah ein, daß sie wahrscheinlich viel persönlichere Gründe zur Besorgnis hatten als er selbst. Mallison zum Beispiel war mit einem Mädchen in England verlobt; Barnard war vielleicht verheiratet; Miß Brinklow hatte ihren Beruf, ihre Sendung oder wofür sonst sie es hielt. Mallison war übrigens am wenigsten gefaßt. Je mehr Stunden vergingen, desto erregbarer zeigte er sich und schien geneigt, Conway ins Gesicht grade diese Kühle zu verübeln, für die er ihn hinter seinem Rücken gelobt hatte.
Auf einmal erhob sich über dem Brausen des Motors ein scharfer Wortsturm. »Nun hören Sie mal«, rief Mallison zornig, »müssen wir wirklich hier sitzen und die Daumen drehn, während der Wahnsinnige dort vorn einfach tut, was ihm paßt? Warum schlagen wir nicht die Glasscheibe ein und rechnen mit ihm ab?«
»Einfach darum«, erwiderte Conway, »daß er bewaffnet ist und wir nicht, und weil keiner von uns nachher die Maschine zu Boden bringen könnte.«
»Das kann doch nicht so schwer sein, Sie brächten das bestimmt fertig.«
»Mein lieber Mallison, warum erwarten Sie grade von mir diese Wundertaten?«
»Also jedenfalls geht mir die Geschichte höllisch auf die Nerven. Können wir den Kerl nicht zwingen, endlich zu landen?«
»Wie stellen Sie sich das vor?«

Mallison wurde immer aufgeregter. »Na, er ist doch da, nicht wahr. Keine zwei Meter von uns entfernt, und wir sind drei Mann gegen einen. Müssen wir die ganze Zeit seinen verdammten Buckel anstarren? Wir könnten ihn doch wenigstens zwingen, uns zu sagen, was das Ganze soll.«

»Na schön, wollen sehn!« Conway machte ein paar Schritte bis zu der Scheidewand zwischen der Kabine und dem Führersitz, der ganz vorn und etwas erhöht gelegen war. Durch eine verschließbare Öffnung, ungefähr fünfzehn Zentimeter im Geviert, konnte der Pilot, wenn er den Kopf wandte und sich ein wenig duckte, mit den Passagieren sprechen. Conway klopfte mit den Knöcheln an die Scheibe. Die Wirkung war fast komisch, so sehr entsprach sie seiner Erwartung. Die Glasscheibe glitt zur Seite, und ein Revolverlauf kam zum Vorschein, sonst nichts; gesprochen wurde kein Wort. Conway zog sich widerspruchslos zurück, und die Scheibe glitt an ihren alten Platz.

»Ich glaube kaum, daß er zu schießen gewagt hätte«, bemerkte Mallison, nicht ganz befriedigt.

»Es ist wahrscheinlich nur Bluff.«

»Gewiß«, stimmte Conway bei, »aber ich überlasse es lieber Ihnen, sich zu überzeugen.«

»Na, ich finde nur, daß wir uns doch irgendwie unsrer Haut wehren sollten, bevor wir so zahm beigeben.«

Conway hatte Verständnis für dieses Gefühl. Er erkannte darin die alte Überlieferung mit all ihrem Beiwerk von rotröckigen Soldaten und Geschichtslesebüchern: Engländer fürchten nichts, ergeben sich nie und werden nie besiegt. Er sagte: »Kämpfen ohne anständige Aussicht auf Erfolg ist ein armseliges Spiel und ich gehöre nicht zu dieser Art von Helden.«

»Sehr recht von Ihnen«, stimmte Barnard herzlich zu. »Wenn einen jemand schon beim Genick hat, soll man sich fügen und es eingestehn. Was mich betrifft, werde ich mich des Lebens freuen, solange ich es noch habe, und mir eine Zigarre anzünden. Oder finden Sie am Ende, daß es uns auf ein wenig Gefahr mehr oder weniger ankommt?«

»Ich persönlich nicht. Aber vielleicht stört es Miß Brinklow.«

Barnard beeilte sich, den Verstoß wieder gutzumachen. »Verzeihen Sie, Madam, aber hätten Sie etwas dagegen, daß ich rauche?«
»Gar nichts«, antwortete sie liebenswürdig, »ich selbst rauche zwar nicht, aber den Geruch einer Zigarre liebe ich geradezu.«
Conway fühlte, daß sie zweifellos die typischeste von allen Frauen war, die eine solche Bemerkung hätten machen können. Jedenfalls hatte sich Mallisons Erregung ein wenig abgekühlt, und um zu beweisen, daß er ihm nichts nachtrug, bot Conway ihm eine Zigarette an, nahm selber aber keine. »Ich weiß, wie Ihnen zumute ist«, sagte er beschwichtigend. »Die Sache sieht schlimm aus und ist um so schlimmer, als wir gar nichts dagegen tun können.«
»Und darum anderseits um so besser«, fügte er im stillen hinzu, denn er fühlte sich noch immer unendlich müde. Auch lag in seinem Wesen ein Zug, den manche Leute Trägheit genannt hätten, obgleich es nicht ganz das war. Niemand konnte angestrengter arbeiten, wenn es sein mußte, und wenige vermochten besser, Verantwortung auf sich zu nehmen; aber die Tatsache blieb, daß er Betätigung nicht grade leidenschaftlich liebte und Verantwortlichkeit nicht ausstehn konnte. Seine Stellung vereinigte beide, Anstrengung und Verantwortung, und er wurde ihnen durchaus gerecht, war jedoch stets bereit, jedem andern seinen Platz zu überlassen, der ihn ebensogut oder besser ausfüllte. Dies war zweifellos eine der Ursachen, daß sein Erfolg im Dienst nicht so auffällig war, wie er hätte sein können. Conway war nicht ehrgeizig genug, sich an andern vorbeizudrängen oder sein Nichtstun als wichtig hinzustellen, wenn es wirklich nichts zu tun gab. Seine Berichte waren manchmal bis zur Grobheit knapp gehalten, und seine Ruhe in kritischen Lagen wurde zwar bewundert, aber häufig verdächtigt, Gleichgültigkeit zu sein. Vorgesetzte sehen es gern, wenn ein Mann sich Anstrengungen auferlegt und seine anscheinende Gelassenheit nur als Deckmantel für wohlerzogene Gemütsbewegung trägt. Was Conway betraf, so war manchmal der dunkle Argwohn im Umlauf gewesen, er sei wirklich so unbeirrbar, wie er aussehe und gebe um alles, was geschehn mochte,

keinen Deut. Aber auch dies, wie Trägheit, war eine unvollständige Auslegung. Den meisten Beobachtern entging etwas ganz verblüffend Einfaches an ihm: eine Vorliebe für Ruhe, stille Betrachtung und Alleinsein.

Nun lehnte er sich, da er diese Neigung besaß und es nichts andres zu tun gab, in den Korbstuhl zurück und schlief wirklich ein. Als er erwachte, bemerkte er, daß auch die andern, trotz ihren verschiedenen Befürchtungen, ebenso unterlegen waren. Miß Brinklow saß kerzengerade mit geschlossenen Augen wie irgendein fadenscheiniges, aus der Mode gekommenes Idol; Mallisons Kopf, das Kinn in die Hand gestützt, war nach vorn gesunken. Der Amerikaner schnarchte sogar. Sehr vernünftig von ihnen allen, dachte Conway. Es hatte keinen Sinn, sich mit Schreien zu ermüden. Aber gleich darauf nahm er gewisse physische Empfindungen in sich wahr: leichte Benommenheit, Herzklopfen und ein Verlangen, heftig und mit Anstrengung einzuatmen. Er erinnerte sich, schon einmal ähnliche Symptome gehabt zu haben — in der Schweiz.

Er wandte sich zum Fenster und blickte hinaus. Der Himmel ringsum hatte sich völlig geklärt, und im Licht des Spätnachmittags bot sich ihm ein Bild, das ihm für den Augenblick den letzten Rest von Atem benahm. Ganz fern, an der äußersten Grenze der Sicht, lag Kette über Kette von Schneebergen, von Gletschern bekränzt und scheinbar auf riesigen Wolken schwimmend. Sie umfaßten den ganzen Kreisbogen und gingen gegen Westen in einen Horizont von krassen, fast schreienden Farben über, einen impressionistischen Theaterprospekt, von einem halbverrückten Genie gemalt. Unterdessen dröhnte das Flugzeug auf dieser erstaunlichen Bühne über einen Abgrund vor einer jähen, weißen Wand, die ein Teil des Himmels selbst zu sein schien, bis das Sonnenlicht sich an ihr fing. Dann flammte sie wie ein Dutzend aufeinandergetürmter, von Mürren aus gesehener »Jungfrauen« in funkelnder, blendender Weißglut auf.

Conway ließ sich nicht leicht beeindrucken und schwärmte nicht für »schöne Aussichten«, am wenigsten für die berühmten, vor denen aufmerksame Verschönerungsvereine Ruhebänke bereitstellen. Einmal, als man ihn auf den

Tigerberg bei Darjeeling führte, damit er den Sonnenaufgang auf dem Everest sehe, war der höchste Berg der Welt ganz entschieden eine Enttäuschung für ihn gewesen. Aber dieses furchterweckende Schauspiel jenseits der Fensterscheibe war von ganz andern Ausmaßen; es erweckte nicht den Anschein, sich der Bewunderung darzubieten. Es war etwas Rohes und Gewalttätiges an diesen abweisenden Eisklippen, und es lag eine gewisse höhere Frechheit darin, sich ihnen so zu nähern. Er überlegte, rief sich Landkarten ins Gedächtnis, berechnete im Geist Entfernungen, schätzte Zeiten und Geschwindigkeiten. Dann merkte er, daß auch Mallison erwacht war. Er berührte den jungen Mann am Arm.

Zweites Kapitel

Es war bezeichnend für Conway, dass er wartete, bis die andern von selbst erwachten, und auf ihre erstaunten Ausrufe kaum etwas erwiderte, später jedoch, als Barnard nach seiner Meinung fragte, sie mit der kühlen Geläufigkeit eines Universitätsprofessors aussprach, der ein Problem erläutert. Er halte es für wahrscheinlich, sagte er, daß sie noch immer in Indien seien. Sie flögen seit mehreren Stunden nach Osten, zu hoch, um viel zu sehn, aber der Kurs gehe wahrscheinlich ein Flußtal entlang, das sich ungefähr westwärts erstrecke. »Ich wollte, ich müßte mich nicht nur auf mein Gedächtnis verlassen, aber nach meinem Eindruck paßt alles ganz gut auf das obere Indus-Tal. Das müßte uns nunmehr zu einem der größten Schaustücke der Welt gebracht haben – und wie Sie sehn, ist es der Fall.«

»Sie erkennen also, wo wir sind?« fragte Barnard.

»Das grade nicht – ich war nie zuvor auch nur in der Nähe dieser Gegend, aber es sollte mich nicht überraschen, wenn dieser Berg da der Nanga Parbat wäre, wo Mummery ums Leben kam. Der ganzen Beschaffenheit und allgemeinen Gestalt nach scheint er mit allem übereinzustimmen, was ich über ihn gehört habe.«

»Sie sind selbst Bergsteiger?«

»Als ich noch jünger war, hab' ich's eifrig betrieben. Natürlich nur die üblichen Schweizer Touren.«

Mallison mischte sich verdrießlich ein: »Es wäre gescheiter, sich darüber zu unterhalten, wohin wir fliegen. Wollte Gott, jemand könnte uns das sagen!«
»Na, es sieht mir danach aus, als steuerten wir auf die Kette dort los«, sagte Barnard, »meinen Sie nicht, Conway? Sie werden wohl entschuldigen, daß ich Sie so nenne, aber wenn wir alle ein kleines Abenteuer miteinander zu bestehn haben, sollten wir nicht so viel Wert auf Förmlichkeiten legen.«
Conway fand es ganz natürlich, daß jeder ihn nur beim Namen nannte, und hielt Barnards Entschuldigung für ein wenig überflüssig. »O gewiß«, stimmte er bei und fügte hinzu: »Ich glaube, die Kette muß der Karakorum sein. Es gibt dort mehrere Pässe, wenn unser Mann sie zu queren beabsichtigt.«
»Unser Mann?« rief Mallison. »Sie meinen: unser Verrückter. Ich glaube, es ist Zeit, die Menschenraub-Hypothese fallenzulassen. Wir sind schon weit über das Grenzgebiet hinaus. Hier herum leben keine Eingeborenenstämme. Die einzige Erklärung, die ich finden kann, ist die, daß der Kerl einfach wahnsinnig ist. Würde irgendein Mensch, außer einem Irren, in eine solche Gegend fliegen?«
»Ich weiß, daß einzig und allein ein verdammt tüchtiger Flieger das kann«, gab Barnard zurück. »Ich war nie gut in Geographie, aber wie ich höre, sind dies die höchsten Berge der Welt, und wenn das stimmt, ist es schon eine recht erstklassige Leistung, sie zu überfliegen.«
»Und auch Gottes Wille«, warf Miß Brinklow unerwartet ein.
Conway äußerte keine Meinung. Gottes Wille oder Menschenwahn – bei den meisten Dingen hatte man wohl nur diese Wahl, wenn man einen genügenden Grund für sie suchte. Oder auch (das fiel ihm ein, während er die Ordentlichkeit der engen Kajüte mit der wilderregten Naturszene im Fensterhintergrund verglich): Menschenwille und Gottes Wahn. Es müßte einem Befriedigung gewähren, zu wissen, von welcher Seite es anzusehn sei. Dann, während er noch betrachtete und nachdachte, trat eine seltsame Wandlung ein. Das Licht über dem ganzen Berg nahm eine bläuliche Färbung an, während sich die

untern Hänge zu Violett verdunkelten. Etwas Tieferes als seine gewohnte Abseitigkeit erwachte in ihm, nicht ganz Erregung, noch weniger Furcht, sondern eine aufs schärfste gespannte Erwartung. Er sagte: »Sie haben ganz recht, Barnard, die Geschichte wird immer merkwürdiger.«

»Merkwürdig oder nicht, ich habe keine Lust, eine Dankadresse dafür vorzuschlagen«, beharrte Mallison. »Wir verlangten nicht, hierhergebracht zu werden, und der Himmel mag wissen, was wir tun werden, wenn wir hinkommen – wo immer dieses Hin sein mag. Ich sehe keineswegs ein, daß es ein geringeres Verbrechen ist, weil der Bursche zufällig eine Fliegerkanone ist. Auch wenn er's ist, kann er ebensogut wahnsinnig sein. Ich hörte einmal von einem Piloten, der mitten in der Luft verrückt wurde. Der Mensch muß von Anfang an verrückt gewesen sein. Das ist meine Ansicht, Conway.«

Conway schwieg. Er fand es lästig, fortwährend das Getöse des Motors überschreien zu müssen, und überdies hatte es wenig Sinn, über Möglichkeiten zu streiten. Aber als Mallison durchaus seine Meinung hören wollte, sagte er: »Sehr gut organisierter Wahnsinn, wissen Sie. Denken Sie an die Landung, um Benzin nachzufüllen, und daran, daß es die einzige Maschine war, die bis in solche Höhen aufsteigen kann.«

»Das beweist nicht, daß er nicht doch wahnsinnig ist. Er war vielleicht wahnsinnig genug, alles so einzurichten.«

»Ja, das ist natürlich möglich.«

»Nun, dann müssen wir uns über einen Aktionsplan klar werden. Was werden wir tun, wenn er gelandet hat, das heißt, wenn er dabei nicht abstürzt und wir alle umkommen? Was werden wir also tun? Zu ihm hinstürmen und ihn zu seinem wundervollen Flug beglückwünschen, vermutlich?«

»Nicht ums Leben!« antwortete Barnard. »Ich überlasse Ihnen das Hinzustürmen.«

Wieder verdroß es Conway, den Meinungsstreit weiterzuführen, besonders, da der Amerikaner mit seinem trokkenen Spott ganz gut selber damit fertig zu werden schien. Conway sagte sich bereits, daß die kleine Reisegesellschaft viel unharmonischer hätte zusammengesetzt sein können.

Nur Mallison neigte zur Zanksucht, und daran war vielleicht zum Teil die große Höhe schuld. Dünne Luft wirkt verschieden auf die Menschen: Conway zum Beispiel gewann ihr die nicht unangenehme Verknüpfung von geistiger Klarheit mit körperlicher Reglosigkeit ab. Ja er atmete die klare, kalte Luft in kleinen, krampfhaften Zügen voll Zufriedenheit. Die ganze Lage war zweifellos entsetzlich, aber er hatte im Augenblick nicht die Kraft, etwas übelzunehmen, das so zielbewußt und fesselnd vor sich ging.
Und es kam auch, während er auf diesen prachtvollen Berg starrte, eine warme Woge von Befriedigung über ihn, daß es solche Orte auf der Erde gab – fern, unnahbar und noch nicht von Menschen berührt. Das eisige Bollwerk des Karakorum hob sich nun eindrucksvoller als je vom nördlichen Himmel ab, der ein drohendes Mausgrau angenommen hatte. Die Gipfel schimmerten kalt. Unsäglich majestätisch und fern, besaß grade ihre Namenlosigkeit Würde. Die paar hundert Meter, um die sie niedriger als die bekannten Riesen waren, retteten sie vielleicht auf ewig vor allen Ersteigungsexpeditionen; sie boten dem Rekordbrecher ein weniger lockendes Ziel. Conway war das Gegenteil eines solchen Menschen; er neigte dazu, das Ideal der westlichen Welt, das von lauter Superlativen lebte, gewöhnlich und billig zu finden. »Das Äußerste für das Höchste« schien ihm ein weniger vernünftiger und vielleicht abgedroschener Leitsatz zu sein als »Viel für das Hohe«. Kurz, er war nicht für übermäßiges Streben, und bloße Großtaten langweilten ihn.
Noch während er das Landschaftsbild betrachtete, fiel Zwielicht ein und tauchte die Tiefen in ein üppiges Samtdüster, das sich wie ein Farbstoff nach oben verbreitete. Dann erblaßte die ganze, nun viel nähere Kette zu neuem Glanz. Der Vollmond ging auf und berührte nacheinander jeden Gipfel wie ein himmlischer Laternenanzünder, bis sich der langgestreckte Horizont glitzernd von einem blauschwarzen Himmel abhob. Es wurde kalt, Wind sprang auf und warf das Flugzeug unangenehm hin und her. Die Stimmung der Passagiere wurde dadurch nicht besser. Sie hatten auch nicht geglaubt, daß der Flug bis in die Dunkelheit fortdauern werde, und nun lag ihre letzte Hoffnung in der Erschöp-

fung des Benzinvorrats. Die mußte immerhin bald eintreten. Mallison begann davon zu sprechen, und Conway äußerte mit einigem Widerstreben, denn er wußte es wirklich nicht, die Meinung, daß nach seiner Schätzung die längste Strecke höchstens etwa 1500 Kilometer betragen könne, wovon sie das größte Stück schon zurückgelegt haben mußten. »Und wo werden wir uns dann befinden?« fragte der Jüngere verzagt. »Das läßt sich nicht leicht entscheiden, aber wahrscheinlich irgendwo in Tibet. Wenn dies das Karakorumgebirge ist, liegt Tibet dahinter. Einer der Gipfel muß übrigens der K 2 sein, der allgemein als der zweithöchste Berg der Erde gilt.«

»Da kommt er also gleich nach dem Everest?« bemerkte Barnard dazu. »Herrje, ist das eine Landschaft!«

»Und für einen Bergsteiger viel schwieriger als der Everest. Der Herzog der Abruzzen gab ihn als einen ganz unersteiglichen Gipfel auf.«

»O Gott!« murmelte Mallison ungeduldig, aber Barnard lachte. »Ich schätze, Sie müssen den offiziellen Führer bei diesem Ausflug machen, Conway, und ich muß sagen, wenn ich eine Thermosflasche Kaffee mit Kognak bei mir hätte, wäre es mir gleich, ob es Tibet oder Tennessee ist.«

»Aber was sollen wir unternehmen?« drängte Mallison abermals. »Warum sind wir hier, was ist der Sinn des Ganzen? Ich verstehe nicht, wie Sie Witze darüber machen können.«

»Ach, das ist ebenso gut, wie eine Szene deswegen zu machen, junger Mann. Überdies, wenn der Kerl wirklich verrückt ist, wie Sie behaupten, steckt wahrscheinlich gar kein Sinn darin.«

»Er muß verrückt sein. Ich kann mir keine andre Erklärung denken. Wissen Sie eine, Conway?«

Conway verneinte.

Miß Brinklow wandte den Kopf wie im Zwischenakt eines Schauspiels. »Da Sie mich nicht um meine Meinung gefragt haben, sollte ich sie vielleicht nicht äußern«, begann sie mit schriller Bescheidenheit, »aber ich möchte nur sagen, daß ich Mr. Mallison beistimme. Ich bin überzeugt, der arme Mensch kann nicht ganz richtig im Kopf sein. Der Pilot, meine ich natürlich. Es gäbe auch gar keine Entschul-

digung für ihn, wenn er nicht verrückt wäre.« Den Lärm des Motors übertönend, fügte sie vertraulich schreiend hinzu: »Und wissen Sie, es ist meine erste Luftreise, die allererste. Nichts hätte mich früher dazu bewegen können, obwohl eine Freundin mich um jeden Preis überreden wollte, von London nach Paris zu fliegen.«
»Und nun fliegen Sie statt dessen von Indien nach Tibet«, sagte Barnard. »Es kommt immer anders, als man denkt.«
»Ich kannte einmal einen Missionar«, fuhr Miß Brinklow fort, »der in Tibet gewesen war. Er sagte, die Tibetaner seien ein ganz sonderbares Volk. Sie glauben, wir stammen von Affen ab.«
»Unerhört scharfsinnig von ihnen.«
»Ach je, nein, ich meine nicht auf die moderne Art. Sie haben diesen Glauben seit Jahrhunderten – es ist nur so ein Aberglaube von ihnen. Ich selbst bin natürlich gegen alles das, und ich finde Darwin weit ärger als jeden Tibetaner. Ich halte es mit der Bibel.«
»Fundamentalistin, wahrscheinlich?«
Aber Miß Brinklow schien den Ausdruck nicht zu verstehn. »Ich gehörte der L. M. S. an«, schrie sie schrill, »aber ich war nicht mit ihren Ansichten über die Kindertaufe einverstanden.«
Das Gefühl, daß dies eine sehr komische Bemerkung sei, verließ Conway auch dann noch nicht, als ihm längst eingefallen war, daß es die drei Anfangsbuchstaben der London Missionary Society und nicht der London Midland & Scottish Railway waren. Während er sich noch immer die Schwierigkeiten vorstellte, eine theologische Disputation im Bahnhof Euston zu halten, mußte er sich sagen, daß Miß Brinklow beinahe etwas Fesselndes hatte. Er fragte sich sogar, ob er ihr vielleicht eins seiner Kleidungsstücke für die Nacht anbieten sollte, entschied aber dann, daß sie wahrscheinlich abgehärteter war als er. Also zog er sich in sich selbst zurück, schloß die Augen und schlief ganz mühelos und friedlich ein.
Und der Flug ging weiter.

Plötzlich wurden sie alle durch einen Ruck des Flugzeugs geweckt. Conway stieß mit dem Kopf gegen das Fenster und war einen Augenblick lang betäubt. Ein neuerlicher Stoß warf ihn in den Gang zwischen den Sitzen und ließ ihn dort Halt suchen. Es war jetzt viel kälter. Das erste, was er mechanisch tat, war, auf seine Uhr zu sehn. Sie zeigte halb zwei – er mußte längere Zeit geschlafen haben. Er hatte die Ohren erfüllt von einem lauten, klatschenden Geräusch, das er zuerst für Einbildung hielt, bis er merkte, daß der Motor abgestellt worden war und das Flugzeug einem Sturmwind entgegenraste. Dann spähte er durchs Fenster und erblickte die Erde ganz nahe; undeutlich und schneckengrau jagte sie unter ihm dahin. »Er wird landen!« rief Mallison, und Barnard, der auch aus seinem Sitz geschleudert worden war, antwortete mit einem düsteren: »Wenn er Glück hat.« Miß Brinklow, die von der ganzen Sache am wenigsten beunruhigt schien, rückte ihren Hut mit solcher Gelassenheit zurecht, als käme soeben der Hafen von Dover in Sicht.

Plötzlich berührte das Flugzeug den Boden. Aber diesmal war es eine schlechte Landung. »O mein Gott, verflucht schlecht, verflucht schlecht«, stöhnte Mallison, als er sich während zehn Sekunden des Aufprallens und Schwankens an seinen Sitz klammerte. Etwas knirschte und brach, und der Luftreifen eines Laufrads platzte. »Das hat noch gefehlt«, fügte er im Ton ängstlichen Schwarzsehens hinzu. »Eine gebrochene Fahrwerkstrebe – wir werden bleiben müssen, wo wir jetzt sind, das ist sicher.«

Conway, der in kritischen Zeiten nie gesprächig war, streckte die steifen Beine und befühlte seinen Kopf, wo er ans Fenster gestoßen war. Eine Beule – nichts von Bedeutung. Er mußte etwas tun, um den andern zu helfen, aber er war der letzte der vier, der aufstand, als das Flugzeug zur Ruhe kam. »Vorsicht!« rief er Mallison zu, der die Tür der Kabine aufriß und auf die Erde hinunterspringen wollte. Durch die plötzliche Stille klang fast geisterhaft die Antwort des jungen Mannes zurück: »Wozu Vorsicht – das sieht hier aus wie das Ende der Welt – jedenfalls keine Menschenseele weit und breit.«

Einen Augenblick später, durchkältet und bebend, merkten sie alle, daß dies richtig war. Ohne einen andern Laut zu hören als die wütenden Windstöße und ihre eigenen knirschenden Schritte, fühlten sie sich an etwas Unerbittliches und wild Melancholisches ausgeliefert, an eine Stimmung, von der Erde und Luft durchtränkt waren. Es sah aus, als wäre der Mond hinter Wolken verschwunden, und das Sternenlicht erhellte eine ungeheure Öde, die im Wind erschauerte. Ohne Wissen und ohne Nachdenken konnte man erraten, daß diese öde Welt bergehoch lag und daß die Berge, die sich aus ihr erhoben, selber auf Berge getürmt waren. Eine Kette von ihnen schimmerte am fernen Horizont wie eine Reihe Hundezähne.

Mallison kletterte bereits hastig in den Führersitz. »Ich fürcht' mich nicht vor dem Kerl auf der Erde, wer immer er ist!« rief er. »Den werde ich mir gleich vornehmen!«

Die andern sahen ihm, gebannt durch das Schauspiel solcher Energie, aber auch Schlimmes befürchtend, zu. Conway eilte ihm nach, aber zu spät, um ihn zu hindern. Nach ein paar Sekunden jedoch ließ sich der junge Mann wieder herabgleiten, ergriff ihn am Arm und stammelte heiser und nüchtern: »Hören Sie, Conway, das ist merkwürdig ... ich glaube, der Kerl ist krank oder tot oder sonstwas ... Ich kann kein Wort aus ihm herauskriegen. Kommen Sie 'rauf und sehen Sie selbst ... Ich habe jedenfalls seinen Revolver genommen.«

»Geben Sie ihn lieber mir«, sagte Conway, und obgleich noch ziemlich betäubt von dem vor kurzem am Kopf empfangenen Stoß, raffte er sich zusammen. Zeit, Ort und Lage schienen ihm die abscheulichsten Unannehmlichkeiten, die sich auf Erden denken ließen, zu verbinden. Er zog sich steif auf eine Stelle hinauf, von der er allerdings nicht sehr gut in den geschlossenen Führersitz sehen konnte. Da er starken Benzingeruch verspürte, wagte er nicht, ein Streichholz anzuzünden. Er konnte grade noch den Piloten wahrnehmen, dessen Körper nach vorn gesunken war und dessen Kopf über die Hebel hing. Er schüttelte ihn, schnallte den Helm los und lockerte die Kleidung um den Hals. Einen Augenblick später wandte er sich um und berichtete: »Ja, es ist ihm irgendwas zugestoßen, wir müssen ihn herauskriegen.« Aber ein Beobachter hätte hinzufügen können, daß auch Conway etwas zugestoßen war. Seine Stimme war schärfer, schneidender, sie klang nicht mehr, als zögerte er an der Schwelle eines tiefen Zweifels. Zeit, Ort, Kälte, Müdigkeit waren nun von geringerer Wichtigkeit. Es gab da eine Aufgabe, die einfach erfüllt werden mußte, und der pflichtverbundenere Teil seines Wesens war obenauf und bereitete sich darauf vor, sie zu erfüllen.

Unter Mithilfe von Barnard und Mallison wurde der Pilot aus seinem Sitz gezogen und auf die Erde heruntergehoben. Er war bewußtlos, nicht tot. Conway besaß keine besonderen medizinischen Kenntnisse, aber wie so vielen Menschen, die in fernen Zonen gelebt haben, waren ihm die meisten Krankheitserscheinungen vertraut. Wahrscheinlich ein Herzanfall infolge der großen Höhe, stellte er fest, während er sich über den Unbekannten beugte. »Wir können ihm hier außen nicht viel helfen – nirgends Schutz vor diesem höllischen Wind. In die Kabine mit ihm und mit uns auch! Wir haben keine Ahnung, wo wir sind, und bevor es licht wird, ist es aussichtslos, etwas zu unternehmen.«

Entscheidung und Vorschlag wurden ohne Widerrede angenommen. Sogar von Mallison. Sie trugen den Mann in die Kabine und legten ihn zwischen die Sitze auf den Boden. Im Innern war es nicht wärmer als draußen, aber sie waren hier wenigstens vor dem Wind geschützt, der bald ihre Hauptsorge wurde, sozusagen das Leitmotiv des ganzen traurigen Notturnos. Es war kein gewöhnlicher, nicht einfach ein starker oder ein kalter Sturm, es war eine Raserei, die rings um sie wütete, das Toben eines Gebieters, der über sein Reich dahinstampft. Es kippte das belastete Flugzeug und schüttelte es böswillig, und als Conway durch das Fenster blickte, hatte er den Eindruck, daß derselbe Sturm Lichtsplitter aus den Sternen wirbelte.

Der Fremde lag regungslos, während Conway, durch das Dunkel und die Enge behindert, ihn, so gut er konnte, untersuchte. Er entdeckte jedoch nicht viel. »Das Herz schlägt schwach«, sagte er endlich, und da verursachte Miß Brinklow, nachdem sie in ihrer Handtasche umhergetastet hatte, eine Sensation. »Vielleicht hilft das dem Armen ein wenig«, sagte sie herablassend und hielt Conway etwas hin. »Ich selbst rühre so etwas nicht an, aber ich hab's

immer bei mir für Unglücksfälle, und das hier ist doch wohl eine Art Unglücksfall, nicht?«
»Das will ich meinen«, erwiderte Conway grimmig. Er schraubte die Flasche auf, roch daran und träufelte dem Mann ein paar Tropfen Kognak zwischen die Lippen. »Grade das Richtige für ihn, danke.«
Nach einer kleinen Weile wurde im Schein der Streichholzflamme eine ganz schwache Bewegung der Augenlider sichtbar. Mallison wurde plötzlich hysterisch. »Ich kann mir nicht helfen«, rief er und lachte wild, »wir sehen doch alle idiotisch aus, wie wir da Streichhölzer anzünden über einer Leiche . . . Und der Kerl ist nicht eben eine Schönheit, wie? Ein Chinese, wenn er überhaupt ein Mensch ist.«
»Möglich.« Conways Stimme klang ruhig und ziemlich streng. »Aber bis jetzt ist er noch keine Leiche. Mit ein wenig Glück werden wir ihn wohl zu sich bringen.«
»Glück? Für ihn, nicht für uns?«
»Seien Sie dessen nicht so sicher, und vorläufig halten Sie jedenfalls den Mund!«
In Mallison steckte noch genug vom Schuljungen, um dem kurzen Befehl eines Ältern zu gehorchen, obgleich er sich nur schlecht beherrschen konnte. Conway tat er zwar leid, aber die Aufgabe, die der Pilot bot, war wichtiger, da der als einziger von ihnen vielleicht eine Erklärung für ihre mißliche Lage zu geben vermochte. Conway hatte keine Lust, die Sache noch weiter mit bloßen Vermutungen zu erörtern; das war während des Flugs zur Genüge geschehn. Stärker als seine anhaltende Wißbegier wurde nun seine Sorge, denn er verhehlte sich nicht, daß die ganze Lage aufgehört hatte, aufregend gefährlich zu sein, und nun drohte, eine Probe der Ausdauer zu werden und mit einer Katastrophe zu enden.
Während er in dieser sturmgepeitschten Nacht Wache hielt, blickte er den Tatsachen darum nicht weniger offen ins Auge, daß er sich nicht bemühte, sie den andern zu verkünden. Er nahm fast mit Sicherheit an, daß der Flug weit über die westlichen Ketten des Himalaya hinaus, bis über die weniger bekannten Höhen des Kwen-Lun gegangen war. In diesem Fall hatten sie nun den höchsten und unwirtlichsten Teil der Erdoberfläche erreicht – das Plateau

von Tibet, dessen tiefste Talsohlen noch in einer Höhe von dreitausend Metern liegen, – ein ungeheures, unbewohntes und zum größten Teil unerforschtes Gebiet · sturmgepeitschten Hochlands. Irgendwo in diesem weltvergessenen Land saßen sie fest, unter viel ungünstigeren Verhältnissen als auf der wüstesten Insel. Dann trat plötzlich, wie um seine Neugier durch deren Steigerung zu beantworten, eine fast ehrfürchtige, Scheu einflößende Veränderung ein. Der Mond, den er durch Wolken verborgen geglaubt hatte, schwang sich über eine Kante einer schattenhaften Erhebung und erhellte, während er selbst sich noch nicht zeigte, die Finsternis vor Conways Augen. Er konnte die Umrisse eines langgestreckten Tals erkennen, mit gerundeten, traurig aussehenden Anhöhen zu beiden Seiten, die von ihrem Fuß nicht sehr hoch aufstiegen und tiefschwarz gegen das tiefe, elektrische Blau des Nachthimmels standen. Aber der Ursprung dieses Tals war es, was seinen Blick unwiderstehlich anzog, denn hier in dieser Lücke erhob sich, ragend und prachtvoll im vollen Glanz des Mondlichts, ein Berg, der ihm als der schönste auf Erden erschien. Er war ein fast vollkommener Schneekegel, einfach im Umriß, als hätte ein Kind ihn gezeichnet, und unmöglich auf Größe, Höhe oder Nähe abzuschätzen. Er war so strahlend, so voll heiterer Ruhe, daß Conway sich einen Augenblick fragte, ob er wirklich sei. Aber da verschleierte ein kleines Wölkchen, während er hinsah, die Kante der Pyramide und verlieh der Erscheinung vor ihm Leben, bevor das Donnern der Lawine es bestätigte.

Er fühlte sich versucht, die andern zu wecken, damit auch sie dieses Schaustück genössen, entschied aber nach einiger Überlegung, daß die Wirkung vielleicht nicht beruhigend wäre. Vom Standpunkt des gesunden Menschenverstands war sie das auch nicht; solche jungfräuliche Pracht vertiefte nur noch das Gefühl der Einsamkeit und Gefahr. Aller Wahrscheinlichkeit nach waren die nächsten menschlichen Siedlungen Hunderte von Kilometern entfernt. Und sie hatten keine Lebensmittel, keine Waffen, außer einem Revolver. Das Flugzeug war beschädigt und fast ohne Betriebsstoff, auch wenn einer von ihnen es zu lenken verstanden hätte. Sie besaßen keine für die schreckliche Kälte und die Stürme geeignete Kleidung. Mallisons Automobiljacke und sein eigener Überrock waren ganz unzulänglich. Und auch Miß Brinklow, in wollene Schals gehüllt wie für eine Polarexpedition – was er beim ersten Anblick lächerlich gefunden hatte – konnte sich nicht sehr wohl fühlen. Sie waren auch alle, er selbst ausgenommen, von der großen Höhe angegriffen. Sogar Barnard war unter der Anstrengung in Schwermut versunken. Mallison murmelte vor sich hin. Es war klar, was mit ihm geschehn würde, wenn diese Strapazen noch lange währten. Angesichts solcher niederschmetternder Aussichten konnte Conway einen Blick der Bewunderung für Miß Brinklow nicht unterdrücken. Sie war, überlegte er, kein normaler Mensch. Eine Frau, die Afghanen Kirchenlieder singen lehrte, konnte man allerdings überhaupt nicht als normal bezeichnen. Aber sie war nach all diesen Mißgeschicken doch normal nicht-normal geblieben, und er war ihr dafür tief dankbar. »Ich hoffe, Sie fühlen sich nicht gar zu schlecht«, sagte er voll Mitgefühl, als ihr Blick dem seinen begegnete.

»Die Soldaten im Weltkrieg hatten Schlimmeres zu ertragen«, erwiderte sie.

Der Vergleich schien Conway nicht sehr glücklich zu sein. Tatsächlich hatte er selbst – im Gegensatz zu vielen andern – niemals eine so schreckliche Nacht im Schützengraben verbracht. Er richtete seine Aufmerksamkeit auf den Piloten, der nun stoßweise atmete und sich manchmal ein wenig regte. Wahrscheinlich hatte Mallison mit seiner Vermutung, daß der Mann Chinese war, recht. Nase und Backenknochen waren, ungeachtet der geglückten Verkörperung eines britischen Fliegerleutnants, typisch mongolisch. Mallison hatte ihn häßlich genannt, aber Conway, der längere Zeit in China gelebt hatte, fand, daß er ein ganz leidliches Exemplar war, obwohl die gelbliche Haut und der klaffende Mund jetzt im Lichtkreis der Streichholzflamme nicht grade hübsch aussahn.

Die Nacht schleppte sich hin, als wäre jede Minute bleiern und müßte weggeschoben werden, um Platz für die nächste zu machen. Das Mondlicht verblaßte nach einiger Zeit und mit ihm die ferne, geisterhafte Bergkette. Dann wurde die dreifache Unbill von Dunkel, Kälte und Sturm immer schlimmer, bis zum Morgengrauen, auf dessen Wink, wie es schien, der Wind abflaute und die Welt in mitleidiger Stille verharren ließ. Vorn, in dem bleichen Dreieck, zeigte sich der Berg abermals, anfangs grau, dann silbern und später, als die ersten Sonnenstrahlen den Gipfel trafen, rosig. In dem abnehmenden Düster gewann das Tal selbst Gestalt, enthüllte seinen ansteigenden Boden von Felsbrocken und Steinen. Es war kein freundliches Bild, aber Conway fand, als er es überblickte, eine seltsame Feinheit darin, etwas, das gar nichts romantisch Anziehendes hatte, sondern etwas Stählernes, fast rein Geistiges. Die weiße Pyramide in der Ferne erzwang sich die Zustimmung des Intellekts so leidenschaftslos wie ein euklidischer Lehrsatz. Und als sich die Sonne endlich an einem Himmel von tiefem Ritterspornblau erhob, fühlte er sich wiederum fast wohlig.

Als es wärmer wurde, erwachten die andern, und Conway schlug vor, den Piloten ins Freie zu tragen, wo die scharfe, trockene Luft und der Sonnenschein vielleicht helfen würden, ihn zu beleben. Sie taten das und begannen so eine zweite, weniger unangenehme Wacht. Endlich öffnete der Mann die Augen und begann stoßweise zu sprechen. Seine vier Passagiere neigten sich über ihn und lauschten angestrengt den Lauten, die sinnlos für sie waren, außer für Conway, der bisweilen antwortete. Nach einiger Zeit wurde der Mann kraftloser, sprach mit zunehmender Mühe und starb schließlich. Das war um die Mitte des Vormittags.

Conway wandte sich an seine Gefährten: »Leider teilte er mir sehr wenig mit — wenig, meine ich, verglichen mit dem, was wir gern gewußt hätten. Nur, daß wir in Tibet seien, was ja klar ist. Er gab keinen zusammenhängenden Bericht, warum er uns hierhergebracht hat, aber er schien die Örtlichkeit zu kennen. Er sprach eine Art Chinesisch, das ich nicht sehr gut verstehe, aber ich glaube, er sagte etwas von einer Lamaserei hier in der Nähe — weiter oben im Tal, soviel ich verstand —, wo wir Nahrung und Obdach finden könnten. Schangri-La nannte er sie. La ist das tibetanische Wort für Gebirgspaß. Er legte großen Nachdruck darauf, daß wir dorthin gehn sollten.«

»Was mir gar kein Grund zu sein scheint, hinzugehen«, sagte Mallison. »Schließlich war er wahrscheinlich doch nicht bei Sinnen, nicht?«
»Darüber wissen Sie soviel wie ich. Aber wenn wir seinem Rat nicht folgen, wohin sonst sollen wir gehn?« »Wohin Sie wollen, mir ist's gleich. Ich bin nur von einem überzeugt: wenn dieses Schangri-La wirklich in dieser Richtung liegt, muß es noch ein paar Kilometer weiter von aller Zivilisation entfernt sein. Mir wäre wohler, wenn wir die Entfernung verringern würden, nicht sie vergrößern. Verdammt noch mal, Mensch, wollen Sie uns denn nicht zurückführen?« Conway antwortete geduldig: »Ich glaube, Sie verstehn die Lage nicht ganz richtig, Mallison. Wir sind in einem Teil der Welt, über den niemand viel weiß, außer, daß er schwierig und gefährlich ist, sogar für eine wohlausgerüstete Expedition. Da uns wahrscheinlich auf allen Seiten Hunderte von Kilometern dieser Art Gegend umgeben, erscheint mir der Gedanke, schnurstracks nach Peschawar zurückzumarschieren, nicht grade sehr aussichtsreich.«
»Ich glaube nicht, daß ich es fertigbrächte«, sagte Miß Brinklow ernst.
Barnard nickte. »Sieht aus, als hätten wir noch verdammtes Glück, wenn diese Lamaserei wirklich nur um die Ecke liegt.«
»Verhältnismäßig Glück vielleicht«, stimmte Conway bei. »Schließlich haben wir keine Lebensmittel, und wie Sie ja selbst sehn können, ist das Land nicht von der Art, daß man von ihm leben könnte. In ein paar Stunden werden wir alle schrecklich Hunger leiden, und heute nacht, wenn wir hier bleiben, werden wir wieder den Wind und die Kälte aushalten müssen. Keine angenehme Aussicht. Unsre einzige Hoffnung, so scheint mir, liegt darin, Menschen zu finden. Und wo sonst sollten wir zu suchen beginnen als dort, wo es, wie man uns gesagt hat, welche gibt.«
»Und wenn's eine Falle ist?« fragte Mallison, aber Barnard lieferte die Antwort. »Eine nette, warme Falle«, sagte er, »mit einem Stück Käse darin, das wäre genau das Richtige für mich.«

Alle lachten, mit Ausnahme Mallisons, dem Verzweiflung und Abspannung anzumerken waren. Endlich fuhr Conway fort: »Ich nehme also an, daß wir alle mehr oder weniger einverstanden sind. Das Tal bietet uns einen vorgezeichneten Weg – es sieht nicht zu steil aus, aber auch so werden wir langsam gehn müssen. Auf keinen Fall können wir hier etwas tun – ohne Dynamit können wir nicht einmal diesen Mann begraben. Überdies werden uns die Leute in der Lamaserei vielleicht Träger für die Rückreise beistellen. Wir werden sie brauchen. Ich schlage vor, sogleich aufzubrechen, damit wir, falls wir den Ort bis zum Spätnachmittag nicht feststellen können, noch Zeit haben, für die nächste Nacht in die Kabine zurückzukommen.«

»Und wie, wenn wir ihn feststellen?« bemerkte Mallison, noch immer unüberzeugt. »Haben wir eine Sicherheit, daß wir nicht ermordet werden?«

»Nein. Aber ich glaube, es ist eine geringere und vielleicht auch annehmbarere Gefahr als zu verhungern oder zu erfrieren.« Und da er fühlte, daß solche eisige Logik der Gelegenheit nicht ganz angemessen war, fügte er hinzu: »Tatsächlich ist Mord wohl das Allerletzte, was man in einem buddhistischen Kloster erwarten würde. Es ist viel weniger wahrscheinlich, als in einer englischen Kathedrale ermordet zu werden.«

»Wie der heilige Thomas von Canterbury«, sagte Miß Brinklow und nickte nachdrücklich Zustimmung, verdarb aber durch ihre Bemerkung völlig den Sinn seiner Rede. Mallison zuckte die Achseln und erwiderte mit bekümmerter Gereiztheit: »Na schön, dann also auf nach Schangri-La! Wo immer es ist und was es ist, wir wollen's versuchen. Aber hoffentlich liegt es nicht auf halbem Weg zum Gipfel.«

Seine Worte ließen alle die Blicke dem glitzernden Kegel zuwenden, auf den das Tal hinwies. Im vollen Tageslicht sah er schlechtweg großartig aus. Und dann verwandelte sich ihr Blick in ein Starren, denn sie sahen, ganz in der Ferne, das Tal herabsteigende und sich ihnen nähernde Gestalten von Menschen. »Vorsehung«, flüsterte Miß Brinklow.

Drittes Kapitel

Etwas in Conway verhielt sich stets als Zuschauer, wie tätig auch immer sein übriges Ich sein mochte. Und jetzt, während sie auf das Näherkommen der Fremden warteten, lehnte er es ab, sich über die Frage zu erhitzen, was er in allen möglichen gegebenen Fällen täte oder unterließe; das war weder Tapferkeit noch Kaltblütigkeit noch höheres Vertrauen auf seine Fähigkeit, nach der Eingebung des Augenblicks Entschlüsse zu fassen. Es war, wenn man es im ungünstigsten Licht betrachtet, eine Art Trägheit, eine Unlust, seine rein zuschauerische Teilnahme an den Vorgängen aufzugeben.

Während der Zug sich weiter das Tal herabbewegte, enthüllte er sich als eine Truppe von etwa zwölf Menschen, die eine überdachte Sänfte mitführten, in der bald darauf eine blaugekleidete Gestalt wahrnehmbar wurde. Conway konnte sich nicht vorstellen, wohin die Reise ging, aber es schien wirklich, wie Miß Brinklow gesagt hatte, ein Werk der Vorsehung zu sein, daß eine solche Schar grade jetzt und hier vorbeikam. Sobald sie in Rufweite war, verließ er seine Gefährten und ging voraus, wenn auch nicht eilig, denn er wußte, daß Orientalen das Zeremoniell einer Begegnung lieben und sich gern dabei Zeit lassen. Als er nur noch einige Schritte entfernt war, blieb er stehn und verneigte sich mit gebührender Höflichkeit. Zu seiner großen Überraschung stieg die blaugewandete Gestalt aus der Sänfte, kam mit würdevoller Entschlossenheit auf ihn zu und reichte ihm die Hand. Conway erwiderte den Händedruck und gewahrte einen ältlichen Chinesen, grauhaarig, glattrasiert und in seinem bestickten Seidengewand unauffällig dekorativ. Er schien seinerseits Conway derselben raschen Abschätzung zu unterziehn. Dann sagte er in gemessenem und vielleicht etwas zu exaktem Englisch: »Ich bin von der Lamaserei Schangri-La.«

Conway verneigte sich abermals und begann nach einer entsprechenden Pause kurz die Umstände zu erklären, die ihn und seine drei Gefährten in eine so wenig besuchte Gegend geführt hatten. Als er zu Ende war, machte der Chinese eine Gebärde des Verstehens. »Es ist wirklich merkwürdig«,

sagte er und blickte nachdenklich auf das beschädigte Flugzeug. Dann fügte er hinzu: »Mein Name ist Tschang, falls Sie so gütig wären, mich Ihren Freunden vorzustellen.«
Conway brachte ein verbindliches Lächeln fertig. Er fand eigentlich viel Gefallen an dieser neuen Erscheinung – einem Chinesen, der perfekt Englisch sprach und die gesellschaftlichen Formen von Mayfair in der Wildnis Tibets einhielt. Er wandte sich zu den andern, die inzwischen herangekommen waren und mehr oder weniger Erstaunen über diese Begegnung zeigten. »Miß Brinklow – Mr. Barnard, er ist Amerikaner, – Mr. Mallison – und ich selbst heiße Conway. Wir freuen uns alle, Sie zu sehn, obgleich die Begegnung fast so rätselhaft ist wie die Tatsache, daß wir selbst uns hier befinden. Tatsächlich wollten wir grade nach Ihrer Lamaserei aufbrechen, und es ist daher ein doppelt glückliches Zusammentreffen. Wenn Sie uns Weisungen für den Weg geben könnten?«
»Das ist nicht nötig. Es wird mir ein Vergnügen sein, Ihren Führer zu machen.«
»Aber ich darf gar nicht daran denken, Ihnen so viel Mühe zu bereiten. Es ist außerordentlich gütig von Ihnen, aber wenn der Weg nicht weit ist –«
»Er ist nicht weit, aber er ist auch nicht leicht. Es wird mir eine Ehre sein, Sie und Ihre Freunde zu begleiten.«
»Aber nicht doch –«
»Ich muß darauf bestehn.«
Conway fand, daß dieser Streit an solchem Ort und unter solchen Umständen lächerlich zu werden drohte. »Dann bitte«, gab er nach. »Wir sind Ihnen gewiß alle sehr verbunden.«
Mallison, der düster diesen Austausch von Höflichkeiten über sich hatte ergehn lassen, mischte sich nun in einem fast schrillen, scharfen Kasernenhofton ein: »Wir werden nicht lange Aufenthalt nehmen«, erklärte er kurz und bündig. »Wir werden für alles bezahlen, was wir verbrauchen, und möchten gern einige Ihrer Leute mieten, damit sie uns auf der Rückreise helfen. Wir wollen so bald als möglich zur Zivilisation zurückkehren.«
»Sind Sie so überzeugt, daß Sie fern von ihr sind?« Die sehr sanft geäußerte Frage stachelte den jungen Mann zu

nur noch größerer Schärfe auf. »Ich bin ganz überzeugt, sehr weit von dort zu sein, wo ich zu sein wünsche. Das gilt für uns alle. Wir werden für ein zeitweiliges Obdach sehr dankbar sein, aber noch viel dankbarer, wenn Sie uns zur Rückreise verhelfen. Wie lange, schätzen Sie, wird die Reise nach Indien dauern?«

»Das wüßte ich wirklich nicht zu sagen.«

»Na, ich hoffe, wir werden keine Schwierigkeiten damit haben. Ich habe einige Erfahrung, eingeborene Träger zu mieten, und wir erwarten von Ihnen, daß Sie Ihren Einfluß dahin geltend machen, daß wir nicht überfordert werden.«

Conway fühlte, daß das alles doch recht unnötig herausfordernd klang, und wollte sich begütigend einmischen, als mit unendlicher Würde die Antwort kam: »Ich kann Ihnen nur versichern, Mr. Mallison, daß man Sie ehrenvoll behandeln wird und daß Sie letztlich nichts bedauern werden.«

»Letztlich?« rief Mallison, sich auf das Wort stürzend. Aber nun ließ sich eine Szene leichter vermeiden, weil inzwischen Wein und Obst dargeboten worden waren, die die andere Reisegesellschaft ausgepackt hatte, stämmige Tibetaner in Schafpelzen, Pelzkappen und Stiefeln aus Jakleder. Der Wein schmeckte angenehm, nicht unähnlich gutem Rheinwein, während sich unter dem Obst völlig reife Mangonen befanden, die nach so vielen Stunden des Fastens fast schmerzhaft köstlich schmeckten. Mallison aß und trank mit Genuß und ohne Neugierde. Conway aber, unmittelbarer Sorgen überhoben und nicht willens, sich welche um die Zukunft zu machen, fragte sich, wie Mangonen in solcher Höhe gezogen werden konnten. Außerdem fesselte der Berg am Ende des Tals sein Interesse. Es war ein in jeder Hinsicht auffallender Gipfel, und er wunderte sich, daß noch kein Reisender ihn in einem jener Bücher gepriesen hatte, die unausweichlich das Ergebnis einer Reise nach Tibet sind. Im Geist bestieg er ihn, während er ihn betrachtete, und wählte den Anstieg über Paß und Grat, bis ein Ausruf Mallisons seine Aufmerksamkeit auf die Erde zurücklenkte. Er wandte sich um und gewahrte, daß der Chinese ihn aufmerksam musterte. »Sie haben den Berg betrachtet, Mr. Conway?« erklang es.

»Ja, er ist ein herrlicher Anblick. Er hat wohl einen Namen?«
»Er wird Karakal genannt.«
»Ich glaube nicht, schon von ihm gehört zu haben. Ist er sehr hoch?«
»Über achttausend Meter.«
»Wirklich? Ich war mir nie bewußt, daß es einen so hohen außerhalb des Himalaya geben könnte. Ist er regelrecht vermessen worden? Von wem stammen die Höhenangaben?«
»Von wem, erwarten Sie wohl, mein Herr? Ist Klosterleben mit Trigonometrie etwa unvereinbar?«
Conway kostete den Satz aus und erwiderte: »Oh, keineswegs, keineswegs«, und lachte höflich. Er fand, es sei ein dürftiger Scherz, aber vielleicht wert, möglichst gewürdigt zu werden. Bald darauf wurde der Weg nach Schangri-La angetreten.

Den ganzen Vormittag stiegen sie bergauf, langsam und in leichten Etappen, aber auch so war die körperliche Anstrengung in solcher Höhe beträchtlich, und niemand hatte Kraft zum Sprechen übrig. Der Chinese saß behaglich in seinem Tragstuhl, und das hätte ungalant gewirkt, wenn es nicht lächerlich gewesen wäre, sich Miß Brinklow in so königlichem Staat vorzustellen. Conway, dem die dünne Luft weniger Beschwerden verursachte als den übrigen, bemühte sich, die Worte zu verstehn, die manchmal zwischen den Sänftenträgern gewechselt wurden. Er konnte sehr wenig Tibetanisch, nur grade genug, um zu entnehmen, daß die Männer froh waren, in die Lamaserei zurückzukehren. Keinesfalls hätte er sich weiter mit ihrem Führer unterhalten können, da dieser, die Augen geschlossen und das Gesicht halb hinter den Vorhängen verborgen, die Kunst zu meistern schien, auf der Stelle und wann es ihm beliebte, einzuschlafen.
Es war warm in der Sonne, Hunger und Durst waren gelindert, wenn auch nicht gestillt; und die Luft, so rein, als käme sie von einem andern Planeten, wurde mit jedem Atemzug köstlicher. Man mußte bewußt und überlegt atmen, was zwar anfangs beklemmend war, nach einer Weile

aber eine fast ekstatische Gemütsruhe bewirkte. Der ganze Körper bewegte sich in einem einzigen Rhythmus des Atmens, Schreitens und Denkens. Die Lungen, nicht mehr etwas Unbewußtes und Mechanisches, wurden zur Harmonie mit Geist und Gliedmaßen erzogen. Conway, in dem ein mystischer Zug sich seltsam mit Skeptizismus verband, wunderte sich über diese fast beglückende Empfindung. Ein paarmal richtete er ein aufheiterndes Wort an Mallison, dem der anstrengende Aufstieg sehr zu schaffen gab. Auch Barnard keuchte kurzatmig, während Miß Brinklow in eine Art ingrimmigen Lungenkriegs verwickelt war, den sie aus irgendeinem Grund zu verheimlichen trachtete. »Wir sind schon fast oben«, sagte Conway aufmunternd.

»Ich rannte einmal, um einen Zug zu erreichen, und mir war dabei genau so«, antwortete sie. Es gab, dachte Conway, auch Leute, die fanden, daß Apfelwein genau wie Champagner schmeckte. Es war eine Sache des Gaumens.

Er war selber erstaunt, daß er außer dieser leichten Verwunderung wenig Befürchtungen hegte, am allerwenigsten für sich selbst. Es gibt Augenblicke im Leben, wo man die Seele weit öffnet, wie etwa die Geldbörse, wenn eine Abendunterhaltung sich als unerwartet kostspielig, aber auch unerwartet neuartig erweist. Ebenso willig, erleichtert und doch nicht aufgeregt, ging Conway an diesem atemraubenden Vormittag angesichts des Karakal auf das dargebotene neue Erlebnis ein. Nach zehn Jahren in verschiedenen Teilen Asiens war er zu ziemlich hohen Ansprüchen an Örtlichkeiten und Vorfälle gelangt, und dies hier, so mußte er sich gestehn, versprach Ungewöhnliches.

Nach etwa drei Kilometern talaufwärts wurde der Anstieg steiler, aber nun war die Sonne von Wolken verdeckt, und ein silbriger Nebel verdunkelte die Aussicht. Von den Schneefeldern droben donnerten Lawinen. Die Luft wurde erst kühl, dann – auf die jähe Art, wie im Gebirge Veränderungen eintreten – bitter kalt. Wäßriges Schneegestöber zog herauf, durchnäßte sie alle und steigerte ihr Unbehagen maßlos. Sogar Conway hatte einen Augenblick lang das Gefühl, daß es unmöglich wäre, noch viel weiter zu gehn. Aber bald darauf schien die Höhe des Kammes erreicht zu sein, denn die Sänftenträger hielten, um ihre Last zurechtzurücken. Der Zustand Barnards und Mallisons, die beide heftig litten, führte zu neuerlichen Verzögerungen. Die Tibetaner aber waren sichtlich darauf bedacht, möglichst rasch vorwärtszukommen, und deuteten durch Zeichen an, daß der Rest des Wegs weniger ermüdend sein werde.

Nach diesen Beteuerungen war es um so enttäuschender, daß sie plötzlich Seile entrollten. »Wollen sie uns schon jetzt hängen?« brachte Barnard mit verzweifelter Lustigkeit hervor. Die Führer aber bewiesen bald, daß ihre Absicht weniger finster war und nur dahin ging, die Gesellschaft auf übliche Bergsteigerart anzuseilen. Als sie gewahrten, daß Conway mit Seiltechnik vertraut war, wurden sie bedeutend ehrerbietiger und gestatteten ihm, seine Begleiter nach Gutdünken zu verteilen. Er reihte sich hinter Mallison ein, ein paar Tibetaner vor und hinter sich, und Barnard, Miß Brinklow und etliche Tibetaner noch weiter hinten. Es entging ihm nicht, daß die Männer, während ihr Anführer weiterschlief, willens schienen, ihn als dessen Stellvertreter anzusehn. Er verspürte dieses wohlbekannte Anerkennen seiner Autorität. Wenn es irgendwelche Schwierigkeiten gäbe, würde er leisten, was er leisten zu können glaubte: Vertrauen einflößen und die Führung übernehmen. Er war seinerzeit ein hervorragender Bergsteiger gewesen und zweifellos noch immer ein recht guter. »Sie müssen sich um Barnard kümmern«, sagte er zu Miß Brinklow halb im Scherz, halb im Ernst, und sie erwiderte mit der Schämigkeit eines Adlerweibchens: »Ich werde mein möglichstes tun, aber Sie müssen wissen, ich bin noch nie im Leben angeseilt gewesen.«

Die nächste Strecke jedoch war, obgleich zuweilen aufregend, weniger schwierig, als er erwartet hatte, und eine Erlösung von der lungensprengenden Anstrengung des Aufstiegs. Der Pfad bestand aus einer in die Felswand gehauenen Traverse. Oben war die Wand von Nebeln verdeckt, die vielleicht barmherzig auch den Abgrund unter ihnen verhüllten. Conway allerdings, der schwindelfrei war, hätte gern gesehn, wo er sich befand. Der Pfad war stellenweise kaum mehr als einen halben Meter breit, und die Art, wie die Träger an solchen Stellen mit der Sänfte umgingen, erweckte seine Bewunderung fast ebensosehr, wie das die Nerven des Insassen taten, der während der ganzen Zeit zu schlafen vermochte. Die Tibetaner waren zwar durchaus verläßlich, schienen sich aber doch wohler zu fühlen, als der Pfad breiter wurde und sich ein wenig senkte. Dann begannen sie zu singen, auf- und absteigende barbarische Melodien, die Conway sich als irgendein tibetanisches Ballett von Massenet vorstellen konnte. Der Regen hörte auf, die Luft wurde wärmer. »Na, eins ist jedenfalls sicher. Allein hätten wir den Weg hierher nie gefunden«, sagte Conway, in der Absicht, aufheiternd zu wirken, aber Mallison fand die Bemerkung nicht besonders tröstlich. Tatsächlich war er sehr erschreckt und nun, da das Schlimmste überstanden war, in größerer Gefahr, es sich anmerken zu lassen. »Da hätten wir wohl nicht viel versäumt«, gab er erbittert zurück. Der Pfad führte jetzt steiler bergab, und an einer Stelle fand Conway einige Edelweiß, die ersten willkommenen Anzeichen wirtlicherer Zonen. Er sagte das Mallison, den das aber noch weit weniger tröstete. »Du lieber Gott, Conway, bilden Sie sich ein, daß Sie in den Alpen herumsteigen? In was für einen Höllenschlund geraten wir da, das möchte ich wissen? Und wenn wir hingelangen, was dann? Was — werden — wir — tun?«

Conway erwiderte ruhig: »Wenn Sie soviel Erfahrung hätten wie ich, würden Sie wissen, daß es Augenblicke im Leben gibt, wo es das Beruhigendste ist, nichts zu tun. Die Dinge widerfahren einem, man läßt sie sich einfach widerfahren. Mit dem Krieg war es so ähnlich. Man hat schon Glück, wenn, wie es hier der Fall ist, eine Spur von Neuheit die Unannehmlichkeit würzt.«

»Sie sind mir zu verdammt philosophisch. Während des Wirbels in Baskul waren Sie keineswegs in solcher Stimmung.«

»Natürlich nicht. Denn damals bestand einige Aussicht, daß ich durch mein Eingreifen die Ereignisse beeinflussen könnte. Hier aber, wenigstens für den Augenblick, besteht eine solche Aussicht nicht. Wir sind hier, weil wir hier sind, wenn Sie unbedingt einen Grund brauchen. Ich habe den gewöhnlich sehr beruhigend gefunden.«

»Vermutlich sagen Sie sich doch selber, was für eine schauerliche Mühe wir haben werden, auf demselben Weg wieder zurückzukehren. Seit einer Stunde krabbeln wir an einer senkrechten Felswand entlang – ich hab' gut aufgepaßt.«

»Ich auch.«

»So?« Mallison räusperte sich erregt. »Ich gebe zu, daß ich Ihnen lästig werde, aber ich kann nichts dafür. Mir kommt das Ganze verdächtig vor. Wir tun viel zu sehr, was diese Kerle wollen. Sie drängen uns in die Ecke.«

»Auch wenn sie das tun, hatten wir nur noch die Wahl, draußen zu bleiben und zugrunde zu gehn.«

»Das ist ganz logisch, ich weiß es, aber es hilft uns offenbar nicht. Ich fürchte, ich kann mich nicht so leicht wie Sie mit der Lage abfinden. Ich kann nicht vergessen, daß wir vor zwei Tagen noch im Konsulat in Baskul waren. Wenn ich daran denke, was alles seither geschehn ist, überwältigt es mich ein wenig. Tut mir leid, aber ich bin überreizt. Jetzt wird mir begreiflich, was für ein Glück ich hatte, den Krieg zu versäumen –, ich glaube, da wäre ich sehr bald hysterisch geworden. Die ganze Welt um mich herum scheint verrückt geworden zu sein. Ich selbst muß ziemlich verrückt sein, daß ich so zu Ihnen rede.«

Conway schüttelte den Kopf. »Keineswegs, mein lieber Junge. Sie sind vierundzwanzig Jahre alt und irgendwo vier Kilometer hoch in der Luft – Gründe genug für alles, was Sie in diesem Augenblick vielleicht empfinden. Ich glaube, Sie haben eine schwere Prüfung außerordentlich gut überstanden – besser, als ich es in Ihrem Alter getan hätte.«

»Aber empfinden nicht auch Sie die Verrücktheit des Ganzen? Wie wir da über diese Berge geflogen sind, und dieses schreckliche Warten im Sturm, und wie der Pilot starb, und wie wir dann diese Kerle getroffen haben – erscheint das Ganze nicht wie ein Albtraum und unglaublich, wenn man darauf zurückblickt?«

»Zugegeben.«

»Dann möchte ich wissen, wie Sie es fertig bringen, bei alledem so kühl zu bleiben.«
»Möchten Sie das wirklich wissen? Ich werde es Ihnen sagen, wenn Sie es wollen, aber Sie werden mich vielleicht für einen Zyniker halten. So vieles andre, worauf ich zurückblicken kann, erscheint mir nämlich auch wie ein Albtraum. Dies hier ist nicht der einzige verrückte Teil der Welt, Mallison. Schließlich, wenn Sie durchaus an Baskul denken wollen, erinnern Sie sich, wie, grade bevor wir abflogen, die Revolutionäre ihre Gefangenen folterten, um ihnen Informationen abzupressen? Eine ganz gewöhnliche Wäschemangel — durchaus wirksam, selbstverständlich, aber ich habe wohl kaum je eine possierlichere Grausigkeit gesehn. Und erinnern Sie sich an die letzte Depesche, die uns erreichte, bevor wir abgeschnitten waren? Sie betraf die Anfrage einer Textilfirma in Manchester, ob in Baskul Absatzmöglichkeit für Schnürleibchen sei. Scheint Ihnen das nicht verrückt genug? Glauben Sie mir, das Schlimmste, was uns widerfahren konnte, indem wir hierherkamen, ist, daß wir die eine Form von Wahnsinn für eine andre eingetauscht haben. Und was den Krieg betrifft, wenn Sie den mitgemacht hätten, hätten Sie dasselbe getan wie ich — gelernt, sich zu fürchten, während man Mut zeigt.«
Sie waren noch im Gespräch, als ein jäher, aber kurzer Anstieg ihnen den Atem raubte, so daß sie nach wenigen Schritten wieder die frühere Anstrengung empfanden. Bald darauf wurde der Grund jedoch eben, und sie traten aus dem Nebel in klare sonnige Luft. Vor ihnen, in geringer Entfernung, lag die Lamaserei Schangri-La.

Conway, der sie zuerst sah, hätte sie für eine Vision halten können, erstanden aus dem eintönigen Rhythmus, mit dem der Mangel an Sauerstoff alle seine Sinne umfangen hielt. Es war wahrhaftig ein seltsamer, fast unglaublicher Anblick. Eine Gruppe bunt bemalter Pavillons klammerte sich an den Berghang, nicht grimmig entschlossen wie eine Burg am Rhein, sondern eher wie Blumenblätter, die sich an einem Felszacken verfangen hatten. Herrlich und unvergleichlich. Eine erhabene Empfindung trug den Blick aufwärts von milchblauen Dächern zu der grauen Felsen-

bastion darüber, gewaltig wie das Wetterhorn über Grindelwald. Und darüber wieder – eine blendende Pyramide – erhoben sich die Schneeflanken des Karakal. Es mochte wohl, so dachte Conway, die furchteinflößendste Berglandschaft der Welt sein, und er stellte sich den ungeheuern Druck der Schnee- und Gletschermassen vor, gegen den der Fels wie ein riesenhafter Damm wirkte. Eines Tags würde sich vielleicht der ganze Berg spalten und die Hälfte der eisigen Pracht des Karakal ins Tal herabgestürzt kommen. Er fragte sich, ob die geringe Wahrscheinlichkeit der Gefahr, verbunden mit der furchtbaren Drohung, nicht sogar angenehm anregend wirkte.
Kaum weniger reizvoll war der Ausblick nach unten, denn die Bergwand stürzte weiter fast senkrecht ab in eine Schlucht, die nur das Ergebnis einer längstvergangenen Katastrophe sein konnte. Der ferne, dunstige Talboden grüßte das Auge mit üppigem Grün. Vor Winden geschützt und von der Lamaserei mehr überblickt als beherrscht, erschien es Conway als ein köstlich begünstigter Ort. Allerdings, wenn es bewohnt war, mußten die Leute dort durch die ragenden, schier unersteiglichen Kämme auf der andern Seite völlig abgeschnitten sein. Nur zu der Lamaserei schien es einen ersteigbaren Ausgang zu geben. Conway fühlte bei dem ganzen Anblick, daß sich seine Befürchtungen ein wenig verdichteten. Mallisons Argwohn war vielleicht nicht ganz außer acht zu lassen. Aber dieses Gefühl war nur vorübergehend und ging bald in dem tiefern, halb mystischen, halb augenfälligen Eindruck auf, endlich einen Ort erreicht zu haben, der einen Abschluß darstellte, etwas Endgültiges.
Er erinnerte sich nachher nie genau daran, wie er und die andern in der Lamaserei eintrafen und mit welchen Förmlichkeiten sie empfangen, vom Seil losgeknüpft und hineingeleitet wurden. Diese dünne Luft hatte etwas traumhaft Wirkendes und glich darin dem Porzellanblau des Himmels. Mit jedem Atemzug und jedem Blick schlürfte er eine tiefe, betäubende Stille, die ihn unempfindlich machte, sowohl für Mallisons Besorgtheit als auch Barnards Witze und Miß Brinklows züchtiges Porträt einer Dame, die auf das Schlimmste gefaßt ist. Er erinnerte sich dunkel

seiner Überraschung, als sich das Innere geräumig, gut erwärmt und völlig sauber zeigte. Aber es blieb grade nur Zeit, das alles flüchtig wahrzunehmen, denn der Chinese hatte seinen überdachten Tragstuhl verlassen und führte sie bereits durch mehrere Vorräume. Er war nun von größter Liebenswürdigkeit. »Ich muß um Entschuldigung bitten«, sagte er, »daß ich Sie unterwegs sich selbst überlassen habe. Aber ich vertrage Reisen dieser Art nur schlecht und muß auf mich achten. Ich hoffe, Sie haben sich nicht überanstrengt?«

»Es ging grade noch«, erwiderte Conway mit einem sauren Lächeln.

»Vortrefflich. Und nun, wenn Sie mit mir kommen wollen, werde ich Ihnen Ihre Zimmer zeigen. Sie werden jedenfalls alle gern ein Bad nehmen. Die Unterkunft bei uns ist einfach, aber, wie ich hoffe, entsprechend.«

In diesem Augenblick stieß Barnard, der noch immer unter der Anstrengung des Luftschöpfens litt, ein kurzatmiges Lachen aus. »Na«, keuchte er, »ich kann nicht behaupten, daß ich euer Klima schon liebgewonnen habe – die Luft scheint ein wenig auf meiner Brust zu kleben – aber Sie haben sicher eine famose Aussicht aus Ihren Vorderfenstern. Müssen wir alle Schlange stehn vor dem Badezimmer oder ist das ein amerikanisches Hotel?«

»Ich hoffe, Sie werden alles zu Ihrer Zufriedenheit finden, Mr. Barnard.«

Miß Brinklow nickte knapp. »Das will ich auch hoffen.«

»Und nachher«, fuhr der Chinese fort, »wird es mir eine große Ehre sein, Sie alle zum Abendessen bei mir zu sehn.«

Conway dankte höflich. Nur Mallison hatte kein Zeichen seiner Haltung angesichts aller dieser unerwarteten Annehmlichkeiten gegeben. Ebenso wie Barnard hatte auch er unter der großen Höhe gelitten, nun aber fand er, etwas mühsam, Atem genug zu dem Ausruf: »Und nachher, wenn Sie nichts dagegen haben, wollen wir einen Plan entwerfen, wie wir wieder von hier wegkommen. Was mich betrifft, je eher, desto besser.«

Viertes Kapitel

»Sie sehn also«, schloss Tschang, »dass wir keine solchen Barbaren sind, wie Sie erwarteten.«

Conway war später an diesem Abend keineswegs geneigt, das zu bestreiten. Er genoß die wohltätige Mischung körperlichen Behagens und geistiger Regsamkeit, die ihn unter allen Empfindungen die wahrhaft kultivierteste dünkte. Soviel er bisher wahrgenommen hatte, war die Ausstattung von Schangri-La ganz wie er sie sich nur wünschen konnte, jedenfalls weit besser, als er je hätte erwarten können. Daß ein tibetanisches Kloster Zentralheizung besaß, war vielleicht nicht so bemerkenswert in einem Zeitalter, das sogar Lhassa mit Telephonen versorgte. Aber daß es die Technik westlicher Hygiene mit so vielem andern verband, was ganz dem Osten und alter Überlieferung entsprach, das fiel ihm als etwas völlig Einzigartiges auf. Die Wanne zum Beispiel, in der er vor kurzem geschwelgt hatte, war aus zartgrünem Porzellan gewesen, der Beschriftung nach ein Erzeugnis aus Akron im Staate Ohio. Der einheimische Wärter jedoch hatte ihn auf chinesische Art bedient, ihm Ohren und Nase gereinigt und mit einem dünnen Seidenbäuschchen über die unteren Augenlider gewischt. Conway hatte sich dabei gefragt, ob seine drei Gefährten mit ähnlichen Aufmerksamkeiten bedacht wurden.

Er hatte fast zehn Jahre lang in China gelebt, nicht immer in den größeren Städten, und betrachtete diese Zeit, alles in allem genommen, als die glücklichste seines Lebens. Er hatte die Chinesen gern und fühlte sich in chinesischen Bräuchen zu Hause. Eine ganz besondere Vorliebe hatte er für die chinesische Küche mit ihren feinen Abstufungen des Geschmacks, und seine erste Mahlzeit in Schangri-La hatte daher für ihn etwas willkommen Vertrautes. Er vermutete auch, daß sie ein Kraut oder Gewürz enthalten hatte, das die Atmung erleichterte, denn er fühlte nicht nur selber diesen Unterschied, sondern bemerkte auch, daß seinen Gefährten das Atmen nicht mehr so schwer fiel. Tschang aß, wie er gewahrte, nichts als etwas grünen Salat und trank keinen Wein. »Sie werden mich wohl

entschuldigen«, hatte er gleich zu Anfang erklärt, »aber meine Diät ist sehr karg – ich bin gezwungen, auf mich zu achten.«
Denselben Grund hatte er auch zuvor angeführt, und Conway fragte sich, woran er wohl leiden mochte. Als er ihn nun genauer betrachtete, fand er es schwer, sein Alter zu schätzen. Seine kleinen und gewissermaßen der Einzelheiten entbehrenden Züge, im Verein mit der feuchtlehmigen Beschaffenheit der Haut, gaben ihm ein Aussehn, das sowohl das eines jungen, vorzeitig gealterten, als auch das eines bemerkenswert gut erhaltenen alten Mannes sein konnte. Es fehlte ihm keineswegs etwas Anziehendes; eine gewisse, in strenge Formen gebannte Höflichkeit umgab ihn wie ein Duft, zu zart, als daß man sie entdeckt hätte, solange man nicht aufgehört hatte, an sie zu denken. In seinem bestickten Überkleid aus blauer Seide mit dem üblichen an der Seite geschlitzten Rock und den eng um die Knöchel schließenden Hosen in allen Himmelsfarben, besaß er einen kühl metallischen Reiz, der Conway wohlgefiel, obgleich er wußte, daß dergleichen nicht nach jedermanns Geschmack war.
Die Atmosphäre war tatsächlich mehr chinesisch als im strengen Sinn tibetanisch, und das versetzte Conway in die angenehme Stimmung des Zuhauseseins; allerdings konnte er auch von diesem Gefühl nicht erwarten, daß die andern es teilten. Schon das Zimmer selbst gefiel ihm: es war bewundernswert in den Ausmaßen und nur spärlich mit Wandbehängen und ein paar edlen Lackschränken geschmückt. Das Licht kam aus Papierlaternen, die regungslos in der stillen Luft hingen. Er fühlte ein beruhigendes Wohlbehagen an Leib und Seele, und als er sich wiederum fragte, ob es vielleicht auf irgendeine Droge zurückzuführen sei, war die Frage fast frei von Ängstlichkeit. Was immer es war – wenn die Annahme überhaupt zutraf – so hatte es jedenfalls Barnards Atemnot und ebenso Mallisons Trotz vertrieben. Beide hatten gut gespeist und sich mehr dem Essen als dem Sprechen gewidmet. Auch Conway war recht hungrig gewesen und hatte es nicht bedauert, daß die Landessitte nur allmähliche Annäherung an Dinge von Wichtigkeit gestattete. Er war nie darauf

erpicht gewesen, einen Zustand zu verkürzen, der an sich erfreulich war, so daß dieses von der Höflichkeit gebotene Verhalten ihm sehr zusagte. Erst als er sich eine Zigarette angezündet hatte, ließ er seiner Neugier sacht den Zügel lockerer und bemerkte, zu Tschang gewendet: »Sie scheinen hier eine vom Glück sehr begünstigte Gemeinschaft zu sein und höchst gastfreundlich gegen Fremde. Ich kann mir allerdings nicht vorstellen, daß Sie oft welche empfangen.«
»Tatsächlich nur selten«, erwiderte der Chinese gemessen. »Dieser Teil der Welt ist nicht sehr bereist.«
Conway lächelte darüber. »Sie drücken das sehr mild aus. Mir schien es, als ich herkam, der abgeschiedenste Ort, den ich je erblickte. Hier könnte eine eigene Kultur blühen, ohne Verseuchung durch die Außenwelt.«
»Verseuchung würden Sie es nennen?«
»Ich beziehe das Wort auf Jazzorchester, Kinos, Lichtreklamen und so weiter. Ihre hygienischen Einrichtungen sind mit vollem Recht so modern, als Sie sie nur kriegen können: sie sind die einzige nicht fragwürdige Gabe, die — meiner Meinung nach — der Osten vom Westen übernehmen kann. Die Römer waren zu beneiden, ihre Zivilisation umfaßte sogar heiße Bäder, ohne der verhängnisvollen Kenntnisse von Maschinen zu bedürfen.«
Conway verstummte. Er hatte mit einer Stegreifgeläufigkeit gesprochen, die zwar nicht unecht war, aber doch dahin zielte, Stimmung zu schaffen und zu beherrschen. Er traf so etwas besonders gut. Nur die Bereitwilligkeit, auf die überfeine Höflichkeit seines Gastgebers einzugehn, hinderte ihn daran, seine Neugier unverhohlener zu zeigen.
Miß Brinklow hingegen hatte keine solchen Bedenken. »Bitte«, sagte sie, aber das Wort klang keineswegs bescheiden, »wollen Sie uns einiges über das Kloster mitteilen?«
Tschang hob in sehr sanfter Mißbilligung solcher Unvermitteltheit die Brauen. »Es wird mir das größte Vergnügen machen, Madam, soweit ich es vermag. Was wünschen Sie eigentlich zu wissen?«
»Zunächst einmal, wie viele Sie hier sind und welcher Nation Sie angehören?« Es war klar, daß ihr ordnungs-

liebender Geist hier nicht weniger berufsmäßig arbeitete als im Missionshaus in Baskul.

Tschang erwiderte: »Derer unter uns, die die volle Lamawürde besitzen, sind etwa fünfzig; außerdem gibt es noch ein paar andre, die, wie ich selbst, noch nicht die letzten Weihen erlangt haben. Es ist zu hoffen, daß wir im weiteren Verlauf dahin gelangen. Bis dahin sind wir Halblamas – Anwärter, könnte man sagen. Was Herkunft und Abstammung betrifft, so befinden sich Vertreter einer großen Anzahl von Nationen unter uns, obgleich, wie es vielleicht naturgemäß ist, Tibetaner und Chinesen die Mehrzahl ausmachen.«

Miß Brinklow schrak nie vor einer Schlußfolgerung zurück, nicht einmal vor einer falschen: »Ich verstehe. Es ist also in Wirklichkeit ein Eingeborenenkloster. Ist Ihr Oberlama Tibetaner oder Chinese?«

»Keines von beiden.«

»Sind auch Engländer hier?«

»Mehrere.«

»Ach, wirklich? – das ist doch sehr merkwürdig.« Miß Brinklow machte nur eine Pause, um Atem zu schöpfen, bevor sie fortfuhr: »Und nun sagen Sie mir, woran Sie alle glauben.«

Conway lehnte sich ziemlich belustigt und erwartungsvoll zurück. Er fand immer Gefallen am Zusammenstoß gegensätzlicher Geisteshaltungen, und Miß Brinklows pfadfinderinnenhafte Geradwegigkeit, auf lamaistische Philosophie angewandt, versprach reichliche Unterhaltung. Anderseits wollte er seinen Gastgeber nicht einschüchtern lassen. »Das ist eine recht umfangreiche Frage«, sagte er, um ihm Zeit zu geben.

Aber Miß Brinklow war nicht in der Stimmung, sich Zeit zu lassen. Der Wein, der die andern geruhsamer gemacht hatte, schien ihr besondere Lebhaftigkeit verliehen zu haben. »Selbstverständlich«, sagte sie mit einer großmütigen Gebärde, »glaube ich selbst an die wahre Religion, aber ich bin vorurteilsfrei genug, um zuzugestehn, daß andre Menschen – Ausländer meine ich – sehr häufig ganz ehrlich in ihrem Glauben sind. Natürlich kann ich in einem Kloster nicht erwarten, Übereinstimmung mit mir zu finden.«

Ihr Zugeständnis rief eine formvollendete Verneigung des Chinesen hervor. »Aber warum nicht, Madam?« erwiderte er in seinem genauen, würzigen Englisch. »Müssen wir denn, weil eine Religion wahr ist, alle andern für unbedingt falsch halten?«
»Nun, das ist doch wohl einleuchtend, nicht?«
Conway mengte sich abermals ein. »Ich glaube wirklich, wir sollten darüber nicht rechten. Miß Brinklow teilt gewiß meine eigene Neugier nach dem Leitgedanken dieser einzigartigen Anstalt.«
Tschang antwortete ziemlich langsam und fast im Flüsterton: »Wenn ich es in wenige Worte fassen soll, mein werter Herr, dann möchte ich sagen, daß wir vor allem an Mäßigung glauben. Wir lehren die Tugend der Vermeidung jeglichen Übermaßes, ein Übermaß an Tugend selbst inbegriffen, – wenn Sie das Paradoxon gestatten wollen. In dem Tal, das Sie gesehn haben und worin mehrere tausend Bewohner unter der Leitung unseres Ordens leben, hat es sich herausgestellt, daß dieser Grundsatz ein beträchtliches Maß von Glück bewirkt. Wir herrschen mit mäßiger Strenge und sind dafür mit mäßigem Gehorsam zufrieden, und ich kann wohl rühmend behaupten, daß unser Volk mäßig nüchtern, mäßig keusch und mäßig ehrlich ist.«
Conway lächelte. Er fand das gut ausgedrückt, und überdies sagte es seinem eigenen Temperament zu. »Ich glaube zu verstehn. Wahrscheinlich gehören die Burschen, die uns heute morgen begegneten, zu den Leuten Ihres Tals?«
»Ja. Ich hoffe, Sie haben unterwegs nichts an ihnen auszusetzen gefunden?«
»O nein, durchaus nicht. Ich bin froh, daß sie jedenfalls mäßig trittsicher waren. Übrigens scheinen Sie betont zu haben, daß der Regel der Mäßigung grade diese Leute unterstehn, – darf ich daraus folgern, daß sie nicht auch auf die Priesterschaft zutrifft?«
Darauf antwortete Tschang nur mit einem Kopfschütteln. »Ich bedaure, mein Herr, daß Sie einen Punkt berührten, über den ich nicht sprechen darf. Ich kann nur hinzufügen, daß unsere Gemeinschaft verschiedene Glaubensrichtungen und Rituale pflegt, aber die meisten von uns sind in dieser

Hinsicht mäßige Ketzer. Ich bin tief betrübt, daß ich im Augenblick nicht mehr sagen kann.«
»Keine Entschuldigung, bitte. Es bleiben mir die angenehmsten Vermutungen überlassen.« Etwas in seiner eigenen Stimme, ja in seinen körperlichen Empfindungen gab Conway von neuem das Gefühl, daß man ihm ein leichtes Betäubungsmittel beigebracht habe. Mallison schien unter einem ähnlichen Einfluß zu stehn, obgleich er die Gelegenheit benützte, um zu sagen: »Das alles war sehr interessant, aber ich glaube wirklich, es wäre Zeit, wir begännen unsre Pläne zu besprechen, wie wir von hier wegkommen. Wir wollen sobald als möglich nach Indien zurückkehren. Wie viele Träger können uns zur Verfügung gestellt werden?«
Diese so praktische und kompromißlose Frage durchbrach die Schicht von Liebenswürdigkeit, ohne sicheren Boden darunter zu finden. Erst nach einer langen Pause erklang Tschangs Antwort: »Leider, Mr. Mallison, bin nicht ich es, an den Sie sich da wenden müssen. Allerdings glaube ich kaum, daß sich die Sache sogleich bewerkstelligen ließe.«
»Aber irgend etwas muß sich bewerkstelligen lassen. Wir müssen alle zu unsrer Arbeit zurück, und unsre Freunde und Verwandten werden sich um uns sorgen — wir müssen einfach zurück! Wir sind Ihnen sehr verbunden für die Aufnahme, die wir gefunden haben, aber wir dürfen hier wirklich nicht herumfaulenzen. Wenn es sich irgendwie machen läßt, möchten wir spätestens morgen aufbrechen. Ich nehme an, daß sich ziemlich viele unter Ihren Leuten freiwillig melden würden, uns zu begleiten, — und wir würden sie für ihre Mühe bestimmt nicht schlecht belohnen.«
Mallison schloß nervös, als hätte er gehofft, schon früher durch eine Antwort unterbrochen zu werden, vermochte jedoch von Tschang nicht mehr herauszubekommen als ein gelassenes und fast vorwurfsvolles: »Aber das alles fällt kaum in meinen Wirkungskreis, müssen Sie wissen.«
»Nicht? Nun ja, aber vielleicht können Sie doch irgend etwas tun. Wenn Sie uns etwa eine Landkarte in großem Maßstab verschaffen würden, wäre das schon eine Hilfe. Es sieht so aus, als hätten wir eine lange Reise vor uns.

Um so mehr Grund, frühzeitig aufzubrechen. Sie besitzen vermutlich Karten.«
»O ja, wir haben sehr viele.«
»Dann möchten wir eine entleihen, wenn Sie nichts dagegen haben. Wir können sie Ihnen wohl nachher zurücksenden – Sie müssen doch von Zeit zu Zeit Verbindung mit der Außenwelt haben. Es wäre auch ein guter Gedanke, Nachrichten vorauszusenden, um unsre Freunde zu beruhigen. Wie weit ist es bis zur nächsten Telegraphenlinie?«
Tschangs runzliges Gesicht schien den Ausdruck unendlicher Geduld angenommen zu haben, aber er antwortete nicht.
Mallison wartete einen Augenblick und fuhr dann fort: »Nun, wohin senden Sie, wenn Sie etwas brauchen, irgend etwas Zivilisiertes, meine ich?« Eine Spur von Verängstigung verriet sich in seinen Augen und in seiner Stimme. Plötzlich stieß er seinen Stuhl zurück und stand auf. Er war bleich und strich sich erschöpft über die Stirn. »Ich bin so müde«, stammelte er und sah im Zimmer umher. »Es kommt mir vor, daß nicht ein einziger von Ihnen mir wirklich zu helfen versucht. Ich stelle doch nur eine einfache Frage. Es ist klar, daß Sie die Antwort darauf wissen müssen. Als Sie alle diese modernen Badezimmer einrichteten, wie wurde damals das Zeug hergeschafft?«
Es folgte wieder ein Schweigen.
»Sie wollen es mir also nicht sagen. Vermutlich gehört das zu allem übrigen Geheimnisvollen. Conway, ich muß schon sagen, Sie sind verdammt schlapp. Warum bringen Sie nicht die Wahrheit an den Tag? Ich bin vorläufig ganz kaputt – aber morgen, wissen Sie, – morgen müssen wir weg – das steht außer Frage.«
Er wäre zu Boden geglitten, wenn Conway ihn nicht aufgefangen und zu einem Stuhl geleitet hätte. Dann erholte er sich ein wenig, sagte aber nichts mehr.
»Morgen wird ihm schon viel besser sein«, sagte Tschang sanft. »Die Luft hier bereitet einem Fremden anfangs Schwierigkeiten, aber man paßt sich bald an.«
Conway fühlte sich aus einer Trance erwachen. »Es war alles ein wenig überanstrengend für ihn«, bemerkte er mit

ziemlich wehmütiger Milde. Etwas lebhafter fügte er hinzu: »Ich glaube, wir alle spüren es ein wenig, — wir sollten vielleicht diese Unterredung vertagen und zu Bett gehn. Barnard, wollen Sie sich um Mallison kümmern? Und auch Sie, Miß Brinklow, werden Schlaf nötig haben.« Es war irgendein Zeichen gegeben worden, denn in diesem Augenblick erschien ein Diener. »Ja, wir gehn alle — gute Nacht-- gute Nacht — ich komme gleich nach.« Er schob die andern fast heftig aus dem Zimmer und wandte sich dann mit so wenig Förmlichkeit, daß sie auffällig von seinem frühern Benehmen abstach, an den Gastgeber. Mallisons Vorwurf hatte ihn angestachelt.

»Nun, mein Herr, ich will Sie nicht lange aufhalten und möchte daher zur Sache selbst kommen. Mein Freund ist ein wenig ungestüm, aber ich kann ihn nicht tadeln — er hat ganz recht, die Dinge klarzumachen. Unsre Rückreise muß vorbereitet werden, und wir können das nicht ohne Hilfe von Ihnen oder andern hier. Ich sehe natürlich ein, daß es unmöglich ist, schon morgen abzureisen, und was mich selbst betrifft, so hoffe ich, einen kurzen Aufenthalt recht interessant zu finden. Aber das ist vielleicht nicht grade die Auffassung meiner Gefährten. Wenn es also wahr ist, was Sie sagen, daß Sie selbst für uns nichts tun können, dann bringen Sie uns, bitte, mit jemand in Verbindung, der es vermag.«

Darauf antwortete der Chinese: »Sie sind weiser als Ihre Freunde, mein werter Herr, und daher weniger ungeduldig. Das freut mich.«

»Das ist keine Antwort.«

Tschang begann zu lachen — ein stoßweises, hochtoniges Kichern, so hörbar erkünstelt, daß Conway darin das höfliche Vorgeben erkannte, einen nicht vorhandenen Scherz zu sehn, womit der Chinese in peinlichen Augenblicken »sein Gesicht wahrt«. »Seien Sie ganz überzeugt, Sie haben keinen Grund, sich darüber Sorge zu machen«, kam nach einer Pause die Antwort. »Zweifellos werden wir zu gegebener Zeit imstande sein, Ihnen jede benötigte Hilfe zu gewähren. Wie Sie sich vorstellen können, sind Schwierigkeiten vorhanden, aber wir alle gehn mit Vernunft an die Frage heran und ohne ungebührliche Hast —«

»Ich dränge nicht zur Eile. Ich möchte nur Erkundigungen über Träger einholen.«
»Nun ja, mein werter Herr, das bringt uns auf einen andern Punkt. Ich zweifle sehr, ob Sie so leicht Männer finden werden, die gewillt sind, eine solche Reise zu unternehmen. Sie haben ihre Heimstätten unten im Tal und verlassen sie nicht gern, um lange und anstrengende Reisen anzutreten.«
»Immerhin lassen sie sich doch wohl dazu überreden, denn warum und wohin haben sie Sie sonst heute morgen begleitet?«
»Heute morgen? Ach, das war etwas andres.«
»Inwiefern? Traten Sie nicht soeben eine Reise an, als ich und meine Freunde Ihnen zufällig begegneten?«
Darauf folgte keine Antwort, und alsbald fuhr Conway ruhiger fort: »Ich verstehe, es war wohl keine zufällige Begegnung. Tatsächlich hatte ich die ganze Zeit meine Zweifel. Sie kamen also mit Absicht, um uns abzufangen. Das legt den Gedanken nahe, daß Sie im voraus von unsrer Ankunft wußten, und die interessante Frage ist: woher?«
Seine Worte brachten einen Ton von Gespanntheit in die köstliche Ruhe der Szene. Das Laternenlicht enthüllte das Gesicht des Chinesen; es war unbewegt und statuenhaft. Plötzlich, mit einer kleinen Handbewegung, brach Tschang die Spannung. Einen seidenen Wandbehang beiseiteschiebend, öffnete er eine Glastür, die auf einen Balkon führte. Er berührte Conway leicht am Arm und führte ihn so in die kalte, kristallklare Luft hinaus. »Sie sind klug«, sagte er träumerisch, »aber Sie haben nicht ganz recht. Aus diesem Grund würde ich Ihnen raten, Ihre Freunde nicht mit solchen rein hypothetischen Erwägungen zu plagen. Glauben Sie mir, weder Sie selbst noch Ihre Freunde sind in Schangri-La in Gefahr.«
»Aber es ist nicht die Gefahr, die uns Sorge macht, sondern die Verzögerung.«
»Ich begreife das, und natürlich kann eine gewisse Verzögerung eintreten, das ist ganz unvermeidlich.«
»Wenn es nur für kurze Zeit und wirklich unvermeidlich ist, dann werden wir uns natürlich damit abfinden müssen, so gut wir können.«

»Sehr, sehr vernünftig, denn wir wünschen nichts inniger, als daß Sie und Ihre Gefährten jeden Augenblick dieses Aufenthaltes hier genießen mögen.«
»Das ist alles sehr schön, und wie ich Ihnen schon sagte, habe ich persönlich nicht viel dagegen — es ist eine neue und interessante Erfahrung, und auf jeden Fall brauchen wir einige Erholung.«
Er blickte hinauf zu der schimmernden Pyramide des Karakal. In diesem Augenblick, im hellen Mondlicht, sah sie aus, als könnte man sie mit hochgestreckter Hand berühren, so scharf und klar hob sie sich von der blauen Unendlichkeit ab.
»Morgen«, sagte Tschang, »werden Sie es vielleicht noch interessanter finden, und im übrigen gibt es, wenn Sie ermüdet sind, nicht viele bessere Orte in der Welt.« Wirklich überkam Conway, je länger er hinsah, eine desto tiefere Ruhe, als wäre es ebenso ein Anblick für den Geist wie für das Auge. Kaum ein Windhauch regte sich im Gegensatz zu den Hochlandstürmen, die in der vergangenen Nacht getobt hatten. Das ganze Tal, so gewahrte er nun, war ein vom Land eingeschlossener Hafen, über dem der Karakal wie ein Leuchtturm aufragte. Dieser Vergleich wurde, während er ihn zog, noch treffender, denn es war wirklich ein Licht auf dem Gipfel, eine eisblaue Helle, die einem ausgestrahlten Leuchten ähnelte. Irgend etwas trieb ihn dann, nach der wörtlichen Bedeutung des Namens zu fragen, und Tschangs Antwort erklang wie das geflüsterte Echo seines eigenen Sinnens. »Karakal heißt im Dialekt dieses Tals ›der Berg aller heiligen Zeiten‹«, sagte der Chinese.

Conway erwähnte gegen seine Gefährten nichts von seiner Schlußfolgerung, daß ihre und seine Ankunft in Schangri-La auf irgendeine Weise von dessen Bewohnern erwartet worden war. Er hatte wohl vorgehabt, es zu tun, und war sich bewußt, daß die Sache wichtig sei, aber als es Morgen wurde, beunruhigte ihn dieses Bewußtsein so wenig, außer in theoretischem Sinne, daß er davor zurückscheute, den andern zu noch größerer Besorgnis Grund zu geben. Ein Teil seines Ich beharrte dabei, daß der Ort etwas ausgesprochen Unheimliches hatte, daß die Haltung Tschangs am vergangenen Abend keineswegs beruhigend schien und daß er mit seinen Gefährten so gut wie gefangen war, falls nicht die Behörden etwas für sie zu tun beschlossen; und es war natürlich seine Pflicht, die zum Handeln zu zwingen. Er war immerhin, wenn nichts andres, ein Vertreter der britischen Regierung, und es war eine Schmach, daß die Insassen eines tibetanischen Klosters ihm ein angemessenes Ersuchen abschlugen, – das wäre zweifellos die normale amtliche Ansicht, die die Behörden hegen würden, und ein Teil von Conways Wesen war normal und amtlich. Niemand verstand es besser, gelegentlich den starken Mann zu spielen; während der letzten schwierigen Tage vor der Evakuierung hatte er sich auf eine Weise hervorgetan, die ihm (wie er sauer lächelnd überlegte) mindestens die Erhebung in den Ritterstand und ein für Schulpreise geeignetes Buch, »Mit Conway in Baskul«, eintragen müßte. Er hatte die Führerschaft über einige Dutzend zusammengewürfelter Zivilisten, darunter Frauen und Kinder, auf sich genommen, allen in einem kleinen Konsulat während einer von fremdenfeindlichen Agitatoren angestifteten erbitterten Revolte Schutz geboten und die Anführer durch Schmeicheln und Drohen dahin gebracht, eine völlige Evakuierung durch Flugzeuge zu gestatten, – und das war, wie er fühlte, keine schlechte Leistung. Vielleicht könnte er durch Drähteziehn und das Abfassen endloser Berichte bei den nächsten Neujahrsernennungen etwas für sich herausschlagen. Jedenfalls hatte es ihm Mallisons glühende Bewunderung eingetragen. Daher mußte der junge Mann nun leider doppelt von ihm enttäuscht sein. Das war natürlich schade, aber Conway war es nun schon gewohnt, daß die Leute ihn nur gernhatten, weil sie ihn mißverstanden. Er war keiner von diesen willensfesten, starkarmigen Weltreichschmiedern. Das, was danach aussah, war nur ein kleiner Einakter, den er von Zeit zu Zeit nach Übereinkunft mit dem Schicksal und dem Außenministerium aufführte, und zwar für ein Gehalt, das jedermann im Amtskalender nachschlagen konnte. Die Wahrheit war, daß das Rätsel Schangri-Las und seiner Ankunft daselbst zauberhaft fesselnd auf ihn zu wirken begann. Jedenfalls fand er es schwer, persönlich irgendeinen Groll zu hegen. Sein Amt konnte ihn jeden Augenblick in die wunderlichsten Erdenwinkel führen, und je wunderlicher sie waren, desto weniger litt er in der Regel unter Langeweile. Warum also grollen, weil der Zufall und nicht ein Dienstbefehl aus London ihn an diesen wunderlichsten aller Orte gesandt hatte!

Er war auch wirklich durchaus nicht unzufrieden. Als er sich am Morgen erhob und durchs Fenster das weiche Lasurblau des Himmels erblickte, hätte er an keinem andern Ort der Erde sein mögen – weder in Peschawar noch in Piccadilly. Er freute sich zu sehn, daß die Nachtruhe auch auf die andern ermutigend gewirkt hatte. Barnard war wieder so weit der alte, um recht munter über Betten, Bad, Frühstück und andre gastfreundliche Einrichtungen zu witzeln. Miß Brinklow gab zu, daß das gründlichste Absuchen ihres Zimmers keine der Unannehmlichkeiten zutage gefördert hatte, auf die sie durchaus gefaßt gewesen war. Sogar Mallison hatte einen Anflug von halb verdrossener Zufriedenheit. »Vermutlich werden wir heute doch nicht wegkommen«, murmelte er, »wenn nicht jemand sehr dahinter ist. Diese Kerle sind richtiggehende Orientalen – man kann sie nicht dahin bringen, irgend etwas rasch und sachgemäß durchzuführen.«

Conway nahm die Bemerkung hin. Mallison war zwar noch kein ganzes Jahr von England weg – aber das war zweifellos lange genug, um eine Verallgemeinerung zu rechtfertigen, die er wahrscheinlich noch nach zwanzig Jahren wiederholen würde. In gewissem Grad war sie ja selbstverständlich wahr. Conway hatte jedoch nie den Eindruck, daß die östlichen Völker ungewöhnlich träge seien, sondern vielmehr, daß Engländer und Amerikaner in einem Zustand beständiger und recht lächerlicher Fieberhitze umherrasten. Er erwartete nicht, daß ein andrer Westler seine Ansicht teilen werde, aber er hielt immer mehr an ihr fest, je älter er an Jahren und Erfahrungen wurde. Anderseits stimmte es durchaus, daß Tschang sich mit aalglatter Geschicklichkeit allen Fragen entwunden hatte und Mallisons Ungeduld nur zu sehr berechtigt war. Conway wünschte fast, selber auch Ungeduld fühlen zu können.

Das hätte die Dinge für den Jüngern bedeutend leichter gemacht.
So aber sagte er: »Ich glaube, wir warten lieber ab, was der heutige Tag bringt. Es war vielleicht zu optimistisch, damit zu rechnen, daß die Leute schon gestern abend etwas täten.«
Mallison sah ihn rasch an. »Sie finden wahrscheinlich, daß ich mich gestern wie ein Narr benommen habe, weil ich so drängte? Ich konnte nichts dafür. Ich hatte den Eindruck, daß dieser Chinese höllisch verdächtig ist, und habe ihn noch. Konnten Sie irgend etwas Vernünftiges aus ihm herausbekommen, nachdem ich schlafen gegangen war?«
»Wir sprachen nachher nicht mehr lange miteinander. Er antwortete auf alles ziemlich unbestimmt und unverbindlich.«
»Na, heute werden wir ihn wohl ein wenig straffer an die Leine nehmen müssen.«
»Gewiß, gewiß«, stimmte Conway ohne besondere Begeisterung zu. »Inzwischen wollen wir uns diesem ausgezeichneten Frühstück widmen.« Es bestand aus mehreren Gängen, und alle waren sie vorzüglich zubereitet und angerichtet. Gegen Ende der Mahlzeit trat Tschang ein und begann mit einer leichten Verneigung den Austausch höflicher Begrüßungsformeln, die auf englisch doch ein wenig schwerfällig klangen. Conway hätte lieber chinesisch gesprochen, aber bisher hatte er nichts davon verlauten lassen, daß er eine östliche Sprache beherrschte, denn es konnte vielleicht von Nutzen sein, sie als fünftes As im Ärmel zu haben. Er lauschte mit ernster Miene Tschangs Höflichkeiten und beteuerte dann, daß er gut geschlafen habe und sich viel wohler fühle. Tschang gab seiner Freude darüber Ausdruck und fügte hinzu: »Wahrlich, wie Ihr Nationaldichter sagte: ›Schlaf, der des Grams zerschlissenen Ärmel flickt‹.«
Diese Schaustellung von Bildung wurde nicht sehr günstig aufgenommen. Mallison beantwortete sie mit der üblichen leisen Verachtung, die jeder gesund denkende junge Engländer bei der Erwähnung von Poesie fühlt. »Sie meinen vermutlich Shakespeare, obgleich ich das Zitat nicht erkenne, aber ich kenne ein andres, das lautet: ›Beim Weggehn hal-

tet nicht auf euren Rang, doch geht sogleich!‹ Ohne unhöflich sein zu wollen: das ist es, was wir alle gern möchten. Ich bitte Sie, unverzüglich nach Trägern Umschau zu halten, noch diesen Vormittag, wenn Sie nichts dagegen haben.« Der Chinese empfing dieses Ultimatum ganz unbewegt und erwiderte endlich: »Es tut mir leid, Ihnen sagen zu müssen, daß das wenig Zweck hätte. Ich fürchte, wir haben keine Leute verfügbar, die gewillt wären, Sie so weit weg von ihrer Heimat zu begleiten.«

»Aber, du guter Gott, Mann, glauben Sie denn wirklich, daß wir uns mit diesem Bescheid abspeisen lassen werden?«

»Zu meinem aufrichtigen Bedauern wüßte ich keinen andern.«

»Sie scheinen sich das alles seit gestern abend ausgetüftelt zu haben«, warf Barnard ein. »Gestern waren Sie der Sache auch nicht annähernd so sicher.«

»Ich wollte Sie nicht enttäuschen, solange Sie von der Reise so ermüdet waren. Nun, nach einer erfrischenden Nachtruhe, darf ich hoffen, daß Sie die Dinge in etwas vernünftigerem Licht sehn werden.«

»Nun hören Sie mal«, mengte sich Conway mit Entschiedenheit ein, »diese Herumredereien und Ausflüchte gehn so nicht weiter. Sie wissen, wir können nicht endlos, auf unbestimmte Zeit hierbleiben, und ebenso klar ist, daß wir ohne Hilfe nicht wegkommen können. Was schlagen Sie also vor?«

Tschang antwortete mit einem strahlenden Lächeln, das sichtlich für Conway allein bestimmt war. »Mein werter Herr, es ist mir ein Vergnügen, den Vorschlag zu machen, den ich längst im Sinn hatte. Auf die Haltung Ihres Freundes gab es keine Antwort, aber das Begehren eines weisen Mannes findet immer Erwiderung. Es wurde gestern, wie Sie sich erinnern werden, die Bemerkung gemacht — ebenfalls von Ihrem Freund, glaube ich, — daß wir bisweilen Verbindung mit der Außenwelt haben müssen. So verhält es sich auch in der Tat. Von Zeit zu Zeit benötigen wir gewisse Dinge aus entfernten Lagerhäusern, und wir sind gewohnt, sie auch pünktlich zu erhalten, — auf welche Weise und unter welchen Umständen, damit will ich Sie nicht weiter bemühn. Wichtig ist nur, daß eine solche Sendung in Kürze erwartet wird, und da die Männer, die sie bringen, nachher zurückkehren, erscheint es mir durchaus möglich, daß Sie ein Übereinkommen mit ihnen werden treffen können. Ich vermag mir wirklich keinen bessern Plan zu denken und hoffe nach der Ankunft des Transports —«

»Wann wird das sein?« unterbrach ihn Mallison barsch.

»Der genaue Zeitpunkt läßt sich natürlich unmöglich voraussagen. Sie kennen ja aus eigener Erfahrung die Schwierigkeiten, sich in diesem Teil der Welt umherzubewegen. Hunderterlei Dinge können Verzögerungen herbeiführen — Wetterumstürze —«

Wieder mischte sich Conway ein. »Wir wollen da einmal Klarheit schaffen. Sie schlagen also vor, daß wir als Träger die Männer verwenden sollen, die demnächst hier mit einem Warentransport eintreffen werden. Das wäre soweit kein schlechter Gedanke, aber wir müssen etwas mehr darüber wissen. Zunächst — diese Frage wurde Ihnen bereits gestellt: für wann werden diese Leute erwartet, und zweitens: wohin werden sie uns führen?«

»Das ist eine Frage, die Sie selbst ihnen werden vorlegen müssen.«

»Werden sie uns nach Indien bringen?«

»Das zu sagen, ist mir wohl kaum möglich.«

»Gut, dann beantworten Sie mir die andre Frage: wann werden die Leute hier sein? Ich frage nicht nach dem Tag, ich möchte nur ungefähr wissen, ob es nächste Woche oder nächstes Jahr sein kann.«

»Es kann von heute noch einen Monat dauern, wahrscheinlich nicht mehr als zwei Monate.«

»Oder drei, vier oder fünf Monate«, fuhr Mallison hitzig dazwischen, »und Sie glauben, wir werden hier auf diesen Transport oder diese Karawane oder, was es sonst ist, warten, damit sie uns, irgendwann, in ferner Zukunft, Gott weiß wohin führt?«

»Ich glaube, mein Herr, der Ausdruck ›ferne Zukunft‹ ist kaum am Platz. Wenn nicht etwas Unvorhergesehenes eintritt, sollte die Wartezeit nicht länger dauern, als ich sagte.«

»Aber zwei Monate! Zwei Monate hier! Unerhört! Conway, darauf können Sie doch nicht ernstlich eingehn. Zwei Wochen wären das Äußerste.«
Tschang raffte mit einer kleinen Gebärde der Endgültigkeit sein Gewand enger. »Ich bedaure sehr, ich wollte niemanden kränken. Die Lamaserei bietet Ihnen auch weiterhin umfassendste Gastfreundschaft, solange Sie das Unglück haben, hierbleiben zu müssen. Mehr kann ich nicht sagen.«
»Gar nicht nötig!« gab Mallison wütend zurück. »Und wenn Sie glauben, daß Sie uns in der Hand haben, so werden Sie verdammt schnell entdecken, daß Sie sich irren! Wir werden uns so viele Träger verschaffen, wie wir brauchen, verlassen Sie sich darauf! Da können Sie Verneigungen und Kratzfüße machen, soviel Sie wollen –«
Conway legte ihm beschwichtigend die Hand auf den Arm. Mallison wirkte, wenn er in Wut geriet, wie ein Kind; er war dann imstande alles zu sagen, was ihm grade einfiel, unbekümmert darum, ob es unsinnig oder taktlos war. Conway fand das leicht verzeihlich bei einem Menschen, der so veranlagt und in eine solche Lage geraten war, fürchtete aber, es könnte die zartere Empfindlichkeit eines Chinesen kränken. Glücklicherweise hatte sich Tschang mit bewundernswertem Takt schon hinausbegeben und entging so dem Schlimmsten.

Fünftes Kapitel

Sie verbrachten den Rest des Vormittags mit Besprechungen über die Sache. Gewiß, es war ein harter Schlag für diese vier, die es sich normalerweise in den Klubs und Missionshäusern von Peschawar hätten gut gehn lassen sollen, statt dessen nun zwei Monate in einem tibetanischen Kloster vor sich zu haben. Aber die Dinge lagen nun einmal so, daß der Schock, den sie bei ihrer Ankunft erlebt hatten, ihnen nur geringe Reserven an Entrüstung oder Erstaunen gelassen hatte; sogar Mallison war nach seinem ersten Ausbruch in eine Stimmung verwirrter Schicksalsergebenheit versunken. »Ich kann schon nicht mehr darüber reden, Conway«, sagte er, mit nervöser Gereiztheit eine Zigarette paffend. »Meine Meinung kennen Sie ja. Ich habe immer gesagt, daß da etwas nicht mit rechten Dingen zugeht. Es steckt etwas Verbrecherisches dahinter. Am liebsten möchte ich auf der Stelle weg.«

»Das kann ich Ihnen nicht verdenken«, erwiderte Conway. »Leider handelt es sich nicht darum, was dem einen oder dem andern von uns lieber ist, sondern womit wir uns alle abzufinden haben. Aufrichtig gesagt, wenn die Leute hier erklären, daß sie uns die nötigen Träger nicht beistellen können oder wollen, bleibt nichts übrig, als zu warten, bis die andern Kerle kommen. Ich gebe nur ungern zu, daß wir so hilflos sind, aber es ist nun einmal so.«

»Sie meinen also, daß wir zwei Monate hierbleiben müssen?«

»Ich sehe keine andere Möglichkeit.«

Mallison schnippte mit erkünstelter Gleichgültigkeit die Asche von seiner Zigarette. »Na schön. Also zwei Monate. Da können wir ja alle Hurra schreien.«

Conway fuhr fort: »Ich sehe nicht ein, warum das viel schlimmer sein sollte, als zwei Monate in irgendeinem andern entlegenen Winkel der Welt zu verbringen. Leute in unsern Berufen sind es gewohnt, in die wunderlichsten Gegenden verschickt zu werden, — das kann ich, glaube ich, von uns allen behaupten. Es ist natürlich schlimm für diejenigen unter uns, die Freunde und Verwandte haben. Ich für meine Person habe es in dieser Hinsicht gut — ich wüßte niemand, der sich um mich besonders sorgen wird, und meine Arbeit, was immer sie hätte sein sollen, kann ohne weiteres auch ein andrer verrichten.«

Er wandte sich an die übrigen, wie um sie aufzufordern, für sich selbst zu sprechen. Mallison äußerte sich nicht, aber Conway wußte ungefähr, wie es um ihn stand. Er hatte Eltern und eine Braut in England, das erschwerte ihm die Sache.

Barnard hingegen nahm die Lage in einer Stimmung hin, die Conway als gewohnheitsmäßige Gutgelauntheit anzusehn gelernt hatte. »Na, ich schätze, ich bin so weit ganz gut gefahren — zwei Monate in der Strafanstalt werden mich nicht umbringen. Und die Leute bei mir daheim, die werden nicht mit der Wimper zucken — ich war immer ein schlechter Briefeschreiber.«

»Wir vergessen, daß unsre Namen in den Zeitungen stehn werden«, erinnerte ihn Conway. »Man wird uns alle als vermißt melden, und die Leute werden natürlich das Schlimmste annehmen.«
Barnard sah einen Augenblick verdutzt drein und erwiderte dann mit einem leichten Grinsen: »Tja, das stimmt, aber mich berührt das nicht, seien Sie versichert!«
Conway war froh darüber, obgleich die Sache ein wenig rätselhaft blieb. Er wandte sich an Miß Brinklow, die bis dahin auffallend schweigsam gewesen war; sie hatte während der Unterredung mit Tschang keinerlei Meinung geäußert. Er nahm an, daß wohl auch sie verhältnismäßig wenige persönliche Sorgen habe. Nun sagte sie munter: »Wie Mr. Barnard sagt, ist ein Aufenthalt von zwei Monaten hier kein Anlaß, sich aufzuregen. Es ist ganz gleich, wo man ist, wenn man im Dienste des Herrn steht. Die Vorsehung hat mich hergesandt, ich betrachte es als eine Berufung.«
Conway fand diese Haltung unter den Umständen sehr willkommen. »Ich bin überzeugt«, sagte er ermutigend, »daß Ihre Missionsgesellschaft höchst zufrieden mit Ihnen sein wird, wenn Sie dann zurückkehren. Sie werden ihr viele nützliche Auskünfte geben können. Was das anbelangt, so werden wir alle ein interessantes Erlebnis hinter uns haben, und das sollte ein kleiner Trost sein.«
Das Gespräch wurde nun allgemein. Conway war ziemlich überrascht, wie leicht Barnard und Miß Brinklow sich den neuen Aussichten angepaßt hatten, aber auch erleichtert. Er hatte es jetzt nur noch mit einem einzigen Unzufriedenen zu tun, aber sogar Mallison zeigte nach dem anstrengenden Für und Wider einen gewissen Umschwung. Er war zwar noch immer verstört, aber doch bereiter, die Dinge von der freundlicheren Seite zu sehn. »Der Himmel mag wissen, was wir mit uns anfangen werden«, rief er, aber schon diese Bemerkung zeigte, daß er sich mit seiner Lage auszusöhnen suchte.
»Die erste Regel muß sein: vermeiden Sie, einander auf die Nerven zu gehn«, sagte Conway. »Glücklicherweise scheint hier Raum genug zu sein und keineswegs Überfüllung zu herrschen, denn – mit Ausnahme der Diener –

haben wir bisher nur einen einzigen Bewohner zu Gesicht bekommen.«

Barnard fand noch einen andern Grund zu Optimismus: »Wir werden jedenfalls nicht verhungern, wenn unsre bisherigen Mahlzeiten eine richtige Kostprobe waren. Wissen Sie, Conway, dieser Gasthof hier wird nicht ohne reichliche Moneten betrieben. Solche Badezimmer zum Beispiel – die kosten einen Haufen Geld, und ich sehe nichts davon, daß hier irgend jemand Geld verdient, außer, diese Kerle unten im Tal arbeiten was. Und auch dann würden sie nicht genug für einen Export erzeugen. Möchte wissen, ob sie irgendein Mineral abbauen!«

»Der ganze Ort ist ein einziges verdammtes Geheimnis«, erwiderte Mallison. »Sie müssen irgendwo scheffelweise Geld versteckt haben wie die Jesuiten. Und die Badezimmer hat ihnen wahrscheinlich irgendein millionenschwerer Anhänger gestiftet. Das kann mich übrigens wenig kümmern, wenn ich einmal von hier wegkomme. Allerdings muß ich sagen, daß die Aussicht vom Fenster in ihrer Art wirklich nicht schlecht ist. Ein guter Höhenluftkurort, wenn's eine andre Gegend wäre. Ob man wohl auf diesen Abhängen dort drüben Ski fahren könnte?«

Conway sah ihn forschend und leicht belustigt an. »Gestern, als ich ein paar Edelweiß fand, haben Sie mich daran erinnert, daß ich nicht in den Alpen bin. Nun ist an mir die Reihe, dasselbe zu sagen. Aber ich möchte Ihnen abraten, Ihre Scheidegg-Kunststücke hier zu versuchen.«

»Wahrscheinlich hat hier noch niemand eine Sprungschanze gesehn.«

»Am Ende nicht einmal ein Eishockeyspiel«, ging Conway auf den Scherz ein. »Sie könnten versuchen, zwei Mannschaften aufzustellen. Wie wär's mit ›Angelsachsen gegen Lamas‹?«

»Das würde sie jedenfalls lehren, ein faires Spiel zu spielen«, warf Miß Brinklow mit funkelndem Ernst ein.

Eine passende Bemerkung hierzu wäre schwierig zu finden gewesen, aber es war auch nicht nötig, da soeben das Mittagessen aufgetragen wurde, dessen hervorragende Güte, im Verein mit der aufmerksamen Bedienung, eine überaus behagliche Stimmung hinterließ. Als dann später Tschang

eintrat, hatte niemand Lust, den Streit fortzuführen. Mit viel Takt setzte der Chinese voraus, daß er noch immer mit allen auf bestem Fuß stand, und die vier Gestrandeten ließen ihn bei dieser Annahme. Ja, als er vorschlug, ihnen die Baulichkeiten der Lamaserei näher zu zeigen, wurde sein Anerbieten bereitwillig angenommen.
»Aber gewiß«, sagte Barnard, »wir können uns doch mal die Bude besehn, wenn wir schon hier sind. Schätze, es wird lange dauern, bevor wir zu einem zweiten Besuch herkommen.«
Miß Brinklow schlug einen Ton an, der mehr zu denken gab. »Als wir Baskul in dem Flugzeug verließen, hätte ich mir nicht träumen lassen, daß wir je an einen solchen Ort kämen«, murmelte sie, als sie sich alle unter Tschangs Führung in Bewegung setzten.
»Und wir wissen auch jetzt noch nicht, warum«, antwortete Mallison, der nicht vergessen konnte.
Conway besaß keine Rassen- oder Farbenvorurteile, und es war nur Pose, wenn er manchmal in Klubräumen oder Eisenbahnabteilen erster Klasse vorgab, auf die »Weiße« eines krebsroten Gesichts unter einem Tropenhelm besonderes Gewicht zu legen. Es ersparte einem Verdruß, wenn man's die Leute glauben ließ, besonders in Indien, und Conway war ein gewissenhafter Verdrußersparer. In China dagegen war dies nicht so nötig gewesen; er hatte viele Chinesen zu Freunden gehabt, und es war ihm nie eingefallen, sie als minderwertig zu behandeln. Daher war er im Umgang mit Tschang unvoreingenommen genug, um in ihm einen manierlichen alten Herrn zu sehn, der vielleicht nicht ganz vertrauenswürdig, aber sicherlich geistig hochstehend war. Mallison hingegen neigte dazu, ihn durch die Stäbe eines unsichtbaren Käfigs zu betrachten. Miß Brinklow wieder war stramm und forsch wie gegen einen Heiden in seiner Blindheit, während Barnards witzelnde Leutseligkeit auf den Ton gestimmt war, den er einem Oberkellner gegenüber angeschlagen hätte.
Der große Rundgang durch Schangri-La bot so viel Fesselndes, daß diese verschiedenen Haltungen ganz zurücktraten. Es war nicht die erste klösterliche Anstalt, die Conway besichtigte, aber gewiß die größte und, nicht nur ihrer

Lage nach, die merkwürdigste. Schon die Wanderung durch die Bauten und Höfe war ein ausgiebiger Nachmittagsspaziergang, und er gewahrte, daß sie an vielen Gemächern nur vorbeigingen, ja daß es ganze Gebäude gab, zu deren Besichtigung Tschang sie nicht einlud. Der kleinen Gruppe wurde jedoch genug gezeigt, um den Eindruck zu bestätigen, der sich bei jedem einzelnen schon gebildet hatte. Barnard war mehr denn je überzeugt davon, daß die Lamas sehr reiche Leute seien; Miß Brinklow entdeckte übergenug Beweise, daß sie unmoralisch seien; und Mallison fühlte sich, nachdem der erste Reiz der Neuheit verschwunden war, genau so ermüdet wie nach vielen Besichtigungsrundgängen in geringeren Höhenlagen. Nein, die Lamas waren keine Helden nach seinem Geschmack.

Conway allein ergab sich einer üppigen Verzauberung, die ständig zunahm. Es waren nicht so sehr Einzelheiten, die ihn anzogen, als die sich allmählich enthüllende Verbindung von Vornehmheit, unauffälligem und untadeligem Geschmack und einer zarten Harmonie, die das Auge zu beglücken schien, ohne es auf sich zu ziehn. Nur mit bewußter Anstrengung konnte er sich aus der Stimmung des Künstlers in die des Kunstkenners versetzen, und da erkannte er Schätze, für die Museen und Millionäre ein Vermögen geboten hätten: köstliche perlenblaue Sung-Gefäße, seit über tausend Jahren bewahrte Gemälde in farbigen Tuschen, Lackarbeiten, in denen das kühle, liebliche Detail des Märchenlandes nicht so sehr abgebildet als orchestriert war. Eine Welt unvergleichlicher Verfeinerung war hier noch lebendig pulsend in Porzellan und Lack bewahrt und schenkte dem Beschauer einen Augenblick lang lauterstes Gefühl, bevor sie sich ins rein Gedankliche auflöste. Hier war keine Protzigkeit, keine Effekthascherei, kein Generalangriff auf die Eindrucksfähigkeit des Betrachters. Die zarten Meisterwerke schienen ins Dasein geflattert zu sein wie Blütenblätter von einer Blume. Sie hätten einen Sammler um den Verstand bringen können, aber Conway sammelte nicht; es fehlte ihm dazu sowohl das Geld als auch die Habgier. Seine Vorliebe für chinesische Kunst war eine Sache des Gemüts: in einer Welt zunehmenden Lärms und immer größer werdender Dimensionen wandte er sich insgeheim zarten, abgegrenzten, winzigen Dingen zu. Als er nun einen Raum nach dem andern durchschritt, wurde er von dem Pathos ergriffen, das in dem Gedanken an die Ungeheuerlichkeit des Karakal lag, die diesen zerbrechlichen Reizen gegenüber aufgetürmt war.

Die Lamaserei hatte jedoch mehr zu bieten als eine Chinoiserienschau. Eine ihrer Sehenswürdigkeiten war zum Beispiel eine wunderbare Bibliothek, deren luftige Geräumigkeit eine Unmenge Bücher in Nischen und Erkern mit solcher Bescheidenheit beherbergte, daß sie weit mehr auf Weisheit als auf Gelehrsamkeit, auf gute Manieren als auf Ernst gestimmt schien. Während eines raschen Überblikkens der Regale fand Conway vieles, was ihn in Erstaunen setzte. Hier stand, wie es schien, neben dem Besten der Weltliteratur eine Unmenge verschollenen und wunderlichen Zeugs, das er nicht einzuschätzen vermochte; Bände in englischer, französischer, deutscher und russischer Sprache waren im Überfluß vorhanden, ebenso eine ungeheure Zahl chinesischer und andrer östlicher Manuskripte. Eine Abteilung, die ihn besonders anzog, war den Tibetanica gewidmet, wenn man so sagen konnte. Er bemerkte mehrere Seltenheiten, darunter das *»Novo Descubrimento de Grao Catayo ou dos Regos de Tibet«* von Antonio de Andrada (Lissabon, 1626), Athanasius Kirchers *»China«* (Antwerpen, 1667), Thévenots *»Voyage en Chine des Pères Grueber et d'Orville«* und Beligattis *»Relazione Inedita di un Viaggio al Tibet«*. Er blätterte grade in diesem Werk, als er Tschangs Blick mit freundlicher Neugier auf sich ruhen fühlte. »Sie sind vielleicht ein Gelehrter?« erklang die Frage.

Conway fand es schwer, darauf zu antworten. Seine Tätigkeit in Oxford gab ihm ein gewisses Recht, sie zu bejahen, aber er wußte, daß das Wort zwar im Mund eines Chinesen das höchste Kompliment war, jedoch für englische Ohren einen leicht überheblichen Klang hatte, und hauptsächlich aus Rücksicht auf seine Gefährten widersprach er. »Ich lese natürlich gern, aber meine Arbeit während der letzten Jahre hat mir nicht viel Gelegenheit zu einem Gelehrtendasein gegeben.«

»Aber Sie erstreben es?«

»Oh, das möchte ich nicht ohne weiteres behaupten, aber ich verhehle mir gewiß nicht seine Reize.«

Mallison, der ein Buch aufgegriffen hatte, unterbrach: »Hier ist etwas für Ihr Gelehrtendasein, Conway. Eine Landkarte dieses Gebiets.«

»Wir besitzen eine Sammlung von mehreren hundert. Sie stehen Ihnen alle zur Verfügung. Aber vielleicht kann ich Ihnen in einem Punkt Mühe ersparen: Sie werden Schangri-La in keiner einzigen eingezeichnet finden.«

»Merkwürdig«, ließ sich Conway vernehmen. »Ich wüßte gern, warum?«

»Das hat seinen guten Grund, doch bedauere ich, nicht mehr sagen zu können.«

Conway lächelte, aber Mallison machte wieder ein mürrisches Gesicht. »Noch immer mehr Geheimnisvolles«, sagte er. »Bisher haben wir nicht viel gesehn, was irgend jemand verbergen müßte.«

Miß Brinklow erwachte plötzlich aus der stummen Starre, die sich auf den Teilnehmer an einem Besichtigungsrundgang legt. »Werden Sie uns denn nicht die Lamas bei der Arbeit zeigen?« flötete sie in dem Ton, mit dem sie schon manchen Führer aus Cook's Reisebureau eingeschüchtert haben mußte. Man hatte auch das Gefühl, daß ihr Kopf wahrscheinlich mit nebelhaften Vorstellungen von einheimischer Hausindustrie angefüllt war, – Gebetmattenweben oder sonst etwas malerisch Urtümlichem, wovon sie dann daheim erzählen könnte. Sie besaß eine außerordentliche Gabe, nie sehr überrascht, aber immer ein klein wenig entrüstet zu erscheinen, – eine Verbindung von Eigenheiten, die nicht im geringsten in Verwirrung geriet, als Tschang antwortete: »Ich muß, so leid es mir tut, sagen, daß das unmöglich ist. Die Lamas zeigen sich niemals – oder ich sollte vielleicht sagen, nur sehr selten – Nichtangehörigen des Lamatums.« »Ich schätze, da werden wir wohl auf sie verzichten müssen«, sagte Barnard, »aber das finde ich wirklich jammerschade. Sie können sich gar nicht denken, wie gern ich Ihrem Präsidenten die Hand geschüttelt hätte.«

Tschang nahm die Bemerkung mit wohlwollendem Ernst entgegen. Miß Brinklow ließ sich jedoch noch nicht

ablenken. »Was treiben die Lamas eigentlich?« fuhr sie fort.
»Sie widmen sich der Betrachtung, Madam, und dem Streben nach Weisheit.«
»Aber das ist doch keine Tätigkeit.«
»Dann also, Madam, tun sie nichts.«
»Das dachte ich mir.« Sie fand Gelegenheit, ihre Eindrücke zusammenzufassen. »Also, Mr. Tschang, es ist gewiß ein Vergnügen, das alles zu besichtigen, aber Sie werden mich nicht davon überzeugen, daß eine solche Anstalt etwas wirklich Gutes leistet. Ich ziehe etwas Praktischeres vor.«
»Vielleicht möchten Sie Tee trinken?«
Conway fragte sich einen Augenblick, ob das ironisch gemeint war, aber es war offenbar nicht der Fall. Der Nachmittag war schnell vergangen, und Tschang besaß, obgleich sehr mäßig im Essen, die bezeichnende Vorliebe des Chinesen, häufig Tee zu trinken. Miß Brinklow gestand übrigens, daß der Besuch von Kunstgalerien und Museen ihr stets einen Anflug von Kopfschmerzen verursachte. Die Gesellschaft griff daher den Vorschlag auf und folgte Tschang durch mehrere Höfe zu einer Szene von ganz unerwarteter und unvergleichlicher Schönheit. Von einem Säulengang führten Stufen in einen Garten hinab, in den ein zartes Wunderwerk der Bewässerung – ein Lotusteich – eingebettet war; die Blätter lagen so dicht beieinander, daß er einem Estrich feuchter grüner Fliesen glich. Um den Rand des Teichs war ein erzener Tiergarten von Löwen, Drachen und Einhörnern aufgestellt, deren barocke Wildheit die Friedlichkeit der Umgebung eher betonte als verletzte. Das ganze Bild war so makellos abgestimmt, daß das Auge ohne jede Hast von einem Teil zum andern wandern konnte; es gab keinen Wetteifer und keine Eitelkeit, und selbst der Gipfel des Karakal, unvergleichlich über den blauen Ziegeldächern aufragend, schien sich in den Rahmen erlesener Stilgerechtigkeit zu fügen. »Ein hübsches Plätzchen«, bemerkte Barnard, als Tschang sie in einen offenen Pavillon führte, der zu Conways weiterem Entzücken ein Harpsichord und einen modernen Konzertflügel enthielt. Das erschien ihm aus irgendeinem Grund als das krönende Wunder dieses erstaunlichen Nachmit-

tags. Tschang beantwortete alle seine Fragen bis zu einer gewissen Grenze mit völliger Offenheit. Die Lamas, so erklärte er, schätzten westliche Musik sehr hoch, besonders Mozart, und besäßen eine Sammlung aller großen europäischen Kompositionen; manche seien geübte Spieler auf verschiedenen Instrumenten.

Auf Barnard machte die Frage des Transports den größten Eindruck. »Wollen Sie etwa sagen, daß dieses Klavier auf demselben Weg hergeschafft wurde, auf dem wir gestern kamen?«

»Es gibt keinen andern.«

»Na, das ist doch die Höhe! Jetzt nur noch ein Grammophon und ein Lautsprecher, und Sie sind komplett eingerichtet. Aber Sie sind vielleicht noch nicht mit neuzeitlicher Musik bekannt.«

»O doch, wir haben Berichte erhalten. Aber man wies uns auch darauf hin, daß die Berge den Rundfunkempfang unmöglich machen würden. Was ein Grammophon betrifft, wurde der Vorschlag bereits den Leitern vorgelegt, aber sie fanden, daß es damit keine Eile hat.«

»Das glaube ich gern, auch wenn Sie's mir nicht gesagt hätten«, gab Barnard zurück. »Ich schätze, das muß der Wahlspruch Ihres Unternehmens sein — keine Eile.« Er lachte laut, dann fuhr er fort: »Also, um wieder auf Einzelheiten zu kommen: nehmen wir an, Ihre Chefs beschließen früher oder später, daß sie doch ein Grammophon haben wollen, wie wird dann vorgegangen? Die Erzeuger werden nicht hierher liefern, das ist einmal sicher. Da haben Sie wohl einen Agenten in Peking oder Schanghai oder sonstwo, und ich wette um was Sie wollen, alles und jedes kostet eine mächtige Summe Dollars, bevor es in Ihre Hände gelangt.«

Aber Tschang ließ sich ebensowenig ausholen wie bei frühern Gelegenheiten. »Ihre Vermutungen sind sehr klug, Mr. Barnard, aber ich fürchte, ich kann nicht auf sie eingehn.«

Da waren sie also wieder einmal so weit, dachte Conway: an der unsichtbaren Grenzlinie zwischen dem, was enthüllt werden durfte, und dem, was Geheimnis bleiben mußte. Schon glaubte er, diese Linie bald im Geiste einzeichnen zu können, aber der Ansturm einer neuen Überraschung verzögerte das wieder. Denn Diener brachten bereits die flachen Tassen duftenden Tees, und zugleich mit den beweglichen, schlankgliedrigen Tibetanern war auch ganz unauffällig ein Mädchen in chinesischer Tracht eingetreten. Sie ging geradewegs zu dem Spinett und begann eine Gavotte von Rameau zu spielen. Das erste bezaubernde Zirpen erweckte in Conway ein Entzücken, das sein Erstaunen weit überflügelte. Diese silbrigen Weisen aus dem Frankreich des achtzehnten Jahrhunderts schienen an Eleganz den Sungvasen und köstlichen Lackarbeiten und dem Lotusteich dort drüben gleichzukommen; dieselbe dem Tode Trotz bietende Zartheit umschwebte sie, verlieh ihnen über ein Zeitalter hinweg, dem ihr Geist fremd war, Unsterblichkeit. Dann wurde er auf die Spielerin aufmerksam. Sie hatte die lange, schmale Nase, die hohen Backenknochen und die Eierschalenblässe der Mandschu, ihr schwarzes Haar war straff zurückgenommen und geflochten; sie sah sehr vollendet und miniaturenhaft aus. Ihr Mund glich einer blaßroten Windenblüte; sie saß ganz still, nur die schmalen Hände mit den langen Fingern bewegten sich. Sobald die Gavotte zu Ende war, machte sie eine kleine Verneigung und ging.

Tschang lächelte ihr nach und wandte sich dann mit einer Spur persönlichen Triumphs an Conway. »Fand das Ihren Beifall?« fragte er.

»Wer ist sie?« fragte Mallison, bevor Conway antworten konnte.

»Ihr Name ist Lo-Tsen. Sie besitzt große Geschicklichkeit auf westlichen Tasteninstrumenten. Gleich mir selbst hat sie noch nicht die letzten Weihen erlangt.«

»Das wird wohl stimmen«, rief Miß Brinklow. »Sie sieht kaum älter aus als ein Kind. Also haben Sie auch weibliche Lamas?«

»Wir machen keine Unterschiede nach dem Geschlecht.«

»Außerordentliche Sache das, diese Lamaschaft hier«, bemerkte Mallison nach einer Pause von oben herab. Man trank den Tee ohne begleitende Gespräche zu Ende. Die Töne des Harfenklaviers schienen in der Luft noch nachzuklingen und alle in seltsamem Bann zu halten. Alsbald erklärte Tschang, während er sie aus dem Pavillon führte, er wage die Hoffnung auszusprechen, daß der Rundgang nicht unerfreulich gewesen sei. Conway, der für die andern antwortete, schaukelte die üblichen Höflichkeiten. Tschang beteuerte ihnen dann, das Vergnügen sei durchaus auf seiner Seite gewesen, und gab der Erwartung Ausdruck, sie würden während ihres Aufenthalts den Musikraum und die Bücherei ganz als die ihren betrachten. Conway dankte ihm abermals aufrichtig. »Aber was werden die Lamas dazu sagen?« fügte er hinzu. »Benützen sie sie nie selber?«

»Sie räumen ihren geehrten Gästen mit Vergnügen den Platz.«

»Na, das heiße ich wirklich nett«, sagte Barnard. »Und was mehr ist, die Lamas wissen also wirklich, daß wir auf der Welt sind. Das ist jedenfalls ein Schritt vorwärts, da fühle ich mich gleich viel mehr zu Hause. Sie sind hier jedenfalls prima eingerichtet, Tschang. Und Ihre Kleine spielt fabelhaft Klavier. Wie alt kann sie wohl sein?«

»Ich bedaure, Ihnen das nicht sagen zu können.«

Barnard lachte. »Sie verraten das Alter einer Dame nicht, was?«

»Erraten!« antwortete Tschang mit einem leise verschatteten Lächeln.

An diesem Abend fand Conway nach dem Abendessen einen Vorwand, die andern zu verlassen und in die stillen, in Mondlicht getauchten Höfe hinauszuschlendern. Schangri-La war um diese Zeit bezaubernd, angeweht vom Geheimnis, das im Kern aller Schönheit ruht. Die Luft war kalt und still. Der mächtige Spitzturm des Karakal schien viel näher als bei Tageslicht. Conway fühlte sich körperlich wohl, im Gemüt befriedigt und geistig beruhigt. Aber in seinem Verstand – und der ist nicht ganz dasselbe wie Geist – regte sich etwas. Er stand vor einem Rätsel. Die Grenzlinie des Geheimnisvollen, die er abzustecken begonnen hatte, hob sich schärfer ab, aber nur, um die Unerforschlichkeit des Hintergrunds zu enthüllen. Die erstaunlichen Erlebnisse, die er und seine Gefährten gehabt hatten, sammelten sich nun sozusagen in einem Brennpunkt; er konnte sie noch nicht verstehn, aber sie schienen ihm nicht unverständlich.

Einen Kreuzgang durchschreitend, gelangte er auf die Terrasse, die über das Tal hinausragte. Der Duft von Tuberosen drang voll zarter Gedankenverbindungen auf ihn ein; in China hieß er der »Duft des Mondscheins«. Es kam ihm der wunderliche Gedanke, wenn auch das Mondlicht einen Klang hätte, könnte es ganz gut der Klang der Rameau-Gavotte sein, die er eben erst gehört hatte, und das erinnerte ihn an die kleine Mandschu. Er hatte sich nicht vorgestellt, daß Frauen in Schangri-La sein könnten; man verband ihre Anwesenheit nicht mit dem Begriff des Klosterlebens. Immerhin war es vielleicht keine unangenehme Neuerung; eine Harpsichordspielerin war wohl ein Gewinn für eine Gemeinschaft, die es sich, mit Tschangs Worten ausgedrückt, gestattete, gemäßigt ketzerisch zu sein.
Er blickte über den Rand in die blauschwarze Leere. Der Absturz war phantastisch; vielleicht tiefer als zwölfhundert Meter. Ob man ihm wohl gestatten werde, hinabzusteigen, um das Tal und das Leben seiner Bewohner zu besichtigen, von dem die Rede gewesen war? Diese seltsame Kulturinsel, versteckt zwischen unerforschten Bergketten und beherrscht von einer unbestimmten Theokratie, fesselte ihn, der sich viel mit Geschichte befaßt hatte, ganz abgesehn von den seltsamen, aber vielleicht wesensverwandten Geheimnissen der Lamaserei.
Plötzlich trug ein Windhauch Laute von weit unten herauf. Angespannt lauschend vernahm er Gongs und Trompeten und – vielleicht bildete er sich das nur ein – vielstimmigen Klagegesang. Dann verklang alles, als der Wind sich drehte, kam wieder und schwand abermals. Aber diese Andeutung von Leben in den verschleierten Tiefen erhöhte nur noch die erhabene Abgeklärtheit von Schangri-La. Über den einsamen Höfen und bleichen Pavillons lag eine Ruhe, aus der die Hast und Sorge des Daseins verebbt waren; alles schien gedämpft zu sein, als wagten die Sekunden kaum vorbeizugleiten. Dann gewahrte er in einem Fenster hoch über der Terrasse den rosig goldenen Lichtschein einer Laterne. Widmeten sich etwa dort die Lamas der Betrachtung und dem Streben nach Weisheit, und waren diese Andachten eben jetzt in Gang? Die Frage schien sich nur so lösen zu lassen, daß er durch die nächste

Tür einträte und durch Galerien und Gänge forschte, bis er der Wahrheit auf den Grund käme, – aber er wußte, daß solche Freiheit nur scheinbar war und in Wirklichkeit jeder seiner Schritte beobachtet wurde. Zwei Tibetaner waren auf weichen Sohlen über die Terrasse gekommen und verweilten nahe der Brüstung, dem Aussehn nach gutmütige Kerle, die ihre bunten Mäntel nachlässig über die nackte Schulter geworfen hatten. Die leisen Töne von Gongs und Trompeten drangen wieder herauf, und Conway hörte den einen Mann den andern etwas fragen. Dann vernahm er die Antwort: »Sie haben Talu begraben.« Conway, der nur geringe Kenntnisse des Tibetanischen besaß, hoffte, sie würden weitersprechen. Aus einer einzelnen Bemerkung konnte er nicht viel entnehmen. Nach einer Pause setzte der Frager, der unverständlich blieb, das Gespräch fort. Die Antworten aber konnte Conway hören und annähernd verstehn.

»Er starb draußen.«

»Er gehorchte den Hohen von Schangri-La.«

»Er kam durch die Luft über die großen Berge auf einem Vogel, der ihn trug.«

»Er hat auch Fremde gebracht.«

»Talu fürchtete sich nicht vor dem Sturmwind draußen, noch vor der Kälte draußen.«

»Es ist zwar schon lange her, daß er nach draußen ging, aber das Tal aller heiligen Zeiten gedenkt seiner noch.«

Weiter wurde nichts gesprochen, was Conway sich auslegen konnte, und nachdem er noch eine Weile gewartet hatte, ging er zurück in sein Quartier. Er hatte genug gehört, um wieder einen Schlüssel zu dem Geheimnis umzudrehn, der so gut paßte, daß Conway sich wunderte, warum seine eigenen Schlußfolgerungen ihn nicht geliefert hatten. Der Gedanke war ihm natürlich schon früher durch den Kopf gegangen, ihm aber von Haus aus als viel zu phantastisch und vernunftwidrig erschienen. Nun erkannte er, daß die Vernunftwidrigkeit, so phantastisch sie war, als gegeben hingenommen werden mußte. Der Flug von Baskul her war nicht das sinnlose Abenteuer eines Wahnsinnigen, sondern sorgfältig geplant und vorbereitet gewesen und auf Anstiftung von Schangri-La ausgeführt worden. Die hier lebten, kannten den Piloten mit Namen, er war in gewissem Sinne einer der Ihren gewesen; sein Tod wurde betrauert. Alles wies auf einen höheren leitenden Geist, der seine eigenen Zwecke verfolgte; ein einziger großer Bogen der Absicht überspannte sozusagen die unerklärlichen Stunden und Meilen. Aber welches war diese Absicht? Aus welchem denkbaren Grund waren vier zufällige Passagiere eines britischen Regierungsflugzeugs in diese Einöden des Transhimalaya hinweggezaubert worden?

Conway stand ziemlich ratlos vor dieser Frage, betrachtete sie aber keineswegs nur mit Mißfallen. Sie forderte ihn auf die einzige Art heraus, auf die er sich gern herausfordern ließ, – indem sie an eine gewisse Geistesklarheit rührte, die nur nach einer entsprechenden Aufgabe verlangte. Eines entschied er sogleich: Der kalte Freudenschauer der Entdeckung durfte noch nicht mitgeteilt werden – weder seinen Gefährten, die ihm nicht helfen konnten, noch seinen Gastgebern, die ihm zweifellos nicht helfen wollten.

Sechstes Kapitel

»Ich schätze, manche Leute müssen sich an schlimmere Orte gewöhnen«, bemerkte Barnard gegen Ende seiner ersten Woche in Schangri-La, und diese Erkenntnis war zweifellos eine der vielen Lehren, die man aus dem Aufenthalt hier ziehen konnte. Inzwischen hatte sich die Gesellschaft auf eine Art fester Tageseinteilung eingestellt, und durch Tschangs Beistand machte sich die Langeweile nicht fühlbarer als während so mancher andrer Ferien. Sie hatten sich alle an die dünne Höhenluft gewöhnt und fanden sie sogar belebend, solange man schwere Anstrengungen vermied. Ihre Erfahrungen hatten ihnen gezeigt, daß die Tage warm und die Nächte kalt waren, daß die Lamaserei fast völlig vor Winden geschützt lag und daß die Lawinen auf dem Karakal meist zu Mittag niedergingen; ferner, daß im Tal eine recht gute Tabaksorte gebaut wurde, manche Speisen und Getränke angenehmer

schmeckten als andre und daß jeder von ihnen vieren seine ausgeprägten Vorlieben und Eigenheiten besaß. Sie hatten, kurz gesagt, so viel einer über den andern entdeckt wie vier neue Schüler eines Pensionats, in dem geheimnisvollerweise sonst keiner anwesend war. Tschang zeigte sich unermüdlich in seinen Bemühungen, alle Härten und Rauheiten zu glätten. Er führte Ausflüge, regte Beschäftigungen an, empfahl Bücher, plauderte mit seiner bedächtigen Geläufigkeit, so oft bei den Mahlzeiten feindselige Pausen eintraten, war bei jeder Gelegenheit wohlwollend und höflich und wußte immer Rat. Die Grenzlinie zwischen willig erteilter und höflich verweigerter Auskunft war so deutlich geworden, daß Ablehnung keinen Groll mehr erregte, außer gelegentlichen Aufwallungen bei Mallison. Conway beschied sich damit, sich zu merken, wo die Grenze gezogen wurde, und ein weiteres Bruchstück seinen beständig sich vermehrenden Daten hinzuzufügen. Barnard ulkte sogar mit dem Chinesen nach Art und Überlieferung einer Rotariertagung im Mittelwesten. »Wissen Sie, Tschang, das ist doch ein verdammt schlechtes Hotel hier. Liegen denn bei Ihnen gar keine Zeitungen auf? Ich gebe alle Bücher in Ihrer Bibliothek für das heutige Morgenblatt der *›Herald-Tribune‹*.« Tschangs Antworten waren immer ernst, woraus nicht unbedingt folgte, daß er jede Frage ernst nahm. »Wir haben alle Nummern der *›Times‹*, Mr. Barnard. Es fehlen lediglich die allerletzten Jahrgänge. Aber leider sind es nicht die New Yorker, sondern nur die Londoner *›Times‹*.«
Conway entdeckte zu seiner Freude, daß das Tal nicht verbotenes Gebiet war, obgleich die Schwierigkeiten des Abstiegs einen Besuch ohne Führung unmöglich machten. In Gesellschaft Tschangs verbrachten sie alle einen ganzen Tag mit der Besichtigung des grünen Talbodens, der, vom Felsrand gesehn, einen so freundlichen Anblick bot, und zumindest für Conway war der Ausflug von fesselndem Interesse. Sie reisten in Bambussänften, die gefährlich über Abgründen schwangen, während die Träger sich gleichmütig ihre Tritte auf dem abschüssigen Pfad suchten. Es war kein Weg für ängstliche Gemüter, aber als sie endlich die niedrigeren Höhen der Wälder und Vorberge erreich-

ten, offenbarte sich überall, wie sehr die Lamaserei von Glück begünstigt war. Denn das Tal war nichts Geringeres als ein eingeschlossenes Paradies von erstaunlicher Fruchtbarkeit, dessen Höhenunterschied von mehreren hundert Metern den ganzen Abstand von der gemäßigten zur tropischen Zone umspannte. Ernten von ungewöhnlicher Mannigfaltigkeit wuchsen hier in üppiger Fülle und unmittelbarer Nachbarschaft heran, und dazwischen war kaum ein Zoll ungenutzten Bodens. Das ganze bebaute Gelände erstreckte sich etwa zwanzig Kilometer weit, in der Breite von etwa anderthalb bis zu acht Kilometern wechselnd, und obgleich schmal, hatte es das Glück, während des heißesten Teils des Tages Sonnenschein zu haben. Die Luft war sogar im Schatten angenehm warm, die kleinen Bäche, die den Boden bewässerten, waren jedoch eiskalt, da sie von den Schneefeldern herabkamen. Conway hatte, als er zu der überwältigenden Bergwand hinaufblickte, wieder das Gefühl, daß die Landschaft ein erhabenes und köstliches Moment von Gefahr enthielt. Hätte der Zufall nicht irgendeine Schranke aufgerichtet, wäre das ganze Tal offenbar ein See gewesen, beständig gespeist von den vergletscherten Höhen ringsum. Statt dessen rieselten nur ein paar Bächlein herab, füllten Wasserspeicher und bewässerten Felder und Pflanzungen mit einer gewissenhaften Ordnung, die eines Ingenieurs vom Gesundheitsamt würdig gewesen wäre. Die ganze natürliche Anlage war fast unheimlich günstig, solange die Struktur des Rahmens nicht durch Erdbeben oder Bergstürze verändert wurde.
Aber selbst solche unbestimmte Befürchtungen für die Zukunft konnten nur die ungetrübte Lieblichkeit der Gegenwart erhöhn. Wiederum war Conway völlig gefangengenommen, und zwar durch dieselbe Anmut und Einfallsfülle, die seine Jahre in China glücklicher gestaltet hatten als die übrigen. Das gewaltige umschließende Gebirge bot einen völligen Gegensatz zu den winzigen Rasenflächen und unkrautfreien Gärten, den bemalten Teehäusern am Bach und den gradezu leichtfertig aussehenden, spielzeuggleichen Häuschen. Die Einwohner schienen ihm eine sehr glückliche Mischung von Chinesen und Tibetanern zu sein; sie waren reinlicher und hübscher als der Durchschnitt

jeder dieser beiden Rassen und sahen auch nicht aus, als hätten sie viel unter der in einer so kleinen Gemeinschaft unvermeidlichen Inzucht gelitten. Sie lächelten und lachten, wenn sie an den Fremden in den Sänften vorbeikamen, und wechselten ein freundliches Wort mit Tschang; gutgelaunte, ein wenig neugierige Menschen, höflich, sorglos und mit unzähligen Arbeiten beschäftigt, ohne sich offenbar allzusehr dabei zu beeilen, — alles in allem, so fand Conway, eine der erfreulichsten Gemeinschaften, die er je gesehn, und sogar Miß Brinklow, die nach Anzeichen heidnischer Entartung gefahndet hatte, mußte zugeben, daß »oberflächlich« alles sehr gut aussah. Sie stellte mit Erleichterung fest, daß die Eingeborenen »völlig« bekleidet waren, wenn auch die Frauen chinesische, eng um die Knöchel schließende Hosen trugen, und sogar ihre mit größtem Spürsinn unternommene Durchforschung eines buddhistischen Tempels enthüllte nur wenige Gegenstände, die vielleicht, aber keineswegs unzweifelhaft, phallische Bedeutung hatten. Tschang erklärte, daß der Tempel seine eigenen Lamas habe, die unter der losen Oberaufsicht Schangri-Las standen, aber nicht demselben Orden angehörten. Es gab auch, wie er hinzufügte, einen taoistischen und einen konfuzianischen Tempel weiter unten im Tal. »Jedes Juwel hat Facetten«, sagte er, »und es ist möglich, daß viele Religionen die gemäßigte Wahrheit enthalten.«
»Sehr wahr!« fiel Barnard von Herzen ein. »Ich habe mich nie für sektiererische Eifersüchteleien begeistert. Sie sind ein Philosoph, Tschang, ich muß mir Ihren Ausspruch merken. Viele Religionen enthalten die gemäßigte Wahrheit — ich schätze, ihr Leutchen droben auf dem Berg seid wirklich kluge Köpfe, so was ausgedacht zu haben, und Sie haben überdies recht — dessen bin ich ganz gewiß.«
»Aber wir«, erwiderte Tschang versonnen, »sind dessen nur mäßig gewiß.«
Miß Brinklow war nicht geneigt, sich mit alledem abzugeben, das ihr nur ein Zeichen von ungesunder Trägheit zu sein schien. Jedenfalls war sie vollauf von einem eigenen Gedanken erfüllt. »Wenn ich zurückkehre«, sagte sie mit schmal werdenden Lippen, »werde ich meine Gesell-

schaft bitten, einen Missionar hierherzusenden, und wenn sie über die Kosten murrt, werde ich es einfach so lange in sie hineinhämmern, bis sie einwilligt.«
Das war offenbar ein viel gesünderer Geist, und sogar Mallison, so wenig er mit fremden Missionen sympathisierte, konnte seine Bewunderung nicht zurückhalten. »Die Gesellschaft sollte Sie selbst hersenden«, sagte er, »das heißt natürlich, wenn Ihnen ein solcher Ort gefällt.«
»Es ist kaum eine Frage des Gefallens«, gab Miß Brinklow zurück. »Natürlich gefällt er einem nicht – wie könnte er das auch? Es handelt sich vielmehr darum, das zu tun, wozu man sich berufen fühlt.«
»Ich glaube«, sagte Conway, »wenn ich Missionar wäre, würde ich lieber diesen als so manchen andern Ort wählen.«
»In diesem Fall«, sagte Miß Brinklow spitz, »läge selbstverständlich kein Verdienst darin.«
»Ich dachte nicht an das Verdienst.«
»Dann ist's doppelt schade. Es liegt nichts Gutes darin, etwas zu tun, weil man es gern tut. Sehn Sie sich nur diese Leute hier an!«
»Die scheinen alle sehr glücklich zu sein.«
»Ja, eben«, antwortete sie fast zornig und fügte hinzu: »Immerhin kann es nicht schaden, wenn ich den Anfang damit mache, daß ich die Sprache lerne. Können Sie mir ein Buch darüber leihen, Mr. Tschang?«
Tschang war so honigsüß, wie er nur sein konnte. »Ganz gewiß, Madam, – mit dem allergrößten Vergnügen. Und wenn ich so sagen darf, dieser Gedanke scheint mir ganz ausgezeichnet.«
Als sie am Abend dann wieder nach Schangri-La hinauf zurückgekehrt waren, behandelte er die Sache, als wäre sie von dringender Wichtigkeit. Miß Brinklow war zuerst ein wenig eingeschüchtert von dem dicken Wälzer, den ein rühriger Deutscher des 19. Jahrhunderts verfaßt hatte (sie hatte sich wahrscheinlich eher ein Werkchen von der Art »1000 Wörter Tibetanisch« vorgestellt), aber mit Hilfe des Chinesen und ermutigt von Conway machte sie einen guten Anfang, und man sah bald, daß sie ihrer Aufgabe eine ingrimmige Befriedigung abgewann.

Auch Conway fand, abgesehn von der fesselnden Frage, die er sich vorgelegt hatte, vieles, was ihn interessierte. Während der warmen, sonnenhellen Tage machte er vollsten Gebrauch von der Bibliothek und dem Musikzimmer und wurde in seinem Eindruck bestärkt, daß die Lamas ganz außergewöhnlich kultiviert waren. Jedenfalls war ihr Geschmack in Büchern allumfassend: Neben Plato auf griechisch fanden sich Poes Gedichte, Newton stand neben Nietzsche; Hofmann von Hofmannswaldau war da und E. T. A. Hoffmann, Hoffmann von Fallersleben und der »Struwelpeter«-Hoffmann. Conway schätzte die Zahl aller Bände auf zwanzig- bis dreißigtausend und fühlte sich versucht, über die Methode der Auswahl und Erwerbung Vermutungen anzustellen. Er suchte auch zu entdecken, von wann die jüngsten Erwerbungen stammten, aber er stieß auf nichts Neues als eine billige Ausgabe von »Im Westen nichts Neues«. Bei einem andern Besuch der Bibliothek jedoch sagte ihm Tschang, daß auch Bücher, die bis 1930 erschienen waren, vorhanden seien und zweifellos später einmal in die Regale eingestellt würden; sie seien bereits in der Lamaserei eingetroffen. »Wie Sie sehn, halten wir uns so ziemlich auf dem laufenden«, schloß er.

»Es gibt Leute, die Ihnen darin kaum beipflichten würden«, entgegnete Conway mit einem Lächeln. »Eine ganze Menge hat sich seit dem letzten Jahr in der Welt ereignet.«

»Nichts von Bedeutung, mein werter Herr, was sich 1920 nicht hätte voraussehen lassen oder was 1940 nicht besser verstanden würde.«

»Sie interessieren sich also nicht für die neueste Entwicklung der Weltkrise?«

»Mein Interesse wird sehr tief gehen — wenn die Zeit dafür kommt.«

»Wissen Sie, Tschang, ich glaube, ich fange an, Sie zu verstehn. Sie sind auf eine andre Geschwindigkeit eingestellt, das ist's. Zeit bedeutet Ihnen weniger als den meisten Menschen. Wäre ich in London, so wäre ich auch nicht immer darauf erpicht, die neueste, eine Stunde alte Zeitung zu sehn, und ihr in Schangri-La seid ebensowenig darauf erpicht, eine vom vorigen Jahr zu lesen. Beide Haltungen erscheinen mir ganz vernünftig. Übrigens, wie lange ist es her, seit Sie das letzte Mal hier Besuch hatten?«

»Das zu sagen, Mr. Conway, bin ich zu meinem Bedauern nicht in der Lage.«

Es war der übliche Abschluß eines Gesprächs, aber Conway fand ihn weniger aufreizend als die entgegengesetzte Erscheinung, unter der er zeit seines Lebens genug gelitten hatte, nämlich das Gespräch, das allen seinen Bemühungen zum Trotz kein Ende zu nehmen schien. Tschang gefiel ihm immer besser, je öfter sie zusammenkamen. Es war ihm aber immer noch rätselhaft, daß er so wenigen Insassen der Lamaserei begegnete. Angenommen sogar, daß die Lamas selbst unnahbar waren, gab es denn nicht auch andere Anwärter als Tschang?

Natürlich war noch die kleine Mandschu da. Er sah sie manchmal im Musikzimmer, aber sie konnte nicht Englisch, und er war noch immer nicht gewillt, seine Kenntnis des Chinesischen zu enthüllen. Er vermochte nicht genau festzustellen, ob sie nur zum Vergnügen musizierte oder ernsthaft Musik studierte. Ihr Spiel wie ja auch ihr ganzes Benehmen war von erlesener Vollendung, und ihre Wahl fiel stets auf die formstrengeren Kompositionen – auf Stücke von Bach, Corelli, Scarlatti und gelegentlich Mozart. Sie zog das Harpsichord dem Klavier vor, aber wenn Conway sich an den Flügel setzte, hörte sie mit ernster und fast pflichtbewußter Würdigung zu. Es war unmöglich zu erkennen, was in ihrem Geist vorging, und sogar schwierig, auch nur ihr Alter zu erraten. Er hätte wohl bezweifelt, daß sie über dreißig oder unter dreizehn war, aber seltsamerweise ließen sich solche offenkundige Unwahrscheinlichkeiten nicht ganz von der Hand weisen.

Mallison, der manchmal kam, um zuzuhören, weil er nichts Besseres zu tun fand, zerbrach sich über sie den Kopf. »Ich kann mir nicht denken, was sie hier zu suchen hat«, sagte er mehrmals zu Conway. »Dieses Lamatum mag ja für einen alten Knaben wie Tschang ganz in Ordnung sein, aber wo liegt darin etwas Anziehendes für ein Mädchen? Wie lange sie wohl schon hier ist?«

»Das frage ich mich auch, aber es gehört zu den Dingen, die man uns wahrscheinlich nicht sagen wird.«

»Glauben Sie, daß sie gern hier ist?«
»Ich muß sagen, daß sie nicht ungern hier zu sein scheint.«
»Sie scheint überhaupt keine Gefühle zu haben, was das anlangt. Sie gleicht mehr einer Elfenbeinpuppe als einem Menschenwesen.«
»Da gleicht sie jedenfalls etwas ganz Reizendem.«
»Soweit man das reizend finden kann.«
Conway lächelte. »Nun, das heißt ziemlich weit, Mallison, wenn man's recht überlegt. Schließlich hat die Elfenbeinpuppe Manieren, guten Geschmack in Kleidern, ein anziehendes Äußeres, einen sehr netten Anschlag auf dem Harpsichord, und sie bewegt sich im Zimmer nicht wie beim Hockeyspiel umher. Westeuropa enthält, soviel ich mich erinnere, eine außerordentlich große Zahl von weiblichen Wesen, denen diese Vorzüge fehlen.«
»Sie sind ein schrecklicher Zyniker, was Frauen betrifft, Conway.«
Conway war diese Beschuldigung gewohnt. Er hatte tatsächlich nicht sehr viel mit Frauen zu tun gehabt, und während gelegentlicher Urlaube in indischen Erholungsorten in den Bergen war der Ruf eines Zynikers ebenso leicht aufrechtzuerhalten gewesen wie irgendein anderer. In Wirklichkeit hatte er mehrere entzückende Freundschaften mit Frauen gehabt, die ihn nur allzu gern geheiratet hätten, wenn er ihnen den Antrag gemacht hätte, – aber er hatte ihn nicht gemacht. Es war einmal fast bis zu einer Verlobungsanzeige in der *»Morning Post«* gekommen, aber das Mädchen hatte keine Lust gehabt, in Peking zu leben, und er keine, sein Leben in dem kleinen englischen Kurort zu verbringen; Hemmungen beiderseits, die sich als unbehebbar erwiesen. Soweit er Erlebnisse mit Frauen gehabt hatte, waren sie meist Versuche, häufig unterbrochene und einigermaßen unentschiedene gewesen, aber bei alledem war er kein Zyniker, was Frauen betraf. Lachend sagte er: »Ich bin siebenunddreißig – Sie sind vierundzwanzig, das ist der ganze Unterschied.«
Nach einer Pause fragte Mallison plötzlich: »Oh, übrigens, für wie alt würden Sie Tschang halten?«
»Ach, der«, erwiderte Conway leichthin, »der kann ebensogut neunundvierzig wie hundertneunundvierzig sein.«

Solches Vermuten war jedoch weniger verläßlich als vieles andere, was den Neulingen zugänglich war. Der Umstand, daß ihre Neugier manchmal unbefriedigt blieb, überschattete bisweilen ein wenig die wirklich ungeheure Fülle von Einzelheiten, mit denen ihnen aufzuwarten Tschang stets bereit war. Es gab zum Beispiel keine Geheimtuerei über die Sitten und Gebräuche der Talbevölkerung, und Conway, der sich dafür interessierte, führte lange Gespräche, die sich zu einer ganz brauchbaren Doktordissertation hätten verarbeiten lassen. Da er selbst im politischen Verwaltungsdienst gestanden hatte, interessierte er sich besonders dafür, wie die Talbevölkerung regiert wurde. Bei näherer Prüfung ergab sich eine ziemlich lockere und dehnbare Autokratie, die von der Lamaserei mit einem fast nachlässigen Wohlwollen ausgeübt wurde. Tatsächlich hatte sie sich als sehr erfolgreich erwiesen, wie jeder neue Abstieg in dieses fruchtbare Paradies immer deutlicher zeigte. Aber die letzte Grundlage von Gesetz und Ordnung blieb Conway noch immer ein Rätsel; es schien weder Militär noch Polizei zu geben, und doch mußte für die Unverbesserlichen irgendeine Vorsorge getroffen sein. Tschang erwiderte, daß Verbrechen sehr selten seien, teils weil nur wirklich ernste Missetaten für Verbrechen angesehen würden, teils weil jeder einzelne alles, was er vernünftigerweise begehren könne, in ausreichendem Maß genieße. Als letztes Mittel seien die besonderen Diener der Lamaserei ermächtigt, einen Übeltäter aus dem Tal zu vertreiben, – allerdings werde dies für die höchste und allerschrecklichste Strafe gehalten und nur sehr selten angewendet. Aber das Hauptgewicht bei der Verwaltung des »Tals aller heiligen Zeiten«, so fuhr Tschang fort, liege in der Einimpfung guter Manieren, durch die die Menschen ein sicheres Gefühl dafür bekamen, daß man gewisse Dinge einfach nicht tue und an Ansehn verliere, wenn man sie tue. »Ihr Engländer erzieht eure jungen Leute zu demselben Gefühl«, sagte Tschang, »aber ich fürchte, nicht in bezug auf dieselben Dinge. Die Einwohner unseres Tals haben zum Beispiel das Gefühl, zu den Dingen, die man nicht tun könne, gehöre es, ungastlich gegen Fremde zu sein, einen Meinungsstreit mit persönlichen Ausfälligkeiten auszutragen oder untereinander um Vorrang zu kämpfen. Der Gedanke, sich an dem zu erfreuen, was eure Schuldirektoren die kriegerische Ertüchtigung durch Sport nennen, erschiene unseren Leuten als durchaus barbarisch, ja, als eine ganz mutwillige Anspornung aller niedrigen Triebe.«

Conway fragte, ob es niemals Streit um Frauen gebe.

»Nur sehr selten, denn es wird nicht für gute Sitte gehalten, eine Frau zu nehmen, die ein anderer Mann begehrt.«

»Angenommen, jemand begehrte sie so heftig, daß er keinen Deut darum gäbe, ob es manierlich sei oder nicht.«

»Dann, mein werter Herr, erfordert die gute Sitte von dem andern, zurückzutreten, und von der Frau, ebenso entgegenkommend zu sein. Sie wären wirklich überrascht zu sehen, wie ein bißchen Höflichkeit aller in allem dazu beiträgt, diese Fragen reibungslos zu lösen.«

Tatsächlich fand Conway bei seinen Besuchen im Tal einen Geist des guten Willens und der Selbstbescheidung vor, der ihm um so mehr gefiel, als er wußte, daß unter allen Künsten die Kunst des Regierens am wenigsten zur Vollkommenheit gebracht worden war. Als er darüber jedoch eine höflich lobende Bemerkung machte, erwiderte Tschang:

»Ach ja, aber wir sind nicht der Ansicht, daß es, um gut zu regieren, notwendig ist, viel zu regieren.«

»Und doch haben Sie keine demokratischen Einrichtungen – Wahlen und so weiter?«

»O nein. Unsere Leute wären ganz entsetzt, wenn sie erklären müßten, daß eine Politik völlig richtig und eine andere völlig falsch sei.«

Conway lächelte. Er fand in einer solchen Haltung genug Wesensverwandtes.

Während dieser Zeit gewann Miß Brinklow dem Studium des Tibetanischen ihre eigene Art von Befriedigung ab, Mallison war ungeduldig und murrte, und Barnard verharrte in einem Gleichmut, der fast ebenso bemerkenswert blieb, ob er nun echt oder geheuchelt war.

»Um Ihnen die Wahrheit zu gestehn«, sagte Mallison, »die Gutgelauntheit dieses Menschen geht mir schon fast auf die Nerven. Ich kann es verstehen, daß er gute Miene zum bösen Spiel zu machen sucht. Aber dieses beständige Witzereißen über alles fängt an, mich aufzubringen. Wenn wir nicht sehr auf ihn achtgeben, wird er hier bald das große Wort führen.«

Auch Conway hatte sich schon ein paarmal über die Leichtigkeit gewundert, mit der der Amerikaner sich in die Lage fand. Nun antwortete er: »Ist es nicht im Grund ein Glück für uns, daß er sich wirklich so gut mit allem abfindet?«

»Für mein Teil finde ich's verdächtig. Was wissen Sie denn Näheres über ihn, Conway? Ich meine, wer ist er?«

»Ich weiß nicht viel mehr als Sie. Soviel ich hörte, kam er aus Persien, wo er angeblich Ölvorkommen suchte. Es ist nun einmal seine Art, alle Dinge leicht zu nehmen, – als die Evakuierung angeordnet worden war, konnte ich ihn fast nur mit Mühe dazu überreden, sich uns anzuschließen. Er willigte erst ein, als ich ihm sagte, daß ein amerikanischer Paß eine Kugel nicht aufhalten werde.«

»Oh, haben Sie übrigens seinen Paß je gesehen?«

»Wahrscheinlich, aber ich erinnere mich nicht mehr. Warum?«

Mallison lachte. »Ich fürchte, Sie werden glauben, daß ich mich zu viel um anderer Leute Angelegenheiten gekümmert habe. Aber warum auch nicht? Zwei Monate Aufenthalt hier müssen doch alle unsere Geheimnisse zum Vorschein bringen, falls wir welche haben. Aber wissen Sie, es war reiner Zufall, und ich habe natürlich zu niemand ein Wort verlauten lassen. Ich wollte es nicht einmal Ihnen sagen. Aber da wir nun doch auf diesen Gegenstand gekommen sind, kann ich's ja schließlich tun.«

»Ja, natürlich, aber ich möchte endlich wissen, wovon Sie reden.«

»Nur davon, daß Barnard mit einem gefälschten Paß reiste und gar nicht Barnard ist.«

Conways hochgezogene Augenbrauen verrieten Interesse, aber keineswegs Besorgnis. Er konnte Barnard gut leiden, soweit der Mann überhaupt Gefühle in ihm auslöste, aber es war ihm ganz unmöglich, sich ernstlich Sorgen darüber zu machen, wer er wirklich sei. »Wer ist er also, glauben Sie?«

»Chalmers Bryant.«

»Alle Wetter, was bringt Sie auf den Gedanken?«

»Er ließ heute vormittag seine Brieftasche liegen oder verlor sie. Tschang fand sie und gab sie mir, weil er glaubte, sie gehöre mir. Ich sah, ob ich wollte oder nicht, daß sie mit Zeitungsausschnitten vollgestopft war – einige fielen heraus, als ich das Ding in den Händen drehte, und ich gebe ruhig zu, daß ich sie mir ansah. Schließlich sind Zeitungsausschnitte nichts Privates oder sollten's nicht sein. Sie handelten alle von Bryant und der Suche nach ihm. Und auf einem war ein Bild, das Barnard völlig glich, bis auf den Schnurrbart.«

»Haben Sie Barnard selbst etwas von Ihrer Entdeckung erwähnt?«

»Nein, ich gab ihm nur sein Eigentum ohne jede Bemerkung zurück.«

»Also die ganze Sache fußt darauf, daß Sie ein Zeitungsphoto erkannten?«

»Ja, bisher wohl.«

»Ich möchte niemand nur daraufhin verurteilen. Natürlich können Sie recht haben. Ich behaupte nicht, daß er unmöglich Bryant sein kann. Wenn er's wäre, würde das zum größten Teil erklären, warum er so zufrieden ist, hier zu sein, – er hätte kaum ein besseres Versteck finden können.«

Mallison zeigte sich ein wenig enttäuscht durch diese beiläufige Aufnahme einer Neuigkeit, die er selbst offenbar für höchst sensationell hielt. »Nun, was werden Sie jetzt in der Sache unternehmen?« fragte er.

Conway dachte einen Augenblick nach und antwortete dann: »Es fällt mir nichts Besonderes ein. Wahrscheinlich gar nichts. Was läßt sich schließlich in einem solchen Fall unternehmen?«

»Aber verdammt noch einmal, wenn der Mann wirklich Bryant ist –«

»Mein lieber Mallison, selbst wenn der Mann Nero wäre, könnte es für uns vorläufig keinen Unterschied machen. Heiliger oder Sünder – wir müssen jeder mit der Gesellschaft des andern so gut als möglich zurechtkommen, solange wir hier sind. Und ich sehe nicht ein, was es nützen könnte, uns in Positur zu werfen. Wäre mir schon in Baskul ein Verdacht gekommen, hätte ich versucht, sogleich die Verbindung mit Delhi aufzunehmen, — aber es wäre nur Amtspflicht gewesen. Jetzt aber kann ich wohl ruhig behaupten, nicht im Dienst zu sein.«

»Finden Sie eine solche Auffassung nicht recht schlapp?«

»Ist mir gleich, ob sie schlapp ist, solange sie vernünftig ist.«

»Das heißt vermutlich, Sie raten mir, zu vergessen, was ich entdeckt habe?«

»Das können Sie wahrscheinlich nicht, aber ich bin überzeugt, wir könnten's beide für uns behalten. Nicht aus Rücksicht auf Barnard oder Bryant oder wer er sonst ist, sondern um uns eine verdammt unangenehme Lage zu ersparen, sobald wir von hier wegkommen.«

»Sie meinen, wir sollen ihn laufen lassen?«

»Na, ich möchte es ein wenig anders ausdrücken und sagen, wir sollten anderen Leuten das Vergnügen überlassen, ihn zu erwischen. Wenn man ein paar Monate ganz gesellig mit einem Menschen gelebt hat, scheint es nicht recht am Platz zu sein, nach Handschellen zu rufen.«

»Damit bin ich nicht einverstanden. Der Mann ist nichts anderes als ein Dieb großen Stils — ich kenne eine Menge Leute, die durch ihn ihr Geld verloren haben.«

Conway zuckte die Achseln. Er bewunderte die einfachen Schwarz-Weiß-Regeln Mallisons. Die Ethik, die das englische Mittelschulinternat lehrte, mochte etwas grobschlächtig sein, aber sie war wenigstens geradlinig. Wenn ein Mensch das Gesetz übertrat, war es jedermanns Pflicht, ihn der Gerechtigkeit auszuliefern, — immer vorausgesetzt, daß es die Art von Gesetz war, deren Übertretung nicht gestattet war. Und das Gesetz, das sich auf Schecks und Aktien und Bilanzen bezog, war entschieden von dieser Art. Bryant hatte es übertreten, und obgleich Conway sich nicht sehr für den Fall interessiert hatte, war ihm doch der Eindruck geblieben, daß es ein recht schlimmer Fall gewesen sein mußte. Er wußte nur, daß der Bankrott der riesigen Bryant-Gruppe in New York Verluste von etwa hundert Millionen Dollars verursacht hatte, — ein Rekordkrach, sogar in einer Welt, die von Rekorden triefte. Auf irgendeine Weise (Conway war kein Finanzfachmann) hatte Bryant in Wallstreet manipuliert, und die Folge war ein

Haftbefehl gegen ihn, seine Flucht nach Europa und ein Auslieferungsbegehren an ein halbes Dutzend Länder gewesen.

Er sagte abschließend: »Also, wenn Sie meinen Rat annehmen wollen, lassen Sie nichts darüber verlauten — nicht ihm zuliebe, sondern uns zuliebe. Handeln Sie natürlich nach Ihrem Gutdünken, nur vergessen Sie die Möglichkeit nicht, daß er vielleicht gar nicht der richtige Mann ist.«

Er war es aber, und die Enthüllung erfolgte am selben Abend nach dem Essen. Tschang war soeben gegangen. Miß Brinklow hatte sich ihrer tibetanischen Grammatik zugewendet, die drei Männer saßen einander bei Kaffee und Zigarren gegenüber. Das Gespräch während der Mahlzeit wäre ohne den Takt und die Liebenswürdigkeit des Chinesen mehr als einmal eingeschlafen. Nun schlich sich in seiner Abwesenheit ein recht unbehagliches Schweigen ein. Barnard waren diesmal die Witze ausgegangen. Conway war es klar, daß es über Mallisons Kraft ging, den Amerikaner zu behandeln, als wäre nichts geschehen, und ebenso klar, daß Barnard zu klug war, um nicht zu merken, daß etwas geschehen war. Der Amerikaner warf plötzlich seine Zigarre weg.

»Ich schätze, ihr wißt alle, wer ich bin«, sagte er. Mallison errötete wie ein junges Mädchen, aber Conway erwiderte in demselben ruhigen Ton: »Ja, Mallison und ich glauben, es zu wissen.«

»Verdammt nachlässig von mir, diese Zeitungsausschnitte herumliegen zu lassen!«

»Passiert uns allen leicht einmal, nachlässig zu sein.«

»Na, Sie nehmen's ja sehr gut auf, das ist immerhin etwas.«

Es folgte wieder ein Schweigen, das endlich von Miß Brinklows schriller Stimme unterbrochen wurde. »Ich weiß bestimmt nicht, wer Sie sind, Mr. Barnard, aber ich muß sagen, ich erriet schon längst, daß Sie inkognito reisen.«

Sie sahen sie alle fragend an, und sie fuhr fort: »Ich erinnere mich, wie Mr. Conway sagte, unsere Namen würden in den Zeitungen stehn, und Sie antworteten, das berühre Sie nicht. Ich dachte mir damals, daß Barnard wahrscheinlich nicht Ihr wahrer Name sei.«

Der Missetäter lächelte bedächtig, während er sich eine frische Zigarre anzündete. »Madam«, sagte er dann, »Sie sind nicht nur ein scharfsinniger Detektiv, sondern Sie haben auch eine wirklich höfliche Bezeichnung für meine gegenwärtige Lage gefunden. Ich reise inkognito, Sie sagten es, und Sie haben nur allzu recht. Und ihr Jungens, na, es tut mir nicht leid, daß ihr mich entlarvt habt. Solange niemand von euch eine Ahnung hatte, wär's ja gegangen. Aber wenn man bedenkt, in welcher Lage wir jetzt sind, wär's nicht sehr kameradschaftlich, noch weiter auf dem hohen Roß zu sitzen. Ihr Leutchen wart so riesig nett zu mir, daß ich euch nicht einen Haufen Scherereien machen will. Sieht so aus, als wären wir alle noch für eine kleine Weile aneinandergeschmiedet, auf Gedeih und Verderb, wie man so schön sagt, und es liegt an uns, einander zu helfen, soweit wir können. Was dann später geschehen soll — ich schätze, darauf können wir es vorläufig ankommen lassen.«

Das alles erschien Conway so ungemein vernünftig, daß er Barnard mit wesentlich größerem Interesse betrachtete und auch — was vielleicht in einem solchen Augenblick wunderlich war — mit einer Spur echter Hochschätzung. Es war sonderbar, sich diesen behäbigen, gutmütigen, fast väterlich aussehenden Mann als den größten Schwindler der Welt vorzustellen. Er glich vielmehr dem Menschenschlag, der — bei etwas größerer Bildung — einen beliebten Schuldirektor abgegeben hätte. Hinter seiner Jovialität waren Spuren noch nicht lange zurückliegender Aufregungen und Sorgen zu entdecken, aber das hieß nicht etwa, daß seine Jovialität etwas Gezwungenes hatte. Er war ganz offenbar, was er schien, — ein guter Kumpan, wie die Welt das Wort verstand, von Natur ein Lamm und nur von Beruf ein Wolf.

»Ja, ganz gewiß, das ist weitaus das beste«, sagte Conway.

Da lachte Barnard. Es war, als besäße er sogar noch tiefere Reserven von guter Laune, die er erst jetzt einsetzen konnte. »Herrgott, aber es war schon sehr kurios«, rief er und streckte sich in seinem Lehnstuhl. »Die ganze vertrackte Geschichte, meine ich. Mitten durch ganz Europa und weiter durch die Türkei und Persien zu diesem Felsennest. Und, wohlgemerkt, die ganze Zeit die Polizei hinter mir her, müssen Sie wissen, — in Wien erwischte sie mich fast. Es ist anfangs ganz nett aufregend, so gehetzt zu werden, aber nach einer Weile greift's einem an die Nerven. Allerdings hatte ich eine gute Erholungspause in Baskul — ich dachte mir, ich wäre da in Sicherheit, mitten in einer Revolution.«

»Das waren Sie auch«, sagte Conway mit leichtem Lächeln. »Nur nicht vor Kugeln.«

»Jawohl, und das hat mich auch am Ende verdrossen. Ich kann Ihnen sagen, es war eine mächtig schwere Wahl — ob ich in Baskul bleiben und mir ein paar Löcher in den Leib schießen lassen sollte, oder mich auf eine Vergnügungsreise mit einem Regierungsflugzeug einzulassen und bei der Landung zu entdecken, daß die Armbänder auf mich warteten. Ich war auf beides nicht sehr erpicht.«

»Ich erinnere mich, daß Sie es nicht waren.«

Barnard lachte wieder. »Tja, so war's eben, und Sie können sich leicht ausrechnen, daß diese Abänderung des Reiseplans, die mich hierherbrachte, mir keine allzu schrecklichen Sorgen machte. Das Ganze ist eine erstklassig rätselhafte Sache, aber für mich persönlich hätte es gar nichts Besseres geben können. Es ist nicht meine Art, zu murren, solange ich zufrieden bin.«

Conways Lächeln wurde immer herzlicher. »Ein sehr vernünftiger Standpunkt, obgleich Sie ihn ein wenig übertreiben. Wir alle begannen uns zu fragen, wie Sie es zuwege brachten, so zufrieden zu sein.«

»Na, ich bin ja wirklich zufrieden. Es ist gar kein so übler Ort, wenn man sich daran gewöhnt hat. Die Luft ist anfangs ein bißchen frisch, aber man kann nicht alles haben, und es ist zur Abwechslung mal nett und ruhig hier. Jeden Herbst gehe ich sonst zur Erholung nach Palm Beach hinunter, aber man findet keine Erholung an solchen Orten — man steckt ebenso in einem Getriebe drin. Aber hier habe ich genau das gefunden, was der Arzt verordnet hat, denk' ich, und ich fühle mich jedenfalls großartig wohl dabei. Ich habe eine geänderte Diät, ich brauche nicht auf den Börsentelegraphen zu schauen, und mein Makler kann mich nicht am Telephon erreichen.«

»Ich wage zu behaupten, er wünscht das sehr.«

»Na und ob. Sollte mich nicht wundern, wenn's da ein hübsches Durcheinander aufzuräumen gibt.«
Er sagte das mit solcher Einfachheit, daß Conway gar nicht anders konnte, als darauf einzugehn. »Ich verstehe zwar nicht sehr viel von dem, was man große Finanztransaktionen nennt –«
Es war ein Köder, und der Amerikaner schnappte ihn ohne Zögern. »Große Finanztransaktionen sind meistens großer Mumpitz.«
»Den Verdacht hatte ich schon oft.«
»Sehen Sie mal her, Conway, ich will es so ausdrücken: Ein Kerl tut, was er seit Jahren getan hat und Dutzende andrer Kerle auch getan haben, und plötzlich wendet sich der Markt gegen ihn. Er kann nichts dagegen tun, aber er faßt sich und wartet darauf, daß wieder ein Umschwung kommt. Aber aus irgendeinem Grunde kommt der Umschwung nicht, wie er doch sonst immer kam, und nachdem er schon zehn Millionen Dollar verloren hat, liest er in irgendeiner Zeitung, daß ein Professor in Schweden der Ansicht ist, der Weltruin stehe unmittelbar bevor. Und jetzt frage ich Sie, ob das dem Markt aufhilft? Natürlich erschüttert so was unsern Freund ein wenig, aber er kann auch jetzt nichts dagegen tun. Und so sitzt er denn noch immer da, bis die Polizei kommt, – wenn er so lange wartet. Ich hab' nicht gewartet.«
»Sie behaupten, es war alles nur eine Pechserie?«
»Na, ich kriegte jedenfalls einen hübschen Packen davon ab.«
»Sie hatten aber auch das Geld andrer Leute«, sagte Mallison scharf.
»Jawohl, hatte ich, und warum? Weil sie alle etwas für nichts wollten. Und nicht das Hirn dazu hatten, es selber zu kriegen.«
»Ich bin nicht Ihrer Meinung. Die Leute taten es, weil sie Ihnen vertrauten und glaubten, ihr Geld sei bei Ihnen sicher.«
»Na, und es war eben nicht sicher, konnte nicht sicher sein. Es gibt nirgends Sicherheit. Und Leute, die glauben, es gibt eine, sind wie ein paar Schwachköpfe, die sich vor einem Taifun unter einen Regenschirm verkriechen.«

Conway meinte begütigend: »Also, wir wollen sagen, daß Sie nichts gegen den Taifun unternehmen konnten.«

»Ich konnte nicht einmal so tun, als unternähme ich was dagegen, — ebensowenig wie gegen das, was nach unserem Abflug aus Baskul geschah. Ganz derselbe Gedanke kam mir damals, als ich beobachtete, wie Sie im Flugzeug ganz kühl und ruhig blieben, während Mallison alle Zustände bekam. Sie wußten, daß Sie nichts dagegen tun konnten, und es war Ihnen ganz schnuppe. Genau das gleiche Gefühl hatte ich, als der Krach kam.«

»Das ist Unsinn«, rief Mallison. »Kein Mensch muß schwindeln. Es kommt eben darauf an, ob man das Spiel nach den Regeln spielt.«

»Und das ist verdammt schwer, wenn das ganze Spiel in Stücke geht. Übrigens gibt es keine Seele auf der Welt, die weiß, welches die Regeln sind. Alle Professoren von Harvard und Yale könnten sie Ihnen nicht sagen.«

Mallison erwiderte ziemlich verachtungsvoll: »Ich meine ein paar ganz einfache Regeln für das tägliche Leben.«

»Dann schätze ich, daß Ihr tägliches Leben nicht die Leitung von Finanzkonzernen umfaßt.«

Conway legte sich hastig ins Mittel. »Wir wollen lieber nicht streiten. Ich habe nicht das geringste dagegen, daß Sie meine Angelegenheiten mit den Ihren vergleichen. Es besteht gar kein Zweifel, daß wir alle in der letzten Zeit blind geflogen sind, — wörtlich genommen und auch sonst. Aber jetzt sind wir hier, das ist das Wichtige, und ich stimme Ihnen bei, daß wir leicht mehr Grund zu klagen haben könnten. Es ist doch merkwürdig, wenn man sich überlegt, daß von vier zufällig aufgelesenen, fünfzehnhundert Kilometer weit entführten Menschen drei imstande sind, einigen Trost in der Sache zu finden. Sie, Barnard, wollen einen Erholungsaufenthalt und ein sicheres Versteck, und Miß Brinklow fühlt eine Berufung, den heidnischen Tibetanern das Evangelium zu bringen.«

»Wer ist der dritte, den Sie da mitzählen?« unterbrach ihn Mallison. »Hoffentlich nicht ich?«

»Ich habe mich selbst eingerechnet«, antwortete Conway, »und mein Grund ist vielleicht der allereinfachste — es gefällt mir recht gut hier.«

Tatsächlich empfand er, als er ein wenig später seinen nun schon gewohnten einsamen Abendspaziergang auf der Terrasse neben dem Lotusteich unternahm, ein außerordentliches Gefühl körperlicher und geistiger Befriedigung. Es war vollkommen wahr, daß es ihm einfach recht gut in Schangri-La gefiel. Die Atmosphäre beruhigte, während das Geheimnisvolle befeuernd wirkte, und die Gesamtempfindung war äußerst angenehm. Seit einigen Tagen war er allmählich und tastend zu einem seltsamen Schluß über die Lamaserei und ihre Insassen gekommen. Sein Denken war noch immer beim Enträtseln, aber in einem tieferen Sinn blieb er unverwirrt. Er war wie ein Mathematiker vor einem unverständlichen Problem — grübelte darüber, aber grübelte sehr gefaßt und unpersönlich.

Was Bryant betraf — er hatte beschlossen, ihn auch weiter im Denken und Sprechen Barnard zu nennen, — so trat, was er getan und wer er war, sogleich wieder in den Hintergrund, bis auf einen einzigen Satz, den er ausgesprochen hatte — »das ganze Spiel geht in Stücke«. Conway entdeckte, daß er mit einer viel weiteren Bedeutung in ihm widerhallte, als der Amerikaner vermutlich hineingelegt hatte. Er fühlte, daß dieses Wort nicht nur auf amerikanisches Banken- und Konzernwesen zutraf, es paßte auch auf Baskul und Delhi und London, Kriegsvorbereitungen und Weltreichspläne, auf Konsulate und Handelskonzessionen und Empfänge im Regierungspalast. Ein Modergeruch von Auflösung schwebte in seiner Erinnerung über dieser ganzen Welt, und Barnards Umschmiß war vielleicht nur ein besser und bühnenwirksamer in Szene gesetzter Bankrott gewesen als der seine. Das ganze Spiel ging unbezweifelbar wirklich in Stücke, aber die Spieler wurden glücklicherweise in der Regel nicht vor Gericht gestellt wegen der Stücke, die zu retten sie unterlassen hatten. In dieser Hinsicht waren Finanzleute besonders übel dran.

Hier aber, in Schangri-La, war alles in tiefster Ruhe. An einem mondlosen Himmel leuchteten die Sterne in voller Stärke, und ein blaßblauer Glanz lag auf dem Gipfel des Karakal. Conway mußte sich sagen, daß er nicht restlos erfreut wäre, wenn durch irgendeine Neueinteilung die

Träger aus der Außenwelt sogleich einträfen und ihm so die übrige Wartezeit erspart bliebe. Auch Barnard wäre nicht erfreut, dachte er mit stillem Lächeln. Es war wirklich belustigend, und plötzlich wußte er, daß er Barnard noch immer gern hatte, sonst hätte er es nicht belustigend gefunden. Irgendwie schien der Verlust von hundert Millionen Dollar zu groß, als daß man einen Menschen deswegen hätte schneiden können; es wäre leichter gewesen, wenn er einem nur die Uhr gestohlen hätte. Und schließlich, wie konnte überhaupt ein Mensch hundert Millionen verlieren? Vielleicht nur in dem Sinn, in dem ein Minister hochtrabend verkünden konnte, daß man ihm »die Finanzen gegeben« habe.

Und dann dachte Conway wieder an die Zeit, wo er Schangri-La mit den zurückkehrenden Trägern werde verlassen müssen. Er malte sich die lange, mühselige Reise aus und den ersehnten Augenblick der Ankunft beim Bungalow irgendeines Pflanzers in Sikkim oder Baltistan – einen Augenblick, der, wie er fühlte, höchst freudvoll sein müßte, aber wahrscheinlich ein wenig enttäuschend wäre. Dann die ersten Händedrücke und Selbstvorstellungen; die ersten Drinks auf der Veranda eines Klubhauses; sonnengebräunte Gesichter, die ihn mit kaum verhüllter Ungläubigkeit anstarrten. In Delhi zweifellos Audienz beim Vizekönig und Empfänge bei allen möglichen Leuten, Salaams beturbanter Diener, endlose Berichte, die verfaßt und abgeschickt werden mußten, vielleicht sogar Rückkehr nach England und Whitehall, Decktennis auf einem P. & O.-Dampfer, der schlaffe Händedruck eines Unterstaatssekretärs, Interviews mit Zeitungsleuten, harte, spöttische, liebeshungrige Frauenstimmen – »Und ist es wirklich wahr, Mr. Conway, daß sie in Tibet einmal . . .?« Eines war nicht zu bezweifeln: seine Erzählungen würden ihm mindestens eine Saison lang für jeden Abend eine Einladung zum Essen eintragen. Aber würde ihm das Vergnügen machen? Er erinnerte sich eines Satzes, den Gordon während seiner letzten Tage in Khartum niedergeschrieben hatte: »Ich würde lieber wie ein Derwisch mit dem Mahdi leben, als jeden Abend in London zum Essen eingeladen zu sein.« Conways Abneigung war nicht so ausgeprägt – nur eine

Vorahnung, daß es ihn sehr langweilen und auch ein wenig traurig stimmen werde, seine Erlebnisse als eine längstvergangene Geschichte zu erzählen.
Plötzlich merkte er mitten in seinem Nachsinnen, daß Tschang sich ihm näherte. »Mein Herr«, begann der Chinese in seinem langsamen Flüstern, das sich im Weitersprechen ein wenig belebte, »ich bin stolz, Ihnen eine wichtige Nachricht überbringen zu können . . .« Also waren die Träger doch vor der Zeit gekommen, war Conways erster Gedanke. Es war seltsam, daß er erst vor wenigen Minuten daran gedacht hatte, und er fühlte die Bangigkeit, auf die er halb vorbereitet war. »Nun?» fragte er.
Tschang war in einem Zustand, der so nahe an Aufregung grenzte, als es körperlich für ihn möglich war. »Mein werter Herr, ich beglückwünsche Sie«, fuhr er fort, »und der Gedanke erfüllt mich mit Freude, daß ich in gewissem Maß dafür verantwortlich bin, — es geschah auf meine dringenden und wiederholten Empfehlungen, daß der Hohelama seine Entscheidung traf. Er wünscht Sie zu sprechen.«
Conways Blick war ein wenig ironisch. »Ihre Rede ist weniger zusammenhängend als sonst, Tschang. Was ist nur geschehn?«
»Der Hohelama hat Sie rufen lassen.«
»So höre ich. Aber warum all das Getue?«
»Weil es außerordentlich und noch nie dagewesen ist — nicht einmal ich, der es empfahl, erwartete, daß es so bald geschehn werde. Vor vierzehn Tagen waren Sie noch nicht einmal eingetroffen und nun sollen Sie schon von ihm empfangen werden. Noch nie ist das so bald geschehn.«
»Ich tappe noch immer sehr im Nebel, wissen Sie! Ich soll euren Hohenlama sprechen — soweit begreife ich ganz gut. Aber steckt da noch etwas dahinter?«
»Ist es nicht genug?«
Conway lachte. »Vollkommen, seien Sie versichert, — glauben Sie nicht, ich sei unhöflich. Die Wahrheit zu gestehn, kam mir anfangs etwas ganz andres in den Sinn — aber das tut jetzt nichts zur Sache. Selbstverständlich fühle ich mich sowohl geehrt als auch entzückt, den Herrn kennenzulernen. Wann soll ich vorgestellt werden?«

»Sogleich. Ich erhielt den Auftrag, Sie zu ihm zu führen.«
»Ist es nicht schon recht spät?«
»Das hat nichts zu sagen, mein werter Herr, Sie werden sehr bald vieles verstehn. Und ich möchte meiner persönlichen Freude Ausdruck geben, daß diese Zwischenzeit, die immer etwas Peinliches ist, nun ihr Ende gefunden hat. Glauben Sie mir, es war mir sehr unangenehm, Ihnen so oft Auskunft verweigern zu müssen, — äußerst unangenehm. Das Bewußtsein, daß solche Ungefälligkeit nicht mehr nötig sein wird, beglückt mich.«
»Sie sind ein seltsamer Kauz, Tschang«, erwiderte Conway. »Aber gehn wir — bemühen Sie sich nicht mit weiteren Erklärungen. Ich bin durchaus bereit und weiß Ihre liebenswürdigen Bemerkungen zu schätzen. Gehn Sie voran!«

Siebentes Kapitel

Conway blieb ganz gelassen, aber dahinter lag eine erwartungsvolle Erregung, die immer stärker wurde, als er Tschang durch die leeren Höfe folgte. Wenn die Worte des Chinesen etwas Tieferes zu bedeuten hatten, so stand er nun auf der Schwelle der Enthüllung. Bald, bald würde er wissen, ob seine erst halb geformte Theorie weniger unmöglich war, als sie ihm erschien.
Auch ohne das mußte es eine interessante Unterredung werden. Er war im Laufe der Zeit vielen interessanten Machthabern begegnet, nahm ein gewisses kühles Interesse an ihnen und schätzte sie in der Regel klug und richtig ein. Überdies besaß er die wertvolle Gabe, unverlegen höfliche Dinge in Sprachen zu sagen, von denen er in Wirklichkeit sehr wenig wußte. Vielleicht wäre er aber diesmal vor allem Zuhörer. Er gewahrte, daß Tschang ihn durch alle Räume führte, die er noch nicht gesehn hatte, alle nur matt erhellt und äußerst reizvoll im Licht der Laternen. Dann stiegen sie eine Wendeltreppe zu einer Tür empor, an die der Chinese pochte, worauf sie von einem Tibetaner so unverzüglich geöffnet wurde, daß Conway vermutete, der Mann habe dicht dahinter gewartet. Dieser Teil der

Lamaserei, in einem höheren Stockwerk, war nicht weniger geschmackvoll ausgeschmückt als alles übrige. Aber was einem sogleich auffiel, war eine trockene, kribbelnde Wärme, als wären alle Fenster dicht geschlossen und irgendeine Dampfheizungsanlage in vollem Betrieb. Diese Luftlosigkeit nahm zu, als sie weiterschritten, bis der Chinese zuletzt vor einer Tür innehielt, die, wenn dem körperlichen Empfinden zu trauen war, in ein türkisches Bad hätte führen können.

»Der Hohelama wird Sie allein empfangen«, flüsterte Tschang. Er öffnete die Tür und schloß sie hinter Conway so leise, daß sein Weggehen kaum zu merken war. Conway war zögernd stehngeblieben und atmete eine Luft, die nicht nur schwül war, sondern auch so dämmerig, daß es mehrere Sekunden dauerte, bevor seine Augen sich an das Düster gewöhnten. Langsam setzte sich ihm der Eindruck eines niedrigen, dunkel verhangenen Raums zusammen, der einfach und fast nur mit Tisch und Stühlen eingerichtet war. Auf einem von diesen saß eine kleine, blasse, runzelige Gestalt regungslos in den verfließenden Schatten und wirkte wie ein nachgedunkeltes altes Bild. Wenn es so etwas wie Wesenheit getrennt von Anwesenheit gab, dann hatte er sie hier vor sich, in eine klassische Würde gehüllt, die mehr eine Ausstrahlung als eine Eigenschaft war. Conway wunderte sich über seine eindringliche Wahrnehmung alles dessen und fragte sich, ob sie verläßlich sei oder nur eine Rückwirkung auf die üppige, dämmerige Wärme. Er fühlte sich unter dem Blick dieser uralten Augen schwindlig werden, machte ein paar Schritte vorwärts und blieb dann stehn. Die Erscheinung in dem Lehnstuhl wurde nun weniger unscharf in ihren Umrissen, jedoch kaum körperlicher. Sie war die eines kleinen, alten Mannes in chinesischer Kleidung, deren Falten lose um eine flache, ausgemergelte Gestalt fielen. »Sie sind Mr. Conway?« flüsterte er in vorzüglichem Englisch.

Die Stimme war wohltuend sanft und von milder Melancholie gefärbt, die Conway mit seltenem Wohlgefühl erfüllte. Aber wiederum war der Skeptiker in ihm geneigt, das der Temperatur zuzuschreiben.

»Der bin ich«, antwortete er.

Die Stimme fuhr fort: »Es ist mir ein Vergnügen, Sie zu sehn, Mr. Conway. Ich ließ Sie rufen, weil ich mir dachte, wir täten gut daran, miteinander zu sprechen. Bitte, setzen Sie sich zu mir und haben Sie keine Furcht! Ich bin ein alter Mann und kann niemandem etwas zuleide tun.«
»Ich empfinde es als besondere Ehre, von Ihnen empfangen zu werden.«
»Ich danke Ihnen, mein lieber Conway, ich werde Sie nach Ihrer englischen Sitte so nennen. Es ist, wie ich sagte, ein Augenblick großer Freude für mich. Mein Sehvermögen ist schlecht, aber glauben Sie mir, ich kann Sie im Geiste ebenso gut sehn wie mit Augen. Ich darf wohl annehmen, daß Sie es in Schangri-La seit Ihrer Ankunft behaglich gehabt haben?«
»Ganz außerordentlich.«
»Das freut mich. Tschang hat zweifellos sein Möglichstes für Sie getan. Es war auch ihm ein großes Vergnügen. Er sagte mir, Sie hätten viele Fragen nach unsrer Gemeinschaft und ihren Angelegenheiten gestellt.«
»Ich nehme sicherlich großen Anteil daran.«
»Dann werde ich, wenn Sie mir ein wenig Zeit widmen können, Ihnen gern einen kurzen Bericht über unsere Gründung geben.«
»Ich wüßte nichts besser zu schätzen.«
»Das dachte ich mir – und hoffte es . . . Aber zunächst, vor unserer Unterredung . . .«
Er machte eine kaum merkliche Handbewegung, und sogleich – Conway konnte nicht entdecken, wie es bewirkt wurde – trat ein Diener ein und bereitete das vornehme Ritual des Teetrinkens vor. Die eierschalendünnen Täßchen mit dem fast farblosen Getränk wurden auf ein Lacktablett gestellt. Conway, der die Zeremonie kannte, verachtete sie keineswegs. Wieder ertönte die Stimme: »Unsere Gebräuche sind Ihnen also vertraut?«
Einem Antrieb gehorchend, über den er sich keine Rechenschaft geben konnte, den er aber auch nicht zu unterdrükken vermochte, antwortete Conway:
»Ich lebte einige Jahre in China.«
»Davon haben Sie Tschang nichts gesagt.«
»Nein.«

»Was verschafft dann mir diese Ehre?«
Conway war selten darum verlegen, seine Beweggründe zu erklären, allein bei dieser Gelegenheit fiel ihm überhaupt kein Grund ein. Endlich erwiderte er: »Um ganz aufrichtig zu sein – ich habe nicht die leiseste Ahnung. Ich muß offenbar gewünscht haben, es Ihnen zu sagen.«
»Ganz gewiß der beste aller Gründe zwischen Menschen, die Freunde werden sollen ... Nun sagen Sie mir, ist das nicht ein köstliches Aroma? Es gibt in China viele und sehr feine Teesorten, aber diese, ein besonderes Erzeugnis unseres Tals, kommt ihnen meiner Meinung nach gleich.«
Conway führte seine Tasse an die Lippen und kostete. Der Geschmack war zart, schwer zu bestimmen und festzuhalten. Ein geisterhaftes Bukett, das nur wie ein Hauch auf der Zunge zu spüren und kaum zu schmecken war. »Außerordentlich köstlich«, sagte er, »und überdies mir ganz neu.«
»Ja, gleich vielen Kräutern unseres Tales ist es einzigartig und kostbar. Dieser Tee sollte sehr langsam getrunken werden – nicht nur mit Verehrung und Liebe, sondern auch, um das vollste Maß von Genuß daraus zu ziehn. Das ist eine berühmte Lehre, die wir von Kau-Kai-Tschau lernen können, der vor etlichen fünfzehnhundert Jahren lebte. Er zögerte stets, bevor er an das saftige Mark kam, wenn er ein Stück Zuckerrohr aß, ›denn‹, so erklärte er, ›ich führe mich allmählich in die Gebiete der Wonnen ein‹. Haben Sie einige von den großen chinesischen Klassikern studiert?«
Conway antwortete, daß er oberflächlich mit manchen von ihnen vertraut sei. Er wußte, daß dieses anspielungsreiche Gespräch, der Etikette gehorchend, fortdauern werde, bis die Teetassen hinweggenommen würden. Aber es machte ihn keineswegs ungeduldig, trotz seinem Eifer, die Geschichte Schangri-Las zu hören. Zweifellos steckte auch in ihm ein gewisses Maß von Kau-Kai-Tschaus empfindungsreichem Zögern.
Endlich wurde das Zeichen gegeben. Wieder kam auf geheimnisvolle Weise der Diener fast unhörbar herein und ging wieder, und ohne weitere Einleitung begann der Hohelama von Schangri-La:

»Sie sind vielleicht, mein lieber Conway, mit den allgemeinen Umrissen der Geschichte Tibets vertraut. Ich höre von Tschang, daß Sie ausgiebig Gebrauch von unserer Bibliothek hier gemacht haben, und ich zweifle nicht, daß Sie die spärlichen, aber außerordentlich interessanten Annalen dieses Gebiets studiert haben. Sie werden jedenfalls wissen, daß das nestorianische Christentum während des Mittelalters in ganz Asien weit verbreitet war und daß die Erinnerung daran noch lange nach seinem tatsächlichen Verfall fortlebte. Im siebzehnten Jahrhundert wurde unmittelbar von Rom der Anstoß zur Wiederbelebung des Christentums gegeben, und zwar durch die Vermittlung jener heldenhaften Jesuitenmissionare, deren Reisen, wenn ich mir diese Bemerkung erlauben darf, soviel interessanter zu lesen sind als die des heiligen Paulus. Allmählich verbreitete sich die Kirche über ein gewaltiges Gebiet. Es ist eine bemerkenswerte Tatsache, die heutzutage nicht mehr vielen Europäern bewußt ist, daß achtunddreißig Jahre lang in Lhassa selbst eine christliche Mission bestand. Doch nicht von Lhassa, sondern von Peking aus brachen im Jahre 1719 vier Kapuzinermönche auf, um die Überreste des nestorianischen Glaubens zu suchen, die vielleicht im Landesinnern noch fortlebten.
Sie zogen viele Monate lang nach Südwesten, über Lantschou und den Koko-nor, und bestanden Strapazen, die Sie sich wohl vorstellen können. Drei starben unterwegs, und der vierte war dem Tod nicht mehr fern, als er zufällig in den Engpaß stolperte, der auch heute noch den einzigen Zugang zum ›Tal aller heiligen Zeiten‹ bildet. Hier fand er zu seiner Freude und Überraschung eine freundliche und wohlhabende Bevölkerung vor, die sich beeilte, das zu beweisen, was ich stets als unsere älteste Tradition angesehn habe, — Gastlichkeit gegenüber Fremden. Er gewann bald seine Gesundheit zurück und begann seine Tätigkeit als Missionsprediger. Die Einwohner waren Buddhisten, aber bereit, ihn anzuhören, und er hatte beträchtlichen Erfolg. Es bestand damals eine alte Lamaserei auf dieser selben Bergterrasse, aber sie war in einem Zustand äußern wie geistigen Verfalls. Und als die Ernte des Kapuziners sich mehrte, faßte er den Gedanken, auf derselben groß-

artigen Stätte ein christliches Kloster zu errichten. Unter seiner Aufsicht wurden die alten Gebäude ausgebessert und zu einem großen Teil neu errichtet, und er selbst begann im Jahre 1734 hier zu leben, als er dreiundfünfzig Jahre zählte.

Nun lassen Sie mich Ihnen mehr über diesen Mann erzählen. Sein Name war Perrault, und er war von Geburt Luxemburger. Bevor er sich der fernöstlichen Mission widmete, hatte er in Paris, Bologna und an andern Universitäten studiert; er war so etwas wie ein Gelehrter. Es sind wenige Aufzeichnungen über den ersten Teil seines Lebens vorhanden, aber der war keineswegs ungewöhnlich für einen Mann seiner Zeit und seines Berufs. Er war ein Freund der Musik und der Künste, hatte eine besondere Begabung für Sprachen, und bevor er von seiner Berufung überzeugt war, hatte er alle bekannten Freuden der Welt verkostet. Die Schlacht von Malplaquet wurde geschlagen, als er ein Jüngling war, und er kannte aus eigener Anschauung die Greuel des Krieges und feindlicher Besetzung. Perrault war körperlich kräftig und widerstandsfähig. Während seiner ersten Jahre hier leistete er mit seinen Händen Arbeit wie jeder andere, bestellte seinen Garten und lernte von den Einwohnern ebenso, wie er sie lehrte. Er fand Goldlager längs des Tals, aber sie brachten ihn nicht in Versuchung; weit mehr interessierte er sich für die Pflanzen und Kräuter der Gegend. Er war bescheiden und keineswegs fanatisch. Er mißbilligte die Vielweiberei, aber er sah keinen Grund, gegen die vorherrschende Vorliebe für die Tangatse-Beere zu predigen, der Heilkräfte zugeschrieben wurden, die aber besonders wegen ihrer Wirkung als mildes Rauschmittel beliebt war. Perrault gab sich tatsächlich in gewissem Maß ihrem Genuß hin. Es war seine Art, vom Leben der Eingeborenen alles anzunehmen, was er harmlos und angenehm fand, und dafür die geistigen Schätze des Westens zu bieten. Er war kein Asket. Er genoß die guten Dinge dieser Welt und war darauf bedacht, seine Bekehrten sowohl die Kochkunst als auch den Katechismus zu lehren. Ich möchte, daß Sie sich ihn als einen ziemlich ernsten, arbeitsamen, gelehrten, schlichten und begeisterungsfähigen Mann vorstellen, der

es neben seiner geistlichen Tätigkeit nicht verschmähte, einen Maurerkittel anzuziehen und bei der Erbauung dieser Räume, in denen wir uns befinden, mit Hand anzulegen. Das war natürlich eine Arbeit von unendlicher Schwierigkeit, und sie war nur durch seinen Stolz und seine Beharrlichkeit zu bewältigen. Stolz sage ich, weil dieser anfangs zweifellos ein vorherrschender Beweggrund war, — der Stolz auf seinen eigenen Glauben, der ihm die Überzeugung gab, wenn Gautama Menschen dazu begeistern konnte, einen Tempel auf der Terrasse von Schangri-La zu erbauen, so sei Rom zu nicht weniger befähigt.
Aber die Zeit verging, und es war nichts Unnatürliches, daß sein erster Beweggrund allmählich ruhigeren Platz machte. Wetteifer liegt schließlich eher dem Geist eines jungen Mannes, und Perrault war, als das Kloster sicheren Bestand erlangt hatte, schon bei vollen Jahren. Sie dürfen nicht vergessen, daß er, von einem Gesichtspunkt gesehn, nicht ganz nach den Regeln gehandelt hatte, obgleich natürlich einem Mann, dessen kirchliche Vorgesetzte sich in einer Entfernung befinden, die eher nach Jahren als nach Meilen zu messen ist, ein gewisser Spielraum zugestanden werden muß. Aber die Talbevölkerung und die Mönche selbst nahmen ihm nichts übel. Sie liebten ihn und gehorchten ihm; als die Jahre vergingen, verehrten sie ihn auch. Es war seine Gewohnheit, von Zeit zu Zeit Berichte an den Bischof von Peking zu senden, aber oft erreichten sie ihn gar nicht, und da angenommen werden mußte, daß die Überbringer den Gefahren der Reise erlegen waren, wurde Perrault immer abgeneigter, ihr Leben aufs Spiel zu setzen, und etwa nach 1750 gab er diese Gepflogenheit auf. Einige seiner früheren Berichte jedoch mußten an ihr Ziel gelangt sein und Zweifel über seine Tätigkeit erweckt haben, denn im Jahre 1769 brachte ein Fremder einen zwölf Jahre zuvor geschriebenen Brief, der Perrault nach Rom berief.
Er wäre weit über siebzig Jahre alt gewesen, wenn der Befehl ihn ohne Verzug erreicht hätte, so aber war er schon achtundachtzig geworden. Der lange Karawanenweg über Berge und Hochflächen war undenkbar. Er hätte nie die wütenden Stürme und heftigen Fröste der Wildnis drau-

ßen überstehen können. Er sandte daher eine wohlgesetzte Antwort, in der er die Lage erklärte, aber es findet sich kein Beweis, daß diese Antwort je über die Schranke der großen Gebirgsketten gelangte.
So blieb Perrault in Schangri-La, nicht gerade in Mißachtung der Befehle seiner Oberen, sondern weil es ihm aus äußern Gründen unmöglich war, ihnen Folge zu leisten. Jedenfalls war er ein sehr alter Mann, und der Tod hätte wahrscheinlich ihm und seiner Regelwidrigkeit bald ein Ende gesetzt. Um diese Zeit hatte die von ihm begründete Anstalt eine fast unmerkliche Veränderung durchzumachen begonnen. Das mag zu beklagen sein, aber es war wirklich nicht sehr zu verwundern, denn es ließ sich kaum erwarten, daß ein einziger Mann ohne Unterstützung die Gewohnheiten und Überlieferungen einer Epoche ausrotten könnte. Er hatte keine Mitarbeiter aus dem Westen, die hätten können festhalten, als sein Griff erschlaffte, und es war vielleicht ein Fehler gewesen, auf einer Stätte zu bauen, an der um soviel ältere und ganz andere Erinnerungen hingen. Es war zuviel verlangt. Aber hieße es nicht noch mehr verlangen, wenn man von einem im Dienst ergrauten Mann, der soeben in sein neuntes Jahrzehnt trat, erwartete, er werde den Fehler begreifen, den er begangen? Perrault jedenfalls begriff ihn damals nicht. Er war viel zu alt und glücklich. Seine Anhänger waren ihm ergeben, auch wenn sie seine Lehren vergaßen, und die Talbewohner hegten solch liebevolle Verehrung für ihn, daß er ihnen mit immer größerer Leichtigkeit verzieh, wenn sie in ihre früheren Gewohnheiten zurückfielen. Er war noch immer tatkräftig, und seine Sinne waren außerordentlich scharf geblieben. Im Alter von neunundachtzig Jahren begann er die buddhistischen Schriften zu studieren, die von den früheren Insassen in Schangri-La zurückgelassen worden waren, und seine Absicht war damals, den Rest seines Lebens der Abfassung eines Werkes zu widmen, das den Buddhismus vom Standpunkt der orthodoxen Kirche angreifen sollte. Er vollendete tatsächlich dieses Unternehmen (wir besitzen sein vollständiges Manuskript), aber der Angriff war ein sehr milder, denn er hatte unterdessen die runde Zahl von hundert Jahren erreicht — ein Alter, in

dem auch die schärfsten Gegensätzlichkeiten zum Verblassen neigen.
Inzwischen waren, wie Sie sich denken können, viele seiner ersten Schüler gestorben; da nur wenig Ersatz da war, verringerte sich die Zahl der nach der alten Kapuzinerregel Lebenden beständig. Von über achtzig, die man einmal gezählt hatte, schrumpfte sie auf kaum zwei Dutzend zusammen und dann auf nur eines, und von diesem waren die meisten schon Greise. Perraults Leben wurde um diese Zeit ein sehr stilles und friedliches Warten auf das Ende. Er war viel zu alt für Krankheit oder Unzufriedenheit, nur der ewige Schlaf konnte ihn noch befallen, und er fürchtete sich nicht davor. Die Talbewohner lieferten ihm aus Güte Nahrung und Kleidung; seine Bibliothek gab ihm Arbeit. Er war recht gebrechlich geworden, behielt aber Tatkraft genug, um die wichtigeren Zeremonien seines Amtes zu vollziehen. Den Rest der friedlichen Tage verbrachte er mit seinen Büchern, seinen Erinnerungen und den milden Wonnen des Rauschmittels. Sein Geist blieb so außerordentlich klar, daß er sich sogar auf das Studium gewisser mystischer Übungen verlegte, die die Inder Yoga nennen und die auf verschiedene besondere Methoden des Atmens gegründet sind. Für einen Mann dieses Alters mochte das Unterfangen wohl gefährlich erscheinen, und es steht fest, daß bald darauf, in dem denkwürdigen Jahr 1789, die Nachricht ins Tal hinabgelangte, Perrault liege endlich im Sterben.
Er lag in diesem Zimmer, wo er durchs Fenster eine weiße Verschwommenheit erblicken konnte, das einzige, was seine schwindende Sehkraft ihm noch vom Karakal vermittelte. Aber er vermochte auch mit seinem Geist zu sehn. Er konnte sich die klaren und unvergleichlichen Umrisse vorstellen, die er vor einem halben Jahrhundert zum erstenmal erblickt hatte. Und da zogen denn an ihm seine vielen Erlebnisse vorüber, die Jahre seiner Reise durch Wüsten und Hochländer, die großen Menschenmengen in den Städten des Westens, der Lärm und Glanz der Truppen Marlboroughs. Sein Geist hatte sich zu schneeweißer Ruhe geglättet, er war bereit, willig und froh zu sterben. Er versammelte seine Freunde und Diener um sich und

sagte ihnen Lebewohl. Dann verlangte er, eine Weile allein gelassen zu werden. Er hatte gehofft, während eines solchen Alleinseins, wo sein Körper immer schwächer wurde und sein Geist sich zur Seligkeit erhob, seine Seele auszuhauchen ... Aber es kam anders. Er lag viele Wochen ohne zu sprechen oder sich zu bewegen, und dann begann er sich zu erholen. Er war hundertundacht Jahre alt.«
Die flüsternde Stimme hielt für einen Augenblick inne, und Conway, der sich kaum ein wenig regte, hatte den Eindruck, der Hohelama habe geläufig aus einem fernen, urgeheimen Traum übersetzt. Endlich fuhr der Greis fort:
»Gleich andern, die lange auf der Schwelle des Todes gewartet haben, war auch Perrault eine Vision von einiger Bedeutsamkeit zuteil geworden, die er in die Welt zurück mitnehmen konnte. Über diese Vision muß später mehr gesagt werden. Hier will ich mich auf sein Gehaben und seine Handlungen beschränken, die in der Tat bemerkenswert waren. Denn statt müßig der Genesung entgegenzugehen, wie man hätte erwarten sollen, stürzte er sich unverzüglich in eine strenge Selbstzucht, die ein wenig sonderbar mit dem Schwelgen in dem Rauschmittel verbunden war. Rauschmittel genießen und Atemübungen vornehmen — das schien allerdings keine Lebensordnung zu sein, die dem Tod wirksam Trotz bot, aber die Tatsache bleibt bestehn, daß, als der letzte der alten Mönche im Jahre 1794 starb, Perrault selbst noch am Leben war.
Wäre ein Mensch mit genügend verzerrtem Sinn für Humor in Schangri-La gewesen, hätte ihn das wohl zum Lächeln bringen können. Der verrunzelte Kapuziner, der nicht hinfälliger war als vor einem Dutzend Jahren, verharrte bei einem geheimen Ritual, das er selbst entworfen hatte, während er für das Volk im Tal bald eine von Geheimnis umhüllte Gestalt wurde, ein Einsiedler von unheimlichen Kräften, der allein auf dieser schauerlichen Felswand hauste. Aber es war noch immer eine überlieferte Zuneigung zu ihm lebendig, und es wurde als verdienstlich und glückbringend angesehn, nach Schangri-La hinaufzusteigen und eine schlichte Gabe dort zu lassen oder eine nötig gewordene Handwerksarbeit zu leisten. Allen solchen Pilgern erteilte Perrault seinen Segen — er hatte viel-

leicht ganz vergessen, daß es verlorene und verirrte Schafe waren, denn ›Te Deum laudamus‹ und ›Om mani padme hum‹ hörte man nun gleich häufig in den Andachtsstätten des Tals.
Als das neue Jahrhundert herannahte, wurde die Legende zu einer üppig ausgeschmückten phantastischen Volkssage — es hieß, daß Perrault ein Gott geworden sei, daß er Wunder wirkte und daß er in gewissen Nächten zur Spitze des Karakal fliege, um eine Kerze in den Himmel zu halten. Zur Zeit des Vollmonds liegt immer ein bleicher Schimmer auf dem Berg, aber ich brauche Ihnen nicht erst zu versichern, daß weder Perrault noch sonst ein Mensch jemals dort hinaufkletterte. Ich erwähne das, obgleich es unnötig scheinen mag, denn es gibt eine Menge unverläßliche Zeugnisse, daß Perrault allerlei unmögliche Dinge zu tun vermochte und auch tat. Es wurde zum Beispiel geglaubt, daß er die Kunst, sich in die Luft zu erheben, ausübe, von der so viel in den Berichten über buddhistische Mystik steht. Aber die weit nüchternere Wahrheit ist, daß er viele darauf bezügliche Versuche machte, jedoch ganz ohne Erfolg. Immerhin entdeckt er, daß die Schwächung der gewöhnlichen Sinne einigermaßen durch die Entwicklung anderer aufgehoben werden könne; er erwarb eine Geschicklichkeit in der Telepathie, die vielleicht bemerkenswert war, und obgleich er nicht behauptete, irgendwelche besondere Heilkräfte zu besitzen, lag doch in seiner bloßen Anwesenheit etwas, das in gewissen Fällen zu helfen vermochte.
Sie werden wissen wollen, wie er seine Zeit während dieser beispiellosen Jahre verbrachte. Seine Haltung läßt sich dahin zusammenfassen, daß er, da er nicht im gewöhnlichen Alter gestorben war, das Gefühl bekam, es lasse sich kein Grund entdecken, daß er zu einer bestimmten Zeit in der Zukunft sterben oder nicht sterben sollte. Da er sich bereits als ungewöhnlich erwiesen hatte, vermochte er ebenso leicht zu glauben, daß diese Ungewöhnlichkeit fortdauern, wie daß sie in irgendeinem Augenblick enden werde. Und daher begann er sein Dasein ohne Rücksicht auf ein bevorstehendes Ende, das ihn solange beschäftigt hatte, zu führen. Er lebte fortan das Leben auf die Art,

die er sich stets ersehnt, aber so selten möglich gefunden hatte. Im Herzen und unter allen Schicksalsfügungen hatte er sich nämlich die Vorliebe für die stillen Freuden des Gelehrten bewahrt. Sein Gedächtnis war erstaunlich, es schien den Fesseln des Körperlichen in ein höheres Gefilde unermeßlicher Klarheit entwichen zu sein. Es dünkte ihn fast, er könnte nun wirklich alle Wissenszweige leichter erlernen, als er während seiner Studienzeit auch nur ein einziges Wissensgebiet bewältigt hatte. Er stand allerdings bald vor der Notwendigkeit, Bücher zu besitzen, aber einige Werke hatte er von Anfang an bei sich gehabt, darunter – was Sie vielleicht interessieren wird – eine englische Sprachlehre samt Wörterbuch und Florios Übersetzung des Montaigne. Mit diesen Hilfsmitteln gelang es ihm, die Feinheiten des Englischen zu meistern, und wir besitzen in unserer Bibliothek noch immer die Handschrift einer seiner ersten Sprachübungen, eine Übersetzung von Montaignes Essai über die Eitelkeit ins Tibetanische – gewiß ein ganz einzigartiges Literaturerzeugnis.« Conway lächelte. »Es würde mich sehr interessieren, es gelegentlich einmal zu sehn, wenn es gestattet ist.«
»Mit dem größten Vergnügen. Es war, wie Sie vielleicht finden werden, eine Leistung, die gar keinen praktischen Wert hatte, aber vergessen Sie nicht, daß Perrault ein besonders unpraktisches Alter erreicht hatte. Er hätte sich ohne irgendeine solche Beschäftigung sehr einsam gefühlt – jedenfalls bis zum vierten Jahr des neunzehnten Jahrhunderts, das einen Markstein in der Geschichte dieser Gründung bildet. Denn in diesem Jahr gelangte ein zweiter Fremder aus Europa ins ›Tal aller heiligen Zeiten‹: ein junger Österreicher namens Henschell, der als Offizier gegen Napoleon in Italien gekämpft hatte, – ein junger Mann von vornehmer Geburt, hoher Kultur und bezauberndem Wesen. Die Kriegsjahre hatten sein Vermögen vernichtet, und mit der Absicht, sich ein neues zu erwerben, war er nach Rußland gegangen und nach Asien verschlagen worden; es wäre interessant zu wissen, wie er eigentlich die Hochfläche erreichte. Aber er hatte selber keine sehr klare Erinnerung daran, ja er war, als er hier eintraf, dem Tod so nahe, wie einst Perrault selbst. Wieder

gewährte das Tal Gastfreundschaft und der Fremde erholte sich — aber weiter geht die Parallele nicht, denn Perrault war hierhergekommen, um zu predigen und zu bekehren, wogegen Henschell ein unmittelbares Interesse für die Goldlager bekundete. Sein oberstes Bestreben war, sich zu bereichern und sobald als möglich nach Europa zurückzukehren.

Aber er kehrte nicht dahin zurück. Etwas Seltsames geschah — etwas, das sich seither allerdings so oft wiederholte, daß wir nun vielleicht zugeben müssen, es könne nicht gar so verwunderlich sein. Das Tal mit seiner Friedlichkeit und völligen Freiheit von weltlichen Sorgen verlockte ihn immer wieder, seine Abreise hinauszuschieben, und eines Tags, als er die in der Gegend umlaufende Legende gehört hatte, stieg er nach Schangri-La hinauf und hatte seine erste Zusammenkunft mit Perrault.

Diese Begegnung war im wahrsten Sinn geschichtlich denkwürdig. Perrault war zwar schon ein wenig über solche menschliche Gemütsbewegungen wie Freundschaft oder Zuneigung hinaus, aber doch noch immer mit großer Seelengüte begabt, die auf den jungen Mann wirkte wie Wasser auf ausgedorrte Erde. Ich will nicht versuchen, die Gemeinschaft zu beschreiben, die sich zwischen den beiden bildete. Der eine gab äußerste Verehrung, während der andere mit ihm sein Wissen, seine Geistesräusche und den tollen Traum teilte, der für ihn nun die einzige Wirklichkeit geworden war, die ihm in der Welt blieb.«

Es trat eine Pause ein, und Conway sagte sehr ruhig: »Entschuldigen Sie die Unterbrechung, aber das ist mir nicht ganz klar.«

»Ich weiß.« Die geflüsterte Antwort war voll Mitgefühl. »Es wäre auch wirklich ein Wunder, wenn es sich anders verhielte. Es ist das etwas, das ich Ihnen mit Vergnügen erklären werde, bevor unser Gespräch zu Ende ist. Aber für den Augenblick will ich mich, wenn Sie verzeihen, auf einfachere Dinge beschränken. Es wird Sie gewiß interessieren, daß es Henschell war, der unsere Sammlungen chinesischer Kunst wie auch unsere Bücherei und Musikbibliothek anzulegen begann. Er unternahm eine bemerkenswerte Reise nach Peking und brachte die erste Ladung

im Jahre 1809 zurück. Er verließ das Tal nicht wieder, aber es war sein erfinderischer Geist, der das komplizierte System erdachte, durch das unsere Lamaserei bisher imstande war, alles Nötige aus der Außenwelt zu erhalten.«
»Ich vermute, es fiel ganz leicht, in Gold zu bezahlen.«
»Ja, wir waren vom Glück begünstigt, Vorräte eines Metalls zu besitzen, das in andern Teilen der Welt sehr hoch geschätzt wird.«
»So hoch, daß Sie großes Glück gehabt haben müssen, einem Goldfieber zu entgehn.«
Der Hohelama machte eine kaum merkliche bejahende Kopfbewegung. »Das, mein lieber Conway, war es, was Henschell immer befürchtete. Er sorgte dafür, daß keiner der Träger, welche Bücher und Kunstschätze brachten, allzu nahe kam. Er ließ sie alle ihre Lasten eine Tagreise weit entfernt abladen, wo sie dann von den Leuten unseres Tals geholt werden konnten. Er richtete sogar einen ständigen Wachtdienst am Eingang des Passes ein. Aber es kam ihm bald der Gedanke, daß es eine leichtere und endgültige Sicherung gab.«
»Ja?« Conways Stimme klang vorsichtig gespannt.
»Sehen Sie, es war unnötig, einen Einmarsch feindlicher Truppen zu befürchten. Der wird infolge der Beschaffenheit der Gegend und der riesigen Entfernungen nie möglich sein. Das Äußerste, was je im Bereich der Möglichkeit lag, war die Ankunft einiger halb verirrter Reisender, die, auch wenn sie bewaffnet wären, sich in so geschwächtem Zustand befänden, daß sie keine Gefahr bilden könnten. Es wurde daher beschlossen, daß fortan Fremde ganz frei und nach Belieben kommen könnten — nur mit einem wichtigen Vorbehalt.
Und während einer Reihe von Jahren kamen solche Fremde auch wirklich. Chinesische Kaufleute, die aus irgendeinem Grund die Hochebene durchquerten, gerieten manchmal gerade auf diesen Weg; tibetanische Nomaden, die von ihren Stämmen weggewandert waren, kamen manchmal vereinzelt her wie erschöpfte Tiere. Allen wurde ein Willkommen bereitet, obgleich manche die Zufluchtstätte dieses Tals nur erreichten, um hier zu sterben. Im Jahre von Waterloo überstiegen zwei englische Missionare auf dem

Weg von Peking her die Gebirgsketten über einen unbekannten Paß und hatten das außerordentliche Glück, hier so frisch anzukommen, als statteten sie einen Besuch ab. Im Jahre 1820 wurde ein griechischer Händler, von kranken und halbverhungerten Dienern begleitet, auf dem höchsten Punkt des Passes aufgefunden. Drei Spanier, die irgend etwas von Goldlagern hatten erzählen hören, gelangten 1822 nach langem Umherwandern und vielen Enttäuschungen hierher, und 1830 kam wieder ein größerer Zustrom: zwei Deutsche, ein Russe, ein Engländer und ein Schwede vollbrachten die gefürchtete Überschreitung des Tien-Schan, getrieben von einem Beweggrund, der nun immer häufiger wurde, — wissenschaftliche Erforschung des Landes. Zu der Zeit, als sie kamen, hatte eine leichte Abänderung der Haltung Schangri-Las fremden Besuchern gegenüber eingesetzt — sie wurden jetzt nicht nur willkommen geheißen, wenn sie zufällig den Weg ins Tal fanden, sondern es war üblich geworden, ihnen entgegenzugehen, wenn sie bis in einen bestimmten Umkreis gelangten. Das alles geschah aus einem Grund, den ich später besprechen werde. Aber es ist von Wichtigkeit, weil es zeigt, daß die Lamaserei nicht mehr passiv gastfreundlich war. Sie hatte bereits das Bedürfnis und das Verlangen nach neuen Ankömmlingen. Und so geschah es denn auch in den folgenden Jahren, daß mehr als eine Gesellschaft von Forschungsreisenden, gerade als sie sich rühmte, daß ihr der erste Anblick des Karakal aus der Ferne beschieden sei, von Boten überrascht wurde, die ihr eine herzliche Einladung überbrachten, — eine Einladung, die selten abgelehnt wurde.
Inzwischen hatte die Lamaserei begonnen, vieles von dem, was sie heute kennzeichnet, anzunehmen. Ich muß betonen, daß Henschell ein äußerst begabter und tüchtiger Mann war und daß das heutige Schangri-La ihm ebensoviel verdankt wie seinem Gründer, ja genau so viel, wie ich oft glaube. Denn er besaß die feste und doch gütige Hand, deren jede Anstalt auf einer gewissen Stufe ihrer Entwicklung bedarf, und sein Verlust wäre ganz unersetzlich gewesen, wenn er nicht mehr als ein Lebenswerk vollbracht hätte, bevor er starb.«

Conway sah auf und wiederholte mehr wie ein Echo als wie eine Frage diese letzten Worte. »Er starb!«

»Ja, es kam sehr plötzlich. Er wurde getötet. Es war im Jahr eures indischen Aufstands. Kurz vor seinem Tod hatte ein chinesischer Künstler ihn skizziert, und ich kann Ihnen diese Skizze jetzt zeigen – sie hängt hier in diesem Zimmer.«

Die leichte Handbewegung wurde wiederholt, und wieder trat ein Diener ein. Conway, gleich einem Zuschauer in Trance, sah, wie der Mann einen kleinen Vorhang am andern Ende des Raumes beiseite schob und eine leise schwingende Laterne zwischen die Schatten hängte. Dann hörte er die Aufforderung, näher hinzugehn, in einem Flüsterton, der ihm schon eine vertraute Musik geworden war.

Er erhob sich ungeschickt und schritt auf den zitternden Lichtstreif zu. Die Skizze war klein, kaum mehr als eine farbig getuschte Miniatur, aber der Künstler hatte doch vermocht, den Fleischtönen die zarte Struktur einer Wachsbossierung zu geben. Die Züge waren von großer Schönheit, fast mädchenhaft geformt, und Conway fand in ihrem gewinnenden Zauber etwas ihn sogleich persönlich Anziehendes, über die Schranken von Zeit, Tod und Künstlichkeit hinweg. Aber das Allerseltsamste, etwas, das ihm erst nach der ersten staunenden Bewunderung bewußt wurde, war dies: es war das Gesicht eines jungen Mannes.

Er stammelte, während er sich davon entfernte: »Aber – Sie sagten doch, das sei kurz vor seinem Tod angefertigt worden?«

»Ja, es ist sehr lebensähnlich.«

»Also wenn er, wie Sie sagten, im Jahre 1857 starb –«

»Er starb in diesem Jahr.«

»Und er kam, wie Sie mir sagten, 1803 als junger Mann hierher?«

»Ja, ganz richtig.«

Conway antwortete einen Augenblick nicht. Dann aber raffte er sich mit einiger Anstrengung zu der Frage auf: »Und er wurde getötet, sagten Sie?«

»Ja, ein Engländer erschoß ihn. Es geschah ein paar Wochen nach der Ankunft des Engländers in Schangri-La. Er war auch ein Forschungsreisender.«

»Was war der Grund?«

»Es hatte Streit gegeben — wegen irgendwelcher Träger. Henschell hatte ihm gerade von dem wichtigen Vorbehalt gesagt, von dem die Aufnahme von Gästen bei uns abhängt. Es war eine Aufgabe von einiger Schwierigkeit, und seither habe ich mich, ungeachtet meiner Schwäche, immer bemüßigt gefühlt, sie selber zu vollziehn.«

Der Hohelama machte eine zweite, längere Pause, und in seinem Schweigen lag die leiseste Andeutung einer Frage. Als er weitersprach, geschah es, um hinzuzufügen: »Vielleicht fragen Sie sich, mein lieber Conway, was dieser Vorbehalt gewesen sein mag?«

Conway antwortete langsam und mit leiser Stimme: »Ich glaube, ich kann das bereits erraten.«

»Können Sie das wirklich? Und können Sie nach meiner langen und wunderlichen Erzählung auch noch etwas anderes erraten?«

Conway schwindelte es fast, als er diese Frage zu beantworten suchte. Der Raum war nun ein Wirbel von Schatten mit dieser uralten, gütigen Gelassenheit als Mittelpunkt. Während der ganzen Erzählung hatte er mit einer Gespanntheit zugehört, die ihn vielleicht davor geschützt hatte, die volle Bedeutung des Ganzen zu erfassen. Nun aber, beim bloßen Versuch zu bewußtem Ausdruck, wurde er von Staunen überflutet, und die Gewißheit, die sich in seinem Geist verdichtete, wurde fast erstickt, als sie sich in Worten Luft zu machen suchte. »Es scheint unmöglich«, stammelte er, »und doch kann ich nicht gegen den Gedanken an — es ist erstaunlich — und ganz außergewöhnlich — und völlig unglaublich — und doch nicht so außerhalb meines Glaubensvermögens —«

»Was ist so, mein Sohn?«

Und Conway antwortete, von einem Gefühl erschüttert, für das er keinen Grund wußte und das er nicht zu verbergen suchte: »Daß Sie noch am Leben sind, Vater Perrault.«

Achtes Kapitel

Es war eine Unterbrechung gefolgt, weil der Hohelama abermals Erfrischungen befohlen hatte. Conway wunderte sich nicht darüber, denn diese lange Erzählung mußte eine beträchtliche Anstrengung gewesen sein. Auch war er selbst nicht undankbar für diese Atempause. Er fühlte, daß die Unterbrechung vom künstlerischen wie von jedem andern Gesichtspunkt wünschenswert war und daß die teegefüllten Tassen, begleitet von konventionellen Stegreifhöflichkeiten, dieselbe Funktion erfüllten, wie eine Kadenz in der Musik. Dieser Gedankengang rief (wenn es nicht etwa nur ein zufälliges Zusammentreffen war) ein seltsames Beispiel von den telepathischen Kräften des Hohelamas hervor, denn er begann sogleich über Musik zu sprechen und seiner Freude darüber Ausdruck zu geben, daß Conways Geschmack in dieser Richtung in Schangri-La nicht ganz unbefriedigt geblieben war. Conway dankte mit geziemender Höflichkeit und fügte hinzu, er sei überrascht gewesen, die Lamaserei im Besitze eines so vollständigen Notenschatzes europäischer Tonwerke zu finden. Dieses Kompliment wurde zwischen bedächtigen Schlucken Tees entgegengenommen. »Ah, mein lieber Conway, wir haben Glück, einen begabten Musiker zu den Unsern zu zählen, — er war in der Tat ein Schüler Chopins — und wir haben in seine Hände die ganze Leitung unserer Musikpflege gelegt. Sie müssen ihn unbedingt kennenlernen.«

»Es wird mir ein Vergnügen sein. Tschang hat mir übrigens gesagt, daß Ihr westlicher Lieblingskomponist Mozart ist.«

»So ist es. Mozart hat eine strenge Eleganz, die uns ungemein zusagt. Er baut ein Haus, das weder zu groß noch zu klein ist, und richtet es mit vollendetem Geschmack ein.«

Der Austausch solcher Bemerkungen dauerte fort, bis die Teetassen weggeräumt waren. Inzwischen hatte sich Conway wieder so weit gesammelt, daß er ganz gelassen bemerken konnte: »Also, um unser früheres Gespräch wieder aufzunehmen, Sie beabsichtigen, uns hier zu behalten? Das ist, nehme ich an, der erwähnte wichtige und unabänderliche Vorbehalt.«

»Sie haben richtig geraten, mein Sohn.«

»Und wir sollen also wirklich für immer hier bleiben?«

»Ich würde es lieber so ausdrücken, daß Sie bis zu guter Letzt hier sind.«

»Mir ist nur rätselhaft, warum gerade wir vier von allen Menschen auf der Welt ausgewählt worden sind?«

In seine frühere und zusammenhängendere Art des Erzählens zurückfallend, erwiderte der Hohelama: »Das ist eine verwickelte Geschichte, wenn Sie sie anhören wollen. Sie müssen wissen, daß wir immer danach getrachtet haben, soweit als möglich unsere Zahl beständig und gleichmäßig zu ergänzen, da es, von andern Gründen abgesehn, eine Annehmlichkeit ist, Leute verschiedenen Alters und Vertreter verschiedener Zeiten hier zu vereinen. Unglücklicherweise sind seit dem letzten europäischen Krieg und der russischen Revolution Reisen und Forschungsexpeditionen in Tibet fast vollkommen unterbunden gewesen. Tatsächlich traf unser letzter Besucher, ein Japaner, im Jahre 1912 ein und war, um ganz aufrichtig zu sein, keine sehr wertvolle Bereicherung. Sehen Sie, mein lieber Conway, wir sind keine Quacksalber und Scharlatane, wir gewährleisten keinen Erfolg und können das auch nicht. Manche unserer Besucher ziehen gar keinen Nutzen aus ihrem Aufenthalt bei uns, andre leben nur bis zu einem, wie man es nennen könnte, normal hohen Alter und sterben dann an irgendeinem unbedeutenden Leiden. Im allgemeinen haben wir gefunden, daß Tibetaner infolge ihrer angeborenen Anpassung an die bedeutende Höhe und die übrigen Lebensumstände viel weniger empfindlich sind als andre Rassen. Sie sind reizende Menschen, und wir haben viele von ihnen aufgenommen, aber ich zweifle, ob mehr als ein halbes Dutzend ihren hundertsten Geburtstag überleben werden. Die Chinesen sind ein wenig besser, aber auch von ihnen versagen viele. Am besten bewähren sich zweifellos die nordischen und lateinischen Völker Europas. Die Amerikaner wären vielleicht ebenso anpassungsfähig, und ich halte es für ein großes Glück, daß wir uns endlich in der Person eines Ihrer Reisegefährten eines Angehörigen dieser Nation versichert haben. Allein ich muß nun in der Beantwortung Ihrer Frage fortfahren. Die Lage war, wie ich erklärt habe, die, daß wir seit fast zwanzig Jahren keine

Neuankömmlinge mehr hatten willkommen heißen können, und da während dieser Zeit mehrere Todesfälle eintraten, begann die Lage problematisch zu werden. Vor einigen Jahren jedoch kam uns einer aus unserer Mitte durch einen neuartigen Einfall zu Hilfe. Er war ein junger Mensch, aus unserem Tal gebürtig, völlig vertrauenswürdig, und stimmte durchaus mit unseren Zielen überein, aber gleich allen unseren Talbewohnern hatte ihm die Natur jene Eignung versagt, mit der sie Menschen aus andern Gebieten beglückt. Er war es, der den Vorschlag machte, uns zu verlassen und sich in eins der angrenzenden Länder zu begeben, um uns neue Gefährten auf eine Weise zuzuführen, die in einem früheren Zeitalter unmöglich gewesen wäre. Es war in vieler Hinsicht ein umwälzender Vorschlag, aber wir gaben nach gebührender Erwägung unsere Zustimmung, denn wir müssen mit der Zeit gehn, sogar in Schangri-La.«

»Sie meinen, daß er absichtlich ausgeschickt wurde, um Leute auf dem Luftweg herzubringen?«

»Nun ja, Sie müssen wissen, daß er ein außerordentlich begabter und findiger junger Mensch war und wir großes Vertrauen auf ihn setzten. Es war sein eigener Einfall, und wir gaben ihm freie Hand für die Ausführung. Mit Bestimmtheit war uns nur soviel bekannt, daß sein Plan zunächst eine Lehrzeit in einer amerikanischen Fliegerschule voraussetzte.«

»Aber wie konnte er das übrige zuwege bringen? Es war doch nur Zufall, daß dieses Flugzeug in Baskul war —«

»Gewiß, mein lieber Conway, — sehr vieles ist nur Zufall. Aber das war gerade der Zufall, nach dem Talu Ausschau hielt. Wäre er ihm nicht begegnet, so hätte sich möglicherweise ein, zwei Jahre später ein anderer Zufall ergeben — oder vielleicht natürlich gar keiner. Ich gestehe, ich war überrascht, als unsere Wachposten uns seine Landung auf der Hochfläche meldeten. Das Flugwesen macht sehr schnelle Fortschritte, aber ich hatte gedacht, daß es wahrscheinlich viel länger dauern werde, bis ein durchschnittliches Flugzeug eine solche Gebirgsüberquerung vollbringen könnte.«

»Es war kein durchschnittliches, sondern ein ganz ungewöhnliches Flugzeug, eigens für Gebirgsflüge gebaut.«

»Auch durch Zufall? Da hatte unser junger Freund wirklich Glück. Es ist schade, daß wir die Sache nicht mehr mit ihm besprechen können, — wir trauerten alle über seinen Tod. Sie hätten ihn sicher gut leiden können, Conway.«
Conway nickte leicht, es schien ihm wohl möglich. Nach einem Schweigen fragte er: »Aber welcher Gedanke steht hinter alledem?«
»Mein Sohn, die Art, wie Sie diese Frage stellen, bereitet mir unendliche Freude. Im Laufe einer ziemlich langen Erfahrung wurde sie noch nie in solcher Ruhe an mich gerichtet. Meine Enthüllung wurde auf jede erdenkliche Weise aufgenommen — mit Entrüstung, Verzweiflung, Wut, Unglauben und Hysterie — aber bis heute noch nie mit bloßem Interesse. Das ist jedoch eine Haltung, die ich aufs herzlichste begrüße. Heute haben Sie Interesse, morgen werden Sie Anteilnahme fühlen und zuletzt werden wir vielleicht über Ihre Ergebenheit verfügen.«
»Das ist mehr, als ich versprechen möchte.«
»Gerade Ihr Zweifel freut mich — er ist die Grundlage tiefen und bedeutungsvollen Glaubens . . . Aber wir wollen darüber jetzt nicht rechten. Sie haben Interesse, und das ist bei Ihnen schon viel. Ich muß nur noch verlangen, daß das, was ich Ihnen jetzt sagen werde, vorläufig Ihren drei Gefährten unbekannt bleibt.«
Conway wartete schweigend.
»Die Zeit wird kommen, wo sie es gleich Ihnen erfahren werden, aber dieser Augenblick sollte lieber, um ihrer selbst willen, nicht beschleunigt werden. Ich bin von Ihrer Klugheit in dieser Sache so überzeugt, daß ich kein Versprechen verlange. Sie werden, das weiß ich, so handeln, wie wir beide es für das beste halten . . . Nun lassen Sie mich Ihnen zunächst ein sehr angenehmes Bild entwerfen. Sie sind noch immer, möchte ich sagen, ein nach dem Maßstab der Welt verhältnismäßig junger Mann. Ihr Leben liegt, wie man das zu nennen pflegt, noch vor Ihnen. Im gewöhnlichen Verlauf der Dinge können Sie noch mit zwei oder drei Jahrzehnten nur wenig oder nur allmählich abnehmender Tatkraft rechnen — keineswegs eine freudlose Aussicht. Doch ich kann wohl nicht von Ihnen erwarten, diese Jahre so zu sehn wie ich — als ein dürftiges, atemloses und viel zu gehetztes

Zwischenspiel. Das erste Vierteljahrhundert Ihres Lebens verlebten Sie zweifellos überschattet von der Wolke, noch zu jung für alles zu sein, während das letzte Vierteljahrhundert normalerweise von der noch dunkleren Wolke verdüstert wäre, zu alt für alles zu sein. Und welch schmaler und schwacher Sonnenstreifen erhellt ein Menschenleben zwischen diesen beiden Wolken? Sie aber sind vielleicht dazu bestimmt, vom Glück mehr begünstigt zu werden, denn nach dem Maßstab von Schangri-La haben Ihre Jahre des Sonnenlichts noch kaum begonnen. Es mag vielleicht geschehn, daß Sie sich nach Jahrzehnten nicht älter fühlen werden, als Sie heute sind, — Sie werden sich vielleicht so wie einst Henschell eine lange und wundervolle Jugend bewahren. Aber glauben Sie mir, auch das ist nur ein frühes Übergangsstadium. Es wird eine Zeit kommen, wo Sie zu altern beginnen gleich andern, aber weit langsamer, und einen viel würdigeren Zustand erreichen werden. Mit achtzig werden Sie noch jugendlichen Schritts zum Paß hinaufsteigen können, aber wenn Sie einmal doppelt so alt sind, dürfen Sie nicht erwarten, daß sich gar nichts geändert haben wird. Wir sind keine Wundertäter, wir haben weder den Tod besiegt noch den Verfall. Alles, was wir manchmal getan haben und tun können, ist, den Ablauf dieses kurzen, ›Leben‹ genannten Zwischenspiels zu verlangsamen. Wir bewirken dies durch Methoden, die hier so einfach wie anderswo unmöglich sind. Aber täuschen Sie sich nicht, das Ende erwartet uns alle.

Es ist jedoch eine Aussicht von bestechendem Zauber, die ich vor Ihnen entfalte, — lange, ruhevolle Zeiten, während welcher Sie einen Sonnenuntergang so betrachten werden, wie die Menschen in der Außenwelt eine Kirchturmuhr die Stunde schlagen hören, und mit viel weniger Bangen. Jahre werden kommen und schwinden, und Sie werden von fleischlichen Genüssen auf erhabenere, aber nicht weniger lustvolle Gebiete übergehn. Sie werden vielleicht die Spannkraft der Muskeln und die Schärfe des Appetits verlieren, aber dieser Verlust wird durch manchen Gewinn ausgeglichen werden. Sie werden Gemütsruhe erlangen und Tiefgründigkeit, Reife und Weisheit und zauberhafte Klarheit des Gedächtnisses. Und was das Kostbarste von allem ist,

Sie werden Zeit haben — diese seltene und wunderschöne Gabe, die Ihre westlichen Länder desto unwiederbringlicher verloren, je mehr sie hinter ihr her waren. Bedenken Sie für einen Augenblick: Sie werden Zeit zum Lesen haben — nie wieder werden Sie Seiten überfliegen, um Minuten zu ersparen, oder ein Studium vermeiden, weil es Sie allzusehr beanspruchen könnte. Sie haben auch Vorliebe für Musik — hier finden Sie Noten und Instrumente, aber überdies ungestörte und ungemessene Zeit, ihnen den üppigsten Genuß abzugewinnen. Auch sind Sie, wollen wir sagen, ein Mann, der gute Kameradschaft liebt, — lockt es Sie nicht, an die weisen und heiteren Freundschaften zu denken, einen lange währenden, herzlichen Austausch geistiger Güter, von dem der Tod Sie nicht mit seiner gewohnten Eile hinwegrufen wird? Oder wenn Sie die Abgeschiedenheit vorziehen, könnten Sie nicht unsere Pavillons dazu nutzen, das edle Gut einsamer Gedanken zu bereichern?«
Die Stimme machte eine Pause, die Conway nicht auszufüllen suchte.
»Sie bemerken nichts dazu, mein lieber Conway? Verzeihen Sie meine Beredtheit — ich gehöre einem Zeitalter und einem Volk an, das es nicht für unpassend hielt, Gedanken vollen Ausdruck zu geben . . . Aber vielleicht denken Sie an eine Frau, an Eltern, an Kinder, die in der Welt zurückblieben? Oder etwa an ehrgeiziges Streben nach diesem und jenem? Glauben Sie mir, wenn auch der Schmerz anfangs heftig sein mag, wird in zehn Jahren nicht einmal sein Schatten Sie mehr heimsuchen. Obgleich Sie tatsächlich, wenn ich Ihre Gedanken richtig zu lesen weiß, keinen derartigen Kummer haben.«
Conway war verblüfft durch die Richtigkeit dieses Urteils. »Das stimmt«, erwiderte er. »Ich bin unverheiratet, habe nur wenige nahe Freunde und keinerlei Ehrgeiz.«
»Keinerlei Ehrgeiz? Und wie haben Sie es vermocht, dieser weitverbreiteten Krankheit zu entgehen?«
Zum erstenmal hatte Conway das Gefühl, bei diesem Gespräch mehr als Zuhörer zu sein. »In meinem Beruf«, sagte er, »schien mir stets vieles, was allgemein als Erfolg gilt, recht unerfreulich, ganz abgesehen davon, daß es größere Anstrengungen erforderte, als ich zu unternehmen Lust

hatte. Ich war im Konsulardienst – auf ganz untergeordnetem Posten, aber er paßte mir gut genug.«
»Mit Ihrer Seele jedoch waren Sie nicht dabei?«
»Weder mit der Seele noch mit dem Herzen noch mit mehr als meiner halben Tatkraft. Ich bin von Natur ziemlich träge.«
Die Runzeln vertieften und kräuselten sich, bis Conway begriff, daß der Hohelama wahrscheinlich lächelte. »Trägheit in gewissen Dingen kann eine große Tugend sein«, begann die Flüsterstimme wieder. »Jedenfalls werden Sie uns in solchen Dingen kaum anspruchsvoll finden. Tschang erklärte Ihnen, glaube ich, unsern Grundsatz der Mäßigung. Und eins von den Dingen, worin wir immer mäßig sind, ist Tätigkeit. Ich selbst zum Beispiel war imstande, zehn Sprachen zu erlernen. Es hätten leicht zwanzig sein können, wenn ich unmäßig gearbeitet hätte, aber das tat ich nicht. Und ebenso ist es in vieler anderer Hinsicht. Sie werden in uns weder Wüstlinge noch Asketen finden. Bis wir ein Alter erreichen, in dem Vorsicht ratsam ist, genießen wir unbedenklich die Freuden der Tafel, während – zum Nutzen unserer jüngeren Gefährten – die Frauen des Tales glücklicherweise den Grundsatz der Mäßigkeit auf ihre Keuschheit anwenden. Alles in allem betrachtet, bin ich überzeugt, daß Sie sich ohne große Mühe an unsere Lebensweise gewöhnen werden. Tschang war darin sehr optimistisch, und das bin auch ich nach dieser Zusammenkunft. Aber ich gebe zu, daß Sie eine sehr seltsame Eigenschaft besitzen, die ich bisher noch bei keinem unserer Besucher antraf. Es ist nicht gerade Zynismus, noch weniger Verbitterung, sondern vielleicht zum Teil Ernüchterung, aber dabei auch eine Geistesklarheit, die ich bei einem Menschen, der nicht – sagen wir – ein Jahrhundert alt ist, nie erwartet hätte. Es ist, wenn ich es in ein einziges Wort fassen soll, Leidenschaftslosigkeit.«
»Das ist«, antwortete Conway, »eine ebenso gute Bezeichnung dafür wie irgendeine andere. Ich weiß nicht, ob Sie die Menschen, die hierher kommen, klassifizieren. Aber wenn Sie es tun, dann können Sie mich mit ›1914–1918‹ beschriften. Das macht mich, sollte ich meinen, zu einem einzigartigen Exemplar in Ihrem Museum von Altertümern

— die drei anderen, die mit mir eintrafen, gehören nicht in diese Kategorie. Ich verbrauchte die meisten meiner Leidenschaften und Energien während jener Jahre, und obgleich ich nicht viel darüber rede, habe ich seither von der Welt vor allem eines verlangt — daß sie mich in Ruhe lasse. Ich finde hier an diesem Ort einen gewissen Reiz und eine Stille, die mich ansprechen, und zweifellos werde ich mich, wie Sie sagten, eingewöhnen.«

»Ist das alles, mein Sohn?«

»Ich hoffe, ich halte mich gut genug an Ihre eigene Regel der Mäßigung.«

»Sie sind klug — das hat mir schon Tschang gesagt, — Sie sind sehr klug. Aber gibt es gar nichts an der Aussicht, die ich entwarf, was Sie zu irgendeinem stärkeren Gefühl verlockt?«

Conway schwieg eine Weile und erwiderte dann: »Ihre Erzählung über die Vergangenheit hat mir tiefen Eindruck gemacht, aber um aufrichtig zu sein, interessiert mich Ihre Skizze der Zukunft nur theoretisch. Ich kann nicht so weit vorausblicken. Es täte mir gewiß leid, wenn ich Schangri-La morgen verlassen müßte oder nächste Woche oder vielleicht sogar nächstes Jahr. Aber was ich empfinden werde, wenn ich mein hundertstes Jahr erlebe, läßt sich nicht vorhersagen. Ich kann dieser Aussicht entgegensehen wie jeder anderen Zukunft, aber um mich darauf erpicht zu machen, müßte sie einen tieferen Sinn haben. Ich habe manchmal bezweifelt, ob das Leben selbst einen hat. Und wenn nicht, dann muß ein langes Leben noch sinnloser sein.«

»Mein Freund, die Traditionen dieses Gebäudes, die buddhistischen wie die christlichen, sind sehr beruhigend.«

»Möglich. Aber ich fürchte, ich verlange noch immer nach einem bestimmteren Grund, einen Hundertjährigen zu beneiden.«

»Einen solchen Grund gibt es, und einen sehr bestimmten obendrein. Dieser Grund allein hat unsere Kolonie zufällig zusammengebrachter Fremder über ihre Jahre hinaus am Leben erhalten. Wir verfolgen kein müßiges Experiment, keine bloße Laune. Wir hegen einen Traum, eine Vision. Es ist eine Vision, die zum erstenmal der alte Perrault hatte, als er im Jahre 1789 sterbend in diesem Zimmer lag.

Er blickte damals zurück auf sein langes Leben, wie ich Ihnen bereits erzählt habe, und es schien ihm, daß gerade die schönsten Dinge am zerbrechlichsten seien und daß Krieg, Roheit und Gier eines Tages sie zermalmen könnten, bis nichts mehr von ihnen auf der Welt übrig bliebe. Er erinnerte sich an manches, was er mit eigenen Augen gesehen hatte, und im Geiste malte er sich anderes aus. Er sah die Völker mächtig erstarken, nicht an Weisheit, sondern an niedrigen Leidenschaften und Vernichtungswillen. Er sah die Macht ihrer Maschinen sich vervielfältigen, bis ein einziger bewaffneter Mann einem ganzen Heere des Sonnenkönigs gewachsen sein würde. Und er sah voraus, daß sie, wenn sie Land und Meer mit Vernichtung erfüllt hätten, sich in die Luft erhöben . . . Können Sie behaupten, daß diese Vision unwahr war?«

»Nur allzu wahr.«

»Aber das war nicht alles. Er sah eine Zeit voraus, wo die Menschen mit ihrer triumphierenden Technik des Mordens so hitzig auf der ganzen Welt wüten werden, daß alles Kostbare in Gefahr geriete, jedes Buch und jedes Bild und alle Harmonien, alle durch zwei Jahrtausende gesammelten Schätze, das Kleine, Zarte, Wehrlose, – alles wäre dem Untergang verfallen wie die verlorengegangenen Bücher des Livius, oder zerstört, wie die Engländer den Sommerpalast in Peking zerstörten.«

»Darin bin ich mit Ihnen einer Meinung.«

»Selbstverständlich. Aber was sind die Meinungen vernünftiger Menschen gegen Dynamit und Stahl? Glauben Sie mir, die Vision des alten Perrault wird zur Wirklichkeit werden. Und das, mein Sohn, ist es, warum ich hier bin und warum Sie hier sind, und warum wir darum beten dürfen, den Untergang, der rings um uns droht, zu überleben.«

»Ihn zu überleben?«

»Es gibt eine Möglichkeit. Die Aussicht besteht. Es wird sich alles ereignen, bevor Sie so alt sind wie ich.«

»Und Sie glauben, Schangri-La wird dem entgehn?«

»Vielleicht. Wir haben keine Gnade zu erwarten, aber wir dürfen ein wenig auf Gleichgültigkeit hoffen. Hier wollen wir bleiben, mit unsern Büchern und unsern Musiknoten und unsern Meditationen, um die gebrechlichen Verfeinerungen eines sterbenden Zeitalters zu bewahren und jene Weisheit zu suchen, die einst den Menschen nottun wird, wenn alle ihre Leidenschaften verbraucht sind. Wir haben ein Erbe zu hüten und zu hinterlassen, und bis diese Zeit kommt, wollen wir so viel Freude genießen, als wir können.«

»Und dann?«

»Und dann, mein Sohn, wenn die Starken einander verschlungen haben, wird die christliche Lehre vielleicht endlich erfüllt sein und die Sanftmütigen werden die Welt erben.«

Ein Hauch von Begeisterung hatte sich auf das Flüstern gelegt, und Conway gab sich seiner Schönheit hin. Wieder fühlte er das Heranwogen der Dunkelheit, nun aber symbolisch, als zöge sich in der Welt draußen schon das Unwetter zusammen. Und dann sah er, daß der Hohelama von Schangri-La sich wirklich regte, sich von seinem Sitz erhob und aufrecht stand, fast wie die Verkörperung eines Geistes. Aus bloßer Höflichkeit wollte Conway ihm behilflich sein, aber plötzlich überwältigte ihn ein tieferer Antrieb, und er tat, was er noch nie vor einem Mann getan hatte, er kniete nieder, kaum wissend, warum.

»Ich verstehe Sie, Vater«, sagte er.

Er wußte nicht ganz genau, wie er sich endlich verabschiedete. Er war in einem Traum befangen, aus dem er erst viel später erwachte. Er erinnerte sich der eisigen Nachtluft nach der Hitze jener oberen Gemächer und auch der Anwesenheit Tschangs, der schweigenden Abgeklärtheit, als sie miteinander die sternenhellen Höfe durchschritten. Noch nie hatte Schangri-La seinen Augen verdichtetere Schönheit dargeboten. Jenseits des Felsenrandes dachte er sich das Tal als einen tiefen, ungekräuselten Teich, friedlich wie seine eigenen Gedanken. Denn Conway war nun über alles Erstaunen hinaus. Das lange Gespräch mit seinen wechselnden Phasen hinterließ in ihm nur eine tiefe Befriedigung, die gleicherweise des Geistes wie des Gemütes war und ebensosehr der Seele. Sogar seine Zweifel waren nicht länger quälend, sondern Teil einer subtilen Harmonie. Tschang sprach nicht, und auch er selbst redete kein Wort. Es war sehr spät, und Conway war froh, daß die andern alle schon schliefen.

Neuntes Kapitel

Am morgen fragte er sich, ob alles das, was er sich ins Gedächtnis zurückrufen konnte, einer im Wachen oder Schlafen gehabten Vision angehöre.
Es wurde ihm bald in Erinnerung gebracht. Ein Chor von Fragen begrüßte ihn, als er zum ersten Frühstück erschien.
»Hatten Sie aber eine lange Unterredung mit dem Chef gestern abend!« begann der Amerikaner. »Wir wollten auf Sie warten, aber dann wurden wir müde. Was für eine Sorte Mensch ist er?«
»Sagte er etwas über die Träger?« fragte Mallison begierig.
»Sie erwähnten hoffentlich, daß er einen Missionar hier stationiert haben sollte«, sagte Miß Brinklow.
Dieses Kreuzfeuer von Fragen bewirkte, daß Conway seine gewohnte Rüstung anlegte. »Ich fürchte, ich werde Sie wahrscheinlich alle enttäuschen müssen«, erwiderte er, ganz leicht in seine Rolle schlüpfend. »Über die Mission sprach ich nicht mit ihm, die Träger erwähnte er gar nicht, und was sein Aussehen betrifft, so kann ich nur sagen, daß er ein sehr alter Mann ist, der ausgezeichnet Englisch spricht und recht intelligent zu sein scheint.«
Mallison unterbrach ihn mit einiger Gereiztheit: »Die Hauptsache für uns ist, ob man ihm trauen kann. Glauben Sie, daß er uns im Stich lassen wird?«
»Er machte mir nicht den Eindruck eines unehrlichen Menschen.«
»Warum haben Sie ihm nicht wegen der Träger zugesetzt?«
»Es fiel mir nicht ein.«
Mallison starrte ihn ungläubig an. »Ich kann Sie nicht verstehn, Conway. Sie haben sich bei dieser Geschichte in Baskul so verdammt gut bewährt, daß ich fast zweifle, ob Sie noch derselbe Mensch sind. Sie scheinen ganz zusammengeklappt zu sein.«
»Das tut mir leid.«
»Ach was! Sie sollten sich zusammennehmen und nicht den Eindruck machen, als wäre Ihnen alles ganz gleich.«
»Sie mißverstehen mich. Ich meine, es tut mir leid, Sie enttäuscht zu haben.«

Conways Stimme klang schroff, eine vorsätzliche Maske für seinc Gefühle, die in der Tat so gemischt waren, daß andere sie wohl kaum hätten erraten können. Er hatte sogar sich selbst durch die Leichtigkeit, mit der er sich herausredete, ein wenig überrascht; es wurde ihm klar, daß er die Weisung des Hohelamas zu befolgen und das Geheimnis zu bewahren hatte. Er war auch erstaunt, mit welcher Selbstverständlichkeit er eine Haltung annahm, die seine Gefährten, nicht ohne Berechtigung, für verräterisch halten müßten; und sie war, wie Mallison gesagt hatte, kaum das, was man von einem Helden erwarten durfte. Conway empfand plötzlich eine halb bedauernde Zuneigung für den jungen Mann, dann stählte er sich jedoch durch die Überlegung, daß Menschen, die zur Heldenverehrung neigen, auf Enttäuschungen gefaßt sein müssen. Mallison hatte in Baskul allzusehr die Rolle eines neu eingetretenen Schuljungen gespielt, der für den Kapitän der Schulmannschaft schwärmt, – und nun wankte eben der Abgott auf seinem Piedestal oder war gar schon heruntergefallen. Es war immer ein wenig rührend, wenn ein Ideal, so falsch es auch sein mochte, in Trümmer ging, und Mallisons Bewunderung hätte Conway wenigstens ein halber Trost für die Anstrengung sein können, die es ihn kostete, zu tun, als wäre er, was er nicht war. Aber solch vorgebliches Tun war ohnedies unmöglich. In der Luft von Schangri-La lag – vielleicht infolge der großen Höhe – etwas, das einem die Anstrengung, Gefühle zu fälschen, verbot. »Hören Sie, Mallison«, sagte er, »es hat keinen Sinn, immer wieder von der Geschichte in Baskul zu reden. Selbstverständlich war ich damals anders – es war eine ganz andere Situation.«
»Und meiner Meinung nach eine viel gesündere. Wir wußten wenigstens, womit wir zu rechnen hatten.«
»Mit Mord und Vergewaltigung – um es genau auszudrücken. Nennen Sie das gesünder, wenn Sie wollen!«
Die Stimme des jungen Mannes wurde schrill: »Ich nenne das auch gesünder – in einer Hinsicht. Lieber das als hier diese ganze Geheimnistuerei!« Unvermittelt fügte er hinzu: »Die junge Chinesin zum Beispiel – wie kam sie hierher? Hat der Kerl es Ihnen gesagt?«

»Nein, warum sollte er?«
»Na, warum sollte er nicht? Und warum sollten Sie nicht fragen, wenn Sie sich überhaupt dafür interessieren würden? Ist es so alltäglich, ein junges Mädchen unter einer Schar alter Mönche zu finden?«
Diese Art, die Sache zu sehen, war Conway noch kaum eingefallen. »Es ist kein gewöhnliches Kloster«, war die beste Antwort, die er nach kurzer Überlegung zu geben vermochte.
»Weiß Gott, das ist es nicht.«
Ein Schweigen folgte, denn das Gespräch war offenbar auf einem toten Punkt angelangt. Für Conway lag die Geschichte Lo-Tsens ziemlich weitab von der Sache; die kleine Mandschu verweilte so still in seiner Erinnerung, daß ihre Gegenwart ihm kaum zu Bewußtsein kam. Aber bei ihrer Erwähnung hatte Miß Brinklow plötzlich von der tibetanischen Grammatik aufgeblickt, die sie sogar am Frühstückstisch studierte, als hätte sie, dachte Conway mit geheimem Doppelsinn, nicht ihr ganzes Leben dafür Zeit. Solche Reden von Mädchen und Mönchen erinnerten sie an die Geschichten über indische Tempel, die Missionare ihren Gattinnen erzählten und diese dann unverheirateten Kolleginnen weitererzählten. »Selbstverständlich«, sagte sie durch zusammengepreßte Lippen, »sind die moralischen Zustände hier ganz abscheulich – das war zu erwarten.« Sie wandte sich wie um Unterstützung an Barnard, aber der Amerikaner grinste nur. »Ich schätze, Ihr Leutchen werdet nicht viel auf meine Meinung in Dingen der Moral geben«, bemerkte er trocken. »Aber für meinen Teil möchte ich sagen, daß Streitigkeiten ebenso schlimm sind. Da wir noch einige Zeit hierbleiben müssen, sollten wir uns lieber nicht aus der Ruhe bringen lassen und es uns behaglich machen.«
Conway hielt das für einen guten Rat, aber Mallison war noch immer nicht besänftigt. »Ich glaube sehr gern, daß Sie es behaglicher finden als Dartmoor«, sagte er anzüglich.
»Dartmoor? Ha, das ist eure große Strafanstalt? Ich verstehe. Na ja, gewiß habe ich die Leute dort nie beneidet. Und noch etwas – es tut nicht weh, wenn Sie mir damit

einen Hieb versetzten. Dickhäutig und weichherzig, das ist meine Meinung.«

Conway sah ihn anerkennend an und warf darauf Mallison einen mißbilligenden Blick zu. Aber ganz unvermittelt hatte er dann das Gefühl, daß sie alle auf einer ungeheuren Bühne agierten, von deren Hintergrund er selbst eine Ahnung hatte. Und dieses unmittelbare Wissen flößte ihm plötzlich den Wunsch ein, allein zu sein. Er nickte den andern zu und ging in den Hof hinaus. Angesichts des Karakal schwanden seine Befürchtungen, die Bedenken wegen seiner drei Gefährten gingen unter in einer willigen Hinnahme der neuen Welt, die so weit jenseits ihres Ahnungsvermögens lag. Er begriff, daß es Zeiten gab, wo alles so seltsam war, daß es immer schwerer wurde, sich zu vergegenwärtigen, wie seltsam einzelnes war; Zeiten, wo man die Dinge nur darum für gegeben nahm, daß noch längeres Staunen für einen selbst und für andere langweilig würde. So weit war er mit Schangri-La gekommen, und er erinnerte sich, daß er einen ähnlichen, wenn auch viel weniger wohltuenden Gleichmut während seiner Jahre an der Front erlangt hatte.

Er brauchte Gleichmut, schon um sich in das Doppelleben zu finden, das zu führen er gezwungen war. In Gegenwart seiner Mitverbannten lebte er hinfort in einer durch die Ankunft von Trägern und die Rückkehr nach Indien bedingten Welt; sonst aber hob sich der Horizont wie ein Vorhang, die Zeit dehnte sich aus, der Raum zog sich zusammen, und der Name des Ortes nahm eine symbolische Bedeutung an, als wäre die Zukunft, so zart einleuchtend, etwas, das nur alle heiligen Zeiten einmal vorkommen könnte. Manchmal fragte er sich, welches seiner beiden Leben das wirklichere sei, doch mit der Antwort darauf hatte es keine Eile. Und wieder wurde er an seine Kriegsjahre gemahnt, denn während schwerer Beschießungen hatte er dasselbe tröstliche Gefühl gehabt, daß er mehrere Leben besitze, von denen der Tod nur eines fordern könnte.

Tschang sprach jetzt mit ihm natürlich ganz ohne Rückhalt, und sie unterhielten sich häufig über die Regeln und das tägliche Leben der Lamaserei. Conway erfuhr, daß er

während seiner ersten fünf Jahre ein normales Leben ohne besondere Vorschriften führen werde. Das geschah immer, wie Tschang sagte, »um dem Körper zu ermöglichen, sich an die Höhe zu gewöhnen, und auch, um die nötige Zeit zu gewähren, damit sich jedes geistige und gefühlsmäßige Bedauern verlöre.«
Dazu bemerkte Conway lächelnd: »Ihr seid also überzeugt, daß keine menschliche Zuneigung eine fünfjährige Trennung zu überdauern vermag?«
»Sie vermag sie zweifellos zu überdauern«, erwiderte der Chinese, »aber nur als zarte Schwermut, deren Duft wir genießen können.«
Nach den fünf Probejahren, so erklärte Tschang weiter, begann dann jene Prozedur, das Altern zu verzögern, die — wenn erfolgreich — Conway etwa ein halbes Jahrhundert im anscheinenden vierzigsten Lebensjahr schenken würde, — kein übles Alter, um darin stehenzubleiben.
»Was ist's mit Ihnen selbst?« fragte Conway. »Wie hat es sich in Ihrem Fall ausgewirkt?«
»Ah, mein werter Herr, ich war so glücklich, noch ganz jung hierherzukommen, erst zweiundzwanzig. Ich war Soldat — das hätten Sie wohl nicht gedacht? Ich befehligte im Jahre 1855 Truppen, die gegen räuberische Stämme eingesetzt worden waren, und unternahm eine Rekognoszierung — wie ich es genannt hätte, wenn ich je zu meinem Vorgesetzten zurückgekehrt wäre, um meine Meldung zu erstatten. Geradeheraus gesagt, hatte ich mich jedoch in den Bergen verirrt, und von meinen Leuten überlebten nur sieben von mehr als hundert die Härten des Wetters. Als ich endlich aufgefunden und nach Schangri-La gebracht wurde, war ich so krank, daß nur meine große Jugend und kräftige Konstitution mich retteten.«
»Zweiundzwanzig«, wiederholte Conway und rechnete im Geiste. »Also sind Sie jetzt siebenundneunzig.«
»Ja. Ich werde sehr bald, wenn die Lamas ihre Zustimmung geben, die letzten Weihen erhalten.«
»Ich verstehe. Sie müssen bis zur runden Zahl warten?«
»Nein, wir sind nicht auf eine bestimmte Altersgrenze beschränkt, aber ein Jahrhundert wird im allgemeinen als das Alter angesehen, jenseits dessen die Leidenschaften

und Stimmungen des gewöhnlichen Lebens aller Wahrscheinlichkeit nach verschwunden sind.«

»Das kann ich mir wohl denken. Und was geschieht dann? Wie lange, erwarten Sie, wird es weitergehn?«

»Es besteht Grund zu der Hoffnung, daß ich in die Lamaschaft mit jenen Aussichten eintreten werde, die Schangri-La möglich gemacht hat. In Zeitbegriffen ausgedrückt, vielleicht noch ein Jahrhundert oder mehr.«

Conway nickte. »Ich weiß nicht, ob ich Sie beglückwünschen soll, — es scheint Ihnen das Beste aus beiden Welten gewährt worden zu sein. Sie haben eine lange, angenehme Jugend hinter sich und ein ebenso langes und angenehmes Alter vor sich. Wann begannen Sie, dem Aussehn nach alt zu werden?«

»Als ich über siebzig war. Das ist oft der Fall. Aber ich glaube noch immer behaupten zu dürfen, daß ich für mein Alter jung aussehe.«

»Ganz entschieden. Und angenommen, Sie würden nun das Tal verlassen, was geschähe dann?«

»Ich würde sterben, wenn ich länger als ein paar Tage wegbliebe.«

»Die Atmosphäre ist also lebenswichtig?«

»Es gibt nur *ein* ›Tal aller heiligen Zeiten‹, und wer ein zweites zu finden hofft, verlangt zuviel von der Natur.«

»Ja, aber was wäre geschehn, wenn Sie das Tal, sagen wir vor dreißig Jahren, während Ihrer verlängerten Jugend, verlassen hätten?«

»Auch dann wäre ich wahrscheinlich gestorben. Jedenfalls hätte ich sehr bald das Aussehn, das meinem vollen Alter entsprach, angenommen. Wir erlebten ein merkwürdiges Beispiel davon vor einigen Jahren. Allerdings gab es auch schon vorher mehrere. Einer der Unsern verließ das Tal, um nach einer Reisegesellschaft Ausschau zu halten, deren Nahen uns gemeldet worden war. Dieser Mann, ein Russe, war seinerzeit im besten Mannesalter hierhergekommen und hatte sich so gut in unsre Lebensweise gefunden, daß er mit fast achtzig Jahren kaum wie vierzig aussah. Er hätte nicht länger als eine Woche abwesend sein sollen, wurde aber unglücklicherweise von Nomadenstämmen gefangengenommen und in einige Entfernung verschleppt.

Wir vermuteten einen Unfall und gaben ihn verloren. Drei Monate später jedoch kehrte er zu uns zurück, da es ihm gelungen war zu entfliehn. Aber er war ein ganz andrer Mensch. Jedes Jahr seines Lebens stand ihm im Gesicht geschrieben, und er starb bald darauf, wie ein Greis stirbt.«

Conway sagte eine Weile nichts. Sie führten dieses Gespräch in der Bibliothek, und er hatte unterdessen meist durch ein Fenster zu dem Paß hinübergeblickt, der in die Außenwelt führte. Ein kleiner Wolkenstreifen trieb über den Kamm. »Eine ziemlich grausige Geschichte, Tschang«, sagte er endlich. »Sie gibt einem das Gefühl, daß die Zeit etwas wie ein ausgesperrtes Untier ist, das außerhalb des Tales lauert, um sich auf die Schlappschwänze zu stürzen, denen es gelungen ist, sich länger vor ihr zu drücken, als sie sollten.«

»Schlappschwänze?« wiederholte Tschang fragend. Seine Sprachkenntnisse waren zwar äußerst reich, aber manchmal war ihm ein idiomatischer Ausdruck doch unvertraut.

»Schlappschwanz«, erklärte Conway, »ist ein volkstümlicher Ausdruck für einen faulen Kerl, einen Taugenichts. Ich habe ihn natürlich nicht im Ernst gebraucht.«

Tschang dankte mit einer Verneigung für die Auskunft. Er hegte großes Interesse für alles Sprachliche und wog ein Wort gern philosophisch ab. »Es ist bezeichnend«, sagte er nach einer Pause, »daß die Europäer Schlappheit als ein Laster betrachten, wir hingegen ziehen sie der Spannung bei weitem vor. Besteht nicht gegenwärtig in der Welt viel zu viel Spannung und stünde es nicht besser, wenn mehr Menschen Schlappschwänze wären?«

»Ich bin geneigt, Ihnen beizustimmen«, antwortete Conway mit feierlicher Belustigung.

Ungefähr im Lauf einer Woche nach seiner Unterredung mit dem Hohenlama lernte Conway mehrere andere seiner künftigen Kollegen kennen. Tschang war weder übereifrig noch abgeneigt, Bekanntschaften zu vermitteln, und Conway verspürte eine neue, für ihn recht anziehende Atmosphäre, in der weder Ungeduld drängte noch Aufschub enttäuschte. »Manche der Lamas«, erklärte Tschang, »werden Ihnen wohl noch beträchtliche Zeit, vielleicht

jahrelang, nicht begegnen, aber das darf Sie nicht wundernehmen; sie sind bereit, Ihre Bekanntschaft zu machen, wenn es sich so trifft, und daß sie dabei Eile vermeiden, bedeutet keineswegs Unwilligkeit.« Conway, der oft, wenn er neuen Mitgliedern fremder Konsulate den üblichen Besuch hatte machen müssen, Ähnliches empfunden hatte, erschien das als eine sehr verständliche Haltung.
Die Begegnungen jedoch, die er hatte, waren durchaus erfreulich; die Unterhaltung mit Männern, dreimal so alt wie er, hatte nichts von den gesellschaftlichen Peinlichkeiten, die sich in London oder Delhi eingestellt hätten. Der erste, mit dem er bekannt wurde, war ein gemütlicher Deutscher namens Meister, der in den Achtzigerjahren als einziger Überlebender einer Forschungsexpedition in die Lamaserei gekommen war. Er sprach fließend Englisch, wenngleich mit einem Akzent. Zwei oder drei Tage später fand eine zweite Vorstellung statt, und Conway genoß sein erstes Gespräch mit dem Mann, den der Hohelama besonders erwähnt hatte, — mit Alphonse Briac, einem sehnigen, kleinen Franzosen, der nicht besonders alt aussah, obgleich er sich als einen Schüler Chopins bezeichnete. Conway glaubte, daß er und der Deutsche sich als angenehme Gesellschafter erweisen würden. Im Unterbewußtsein analysierte er bereits, und nach ein paar weiteren Begegnungen vermochte er einige allgemeine Schlüsse zu ziehn: er gewahrte, daß die Lamas, die er traf, zwar individuelle Verschiedenheiten aufwiesen, aber alle eine Eigenschaft besaßen, für die Alterslosigkeit kein sonderlich glücklicher Name war, jedoch der einzige, den er finden konnte. Sie waren ferner alle mit einem abgeklärten Verstand begabt, der auf höchst gefällige Art in gemessene und wohlabgewogene Meinungen überfloß. Conway vermochte ganz auf genau diese Art von Annäherung einzugehn und fühlte, daß die andern es merkten und davon befriedigt waren. Er fand, daß mit ihnen ebenso leicht auszukommen war wie mit irgendeiner andern Gruppe geistig hochstehender Menschen, denen er hätte begegnen können, nur daß es manchmal etwas Wunderliches hatte, so weit zurückliegende Erinnerungen anscheinend so leichthin erwähnt zu hören. Ein weißhaariger Mann mit güti-

gen Mienen zum Beispiel fragte Conway kurz nach Beginn ihres Gesprächs, ob er sich für die Schwestern Brontë interessiere, und als Conway erklärte, in gewissem Ausmaß ja, erwiderte der andre: »Wissen Sie, als ich nämlich in den Vierzigerjahren noch Kurat im West Riding war, besuchte ich einmal Haworth und übernachtete im Pfarrhaus. Seit meiner Ankunft in Schangri-La befasse ich mich mit dem ganzen Problem der Familie Brontë – ich schreibe ein Buch darüber. Vielleicht wollen Sie es gelegentlich durchblättern?«

Conway dankte herzlich, und später, als er und Tschang allein blieben, machte er eine Bemerkung über die Lebhaftigkeit, mit der sich die Lamas ihres vortibetanischen Lebens erinnerten. Tschang antwortete, das alles sei ein Zeichen der Schulung. »Sehen Sie, mein werter Herr, einer der ersten Schritte zur Klärung des Geistes besteht darin, ein Panorama der eigenen Vergangenheit zu erhalten, und dieses ist wie jeder andre Anblick genauer, wenn es perspektivisch gesehn wird. Wenn Sie lange genug unter uns geweilt haben, werden Sie merken, wie Ihr altes Leben allmählich in die richtige Brennweite rückt, als sähen Sie es durch ein Fernrohr mit richtig eingestellter Linse. Alles tritt dann klar hervor, verharrt in Ruhe und in den richtigen Größenverhältnissen und hat die ihm zukommende Bedeutung. Ihr neuer Bekannter zum Beispiel gewahrt, daß der wirklich große Augenblick seines Lebens eintrat, als er in jungen Jahren einen Besuch in dem Haus machte, in dem ein alter Geistlicher mit seinen drei Töchtern wohnte.«

»Ich werde mich also an die Arbeit machen und versuchen müssen, mich meiner großen Augenblicke zu erinnern?«

»Es wird keine Anstrengung sein, sie werden Ihnen von selbst ins Gedächtnis kommen.«

»Ich weiß nicht, ob ich sie sehr willkommen heißen werde«, antwortete Conway sinnend.

Aber welchen Ertrag auch immer die Vergangenheit abwürfe, Conway entdeckte Glück und Zufriedenheit in der Gegenwart. Wenn er in der Bibliothek las oder im Musikzimmer Mozart spielte, verspürte er oft das Aufquellen eines tiefen seelischen Gefühls, als wäre Schangri-La in der Tat eine lebende Essenz, destilliert aus allem Reiz der Zeitalter und auf wunderbare Weise vor Vergänglichkeit und Tod geschützt. In solchen Augenblicken fiel ihm die denkwürdige Unterredung mit dem Hohenlama ein; er spürte, daß über jeder Ablenkung sanft ein stetiger Geist waltete und Auge und Ohr tausend heimliche Versicherungen gab. So lauschte er etwa, während Lo-Tsen einen schwierig fugierten Rhythmus bewältigte, und fragte sich, was hinter dem schwachen, unpersönlichen Lächeln lag, das ihre Lippen einer geöffneten Blüte gleichen ließ. Sie redete sehr wenig, obgleich sie nun wußte, daß Conway ihre Sprache beherrschte; Mallison gegenüber, der das Musikzimmer manchmal ganz gern aufsuchte, war sie fast stumm. Aber Conway entdeckte eine seelische Anmut in ihr, die auch durch ihr Schweigen vollkommen zum Ausdruck gebracht wurde.

Er hatte einmal Tschang nach ihrer Geschichte gefragt und erfahren, daß sie aus einem königlichen Mandschu-Geschlecht stammte. »Sie war einem turkestanischen Prinzen angelobt und reiste ihm nach Kaschgar entgegen; ihre Träger verloren im Gebirge den Weg, und die ganze Schar wäre zweifellos umgekommen, wenn unsre Abgesandten nicht auf gewohnte Weise ein Zusammentreffen herbeigeführt hätten.«

»Wann geschah das?«

»Im Jahre 1884. Sie war achtzehn.«

»Achtzehn? Damals?«

Tschang neigte den Kopf. »Ja, es gelingt uns recht gut mit ihr, wie Sie selbst beurteilen können. Sie hat stets ausgezeichnete Fortschritte gemacht.«

»Wie hat sie es aufgenommen, anfangs, als sie hierherkam?«

»Sie war vielleicht etwas stärker als der Durchschnitt abgeneigt, sich mit der Lage abzufinden; sie erhob keinen Widerspruch, aber wir merkten, daß sie einige Zeit verstört war. Es war natürlich etwas Ungewöhnliches – ein junges Mädchen auf dem Weg zu ihrer Hochzeit abzufangen ... Wir waren alle besonders darauf bedacht, daß sie sich hier glücklich fühlen möge.« Tschang lächelte treuherzig. »Ich fürchte, der Aufruhr eines Liebenden ist keine

besonders günstige Voraussetzung zu einer leichten Ergebung in das Schicksal. Aber die ersten fünf Jahre erwiesen sich als mehr als hinreichend für den Zweck.«
»Sie hing vermutlich sehr an ihrem zukünftigen Gatten?«
»Das wohl kaum, mein werter Herr, denn sie hatte ihn nie gesehn. Sie kennen ja die alte Sitte; ihre Gefühle waren durchaus unpersönlich.«
Conway nickte und dachte nicht ohne zärtliche Regung an Lo-Tsen. Er malte sich aus, wie sie vor einem halben Jahrhundert gewesen sein mochte, statuenhaft in ihrer verzierten Sänfte, mit der die Träger über das Plateau keuchten, und den Blick suchend auf den windverwehten Horizont geheftet, der ihr so rauh erscheinen mußte nach den Gärten und Lotusteichen ihrer östlichen Heimat. »Armes Kind«, sagte er, als er daran dachte, wie solche vornehme Schönheit alle diese Jahre gefangengehalten wurde. Die Kenntnis ihrer Vergangenheit verminderte keineswegs, sondern vermehrte eher seine Befriedigung über ihre stille Schweigsamkeit. Sie war wie eine wunderschöne kühle Vase, schmucklos bis auf einen einfallenden verirrten Lichtstrahl.
Er war auch befriedigt, allerdings nicht so ekstatisch, wenn Briac ihm von Chopin erzählte und mehrere der allgemein bekannten Werke mit großer Virtuosität spielte. Es stellte sich heraus, daß der Franzose mehrere Kompositionen Chopins kannte, die nie veröffentlicht worden waren, und da er sie niedergeschrieben hatte, verbrachte Conway angenehme Stunden damit, sie auswendig zu lernen. Er fand einen gewissen Reiz in dem Gedanken, daß weder Cortot noch Paderewski dieses Glück zuteil geworden war. Briacs Erinnerungen waren damit noch nicht zu Ende; sein Gedächtnis erfrischte ihn beständig mit irgendeinem Stückchen Melodie, das der Meister weggeworfen oder bei Gelegenheit improvisiert hatte. Er brachte sie alle zu Papier, wie sie ihm durch den Kopf gingen, und es waren einige ganz köstliche Bruchstücke darunter. »Briac«, erklärte Tschang, »ist noch nicht lange ein Eingeweihter, und daher müssen Sie Nachsicht haben, wenn er so viel über Chopin spricht. Die jüngeren Lamas sind natürlich noch sehr mit ihrer Vergangenheit beschäftigt. Das ist eine notwendige Vorstufe zur Vergegenwärtigung der Zukunft.«

»Was vermutlich die Aufgabe der Älteren ist.«
»Ja, der Hohelama zum Beispiel verbringt fast sein ganzes Leben in hellseherischer Betrachtung.«
Conway dachte einen Augenblick nach und sagte dann: »Was meinen Sie, wann werde ich ihn wiedersehn?«
»Zweifellos am Ende der ersten fünf Jahre, mein werter Herr.«
Aber diese zuversichtliche Voraussage Tschangs war falsch, denn kaum einen Monat nach seiner Ankunft in Schangri-La wurde Conway ein zweites Mal in jenes überhitzte obere Gemach beschieden. Tschang hatte ihm erzählt, daß der Hohelama seine Gemächer nie verlasse und deren hohe Temperatur ihm körperlich notwendig sei; Conway, der diesmal darauf vorbereitet war, wurde durch die veränderte Atmosphäre weniger aus der Fassung gebracht als das erstemal. Er vermochte tatsächlich ganz leicht zu atmen, sobald er seine Verneigung gemacht hatte und durch das allerleisest erwidernde Aufleuchten der eingesunkenen Augen begrüßt worden war. Er fühlte eine Verwandtschaft mit dem Geist hinter diesen Augen, und obgleich er wußte, daß diese zweite Unterredung, so bald nach der ersten, eine beispiellose Ehre darstellte, war er nicht im geringsten erregt oder von Feierlichkeit bedrückt. Alter weckte in ihm ebensowenig zwanghafte Vorstellungen wie Rang oder Hautfarbe; er hatte sich nie dadurch abhalten lassen, Leute gernzuhaben, daß sie zu jung oder zu alt waren. Er hegte die herzlichste Achtung für den Hohenlama, aber er sah nicht ein, warum ihre gesellschaftlichen Beziehungen deshalb weniger umgänglich sein sollten.
Sie tauschten die üblichen Artigkeiten, und Conway beantwortete viele höfliche Fragen. Er sagte, daß er das Leben sehr angenehm finde und schon mehrere Freundschaften geschlossen habe.
»Und Sie haben gewisse Dinge vor Ihren drei Gefährten geheim gehalten?«
»Bisher ja. Es war bisweilen ein wenig peinlich, aber wahrscheinlich nicht so sehr, wie wenn ich sie ihnen gesagt hätte.«
»Ganz wie ich vermutete. Sie haben gehandelt, wie Sie es für das beste hielten, und die Peinlichkeit ist schließlich

nur vorübergehend. Tschang sagt mir, er glaube, zwei von ihnen würden uns wenig Schwierigkeiten machen.«
»Das wage auch ich zu behaupten.«
»Und der dritte?«
»Mallison«, erwiderte Conway, »ist ein leicht erregbarer junger Mensch und sehr auf die Rückkehr versessen.«
»Sie haben ihn gern?«
»Ja, ich habe ihn sehr gern.«
In diesem Augenblick wurden die Tassen gebracht, und das Gespräch wurde weniger ernst, während sie den duftenden Tee schlürften. Das war eine zweckmäßige Sitte, durch die der Fluß der Worte etwas von der fast leichtfertigen Zartheit des Getränks anzunehmen vermochte, und Conway ging gern darauf ein. Als der Hohelama fragte, ob Schangri-La nach Conways Erfahrungen nicht etwas ganz Einzigartiges sei und die westliche Welt etwas auch nur im entferntesten Ähnliches zu bieten vermöge, antwortete er mit einem Lächeln: »Hm, ja doch. Um ganz aufrichtig zu sein, erinnert es mich ein klein wenig an Oxford, wo ich Vorlesungen zu halten pflegte. Die Landschaft dort ist nicht so schön, aber die Studiengegenstände sind oft von fast ebenso geringem praktischen Wert, und wenngleich der älteste der Professoren nicht ganz so alt ist, scheinen sie auf eine etwas ähnliche Art zu altern.«
»Sie haben Sinn für Humor, mein lieber Conway«, erwiderte der alte Lama, »und dafür werden wir in den kommenden Jahren dankbar sein.«

Zehntes Kapitel

»Ausserordentlich!« sagte Tschang, als er hörte, dass Conway abermals zum Hohenlama gerufen worden war, und im Munde eines Mannes, der so sparsam wie er Superlative anwandte, war das Wort bedeutsam. Es sei noch nie vorgekommen, erklärte er mit Nachdruck, seit sich feste Regeln für alles in der Lamaserei herausgebildet hatten. Noch nie habe der Hohelama eine zweite Unterredung gewünscht, bevor die fünfjährige Probezeit eine Läuterung von allen mutmaßlichen Gefühlen des Novizen bewirkt hatte. »Denn, sehn Sie, es ist eine große Anstrengung für ihn, mit dem durchschnittlichen Neuling zu sprechen. Schon die Nähe menschlicher Leidenschaften ist in seinem Alter eine unwillkommene und fast unerträgliche Beschwer. Nicht als ob ich bezweifelte, daß er auch darin mit vollkommener Weisheit handelt. Es lehrt uns nur, glaube ich, etwas von großem Wert — daß sogar die festen Regeln unserer Gemeinschaft nur mäßig fest sind. Aber es ist trotz alledem ganz außerordentlich.«

Conway erschien es natürlich nicht außerordentlicher als alles andere, und nachdem er den Hohenlama ein drittes und viertes Mal besucht hatte, empfand er es überhaupt nicht als außerordentlich. Es schien geradezu etwas fast Vorbestimmtes in der Leichtigkeit zu liegen, mit der sich ihre Geister einander näherten, es war, als wären in Conway alle geheimen Spannungen gelöst, und das verlieh ihm, wenn er dann den Hohenlama verließ, eine innige Gemütsruhe. Bisweilen hatte er das Gefühl, von der Meisterschaft dieser zentralen Intelligenz völlig behext zu sein, und über den kleinen, blaßblauen Teetassen zog sich dann das Denken zu einer so zarten, miniaturhaften Lebendigkeit zusammen, daß er den Eindruck hatte, ein Theorem löse sich durchsichtig klar in ein Sonett auf.

Ihre Gespräche wanderten weit und ohne Scheu umher; ganze philosophische Systeme wurden entfaltet, die langen Durchblicke der Geschichte boten sich der Besichtigung dar und erhielten neue Verständlichkeit. Für Conway war es ein bezauberndes Erlebnis, aber er schaltete seine kritische Haltung nicht aus, und einmal, als er einen Punkt bestritten hatte, erwiderte der Hohelama:

»Mein Sohn, Sie sind jung an Jahren, aber ich sehe, daß Ihre Weisheit die Reife des Alters hat. Ganz gewiß müssen Sie etwas Ungewöhnliches erlebt haben.«

Conway lächelte. »Nichts Ungewöhnlicheres, als was die meisten meiner Generation erlebt haben.«

»Ich bin noch nie Ihresgleichen begegnet.«

Conway antwortete nach einer Pause: »Daran ist nicht viel Geheimnisvolles. Der Teil meiner selbst, der Ihnen alt erscheint, wurde durch tiefwirkende und vorzeitige Erfahrungen angegriffen. Die Zeit vom neunzehnten bis zum

zweiundzwanzigsten Lebensjahr war für mich eine ganz hervorragende Erziehung, aber zweifellos auch recht erschöpfend.«
»Sie waren sehr unglücklich über den Krieg?«
»Nicht besonders. Ich war aufgeregt und dem Selbstmord nah, verängstigt, tollkühn und bisweilen, wie tatsächlich ein paar Millionen andrer auch, rasend vor Wut. Ich betrank mich manchmal bis zur Sinnlosigkeit und tötete und hurte in großem Stil. Es war der Mißbrauch aller Gefühle, deren man fähig war, und man überstand ihn, wenn überhaupt, mit einer Empfindung von allmächtiger Langeweile und Ruhelosigkeit. Das war es, was die Jahre nachher so schwierig machte. Glauben Sie nicht, daß ich mich als allzu tragisch hinstelle, – es ging mir seither im großen und ganzen gar nicht so schlecht. Aber es war fast, wie in einer Schule zu sein, die einen sehr schlechten Direktor hat, – man kann Spaß genug haben, wenn man dazu aufgelegt ist, aber es wird manchmal nervenaufreibend und nie wirklich sehr befriedigend. Ich glaube, ich fand das eher heraus als die meisten andern Menschen.«
»Und so setzte sich denn Ihre Erziehung fort?«
Conway zuckte die Achseln. »Vielleicht ist die Erschöpfung der Leidenschaften der Beginn der Weisheit.«
»Das, mein Sohn, ist auch die Lehre von Schangri-La.«
»Ich weiß. Darum fühle ich mich hier auch ganz zu Hause.«
Er hatte nur die volle Wahrheit gesagt. Als die Tage und Wochen vergingen, fühlte er eine fast schmerzhafte Zufriedenheit Geist und Körper vereinen. Gleich Perrault und Henschell und den andern verfiel er dem Zauber. Die »Heiligen Zeiten« hatten ihn gefangengenommen und es gab kein Entrinnen. Die Berge schimmerten ringsumher, ein Gehege von unnahbarer Reinheit, von dem sich sein Blick geblendet zu den grünen Tiefen des Tals hinabsenkte. Das ganze Bild war unvergleichlich, und wenn er die gleichmäßig silbrigen Töne des Harfenklaviers über den Lotusteich her schwingen hörte, hatte er die Empfindung, daß sie ein makelloses Muster aus Klängen, Farben und Formen woben.
Er war – und wußte das – auf eine sehr stille Weise in die kleine Mandschu verliebt. Seine Liebe forderte nicht, nicht einmal eine Antwort; sie war eine Huldigung des

Geistes, der seine Sinne nur eine leichte Würze verliehen. Sie stellte für ihn ein Sinnbild alles Zarten und Zerbrechlichen dar; ihre stilisierten Verneigungen und der Anschlag ihrer Finger auf den Tasten gewährten ihm eine völlig befriedigende Vertraulichkeit. Manchmal sprach er sie auf eine Weise an, die, wenn sie gewollt hätte, zu weniger förmlichem Gespräch hätte führen können, aber ihre Antworten durchbrachen nie die köstliche Heimlichkeit ihrer Gedanken, und in gewissem Sinn wünschte er das auch nicht. Es war ihm plötzlich eine Facette des verheißenen Kleinods deutlich geworden: er hatte Zeit, Zeit für alles, dessen Verwirklichung er wünschte, so viel Zeit, daß das Verlangen schon durch die Gewißheit der Erfüllung gestillt wurde. In einem Jahr, in zehn Jahren würde auch noch Zeit sein. Die Vorstellung davon ergriff ihn immer mehr, und er war glücklich in ihr.

Dazwischen trat er immer wieder in das andre Leben, wo er Mallisons Ungeduld, Barnards Herzlichkeit und Miß Brinklows robuster Zielbewußtheit begegnete. Er fühlte, daß er froh sein werde, wenn sie alle soviel wüßten wie er, und gleich Tschang konnte er sich vorstellen, daß weder der Amerikaner noch die Missionarin sich als schwierige Fälle erweisen würden. Er war sogar belustigt, als Barnard einmal sagte: »Wissen Sie, Conway, ich bin gar nicht so sicher, daß das hier nicht ein nettes Plätzchen ist, wo man sich niederlassen könnte. Ich dachte anfangs, ich würde die Zeitungen und die Kinos vermissen, aber ich schätze, man kann sich an alles gewöhnen.«

»Das finde ich auch«, pflichtete ihm Conway bei. Er erfuhr später, daß Tschang Barnard auf dessen Wunsch ins Tal hinunter mitgenommen hatte, wo der Amerikaner mit Hilfe dessen, was die Örtlichkeit bieten konnte, eine Nacht hatte durchludern wollen. Mallison äußerte sich, als er davon hörte, ziemlich verachtungsvoll: »Er hat sich vermutlich sternhagelvoll gesoffen«, bemerkte er zu Conway. Und zu Barnard selbst sagte er: »Es geht mich natürlich nichts an, aber Sie werden sich tüchtig und frisch erhalten müssen für die Reise, wissen Sie. Die Träger sind in vierzehn Tagen fällig, und nach allem, was ich höre, wird der Rückmarsch nicht gerade eine Vergnügungsreise sein.«

Barnard nickte gleichmütig. »Das habe ich mir auch nie vorgestellt. Und was das Sich-in-Form-Erhalten betrifft, so glaube ich, ich war seit Jahren nicht so gut in Form. Ich kann meinen täglichen Spaziergang machen, ich habe keine Sorgen, und die Kneipen unten im Tal lassen einen nicht über die Schnur hauen. Mäßigung, wissen Sie, — der Wahlspruch der Firma.«

»Ja, ich zweifle gar nicht, daß Sie es fertig brachten, sich mäßig gut zu unterhalten«, sagte Mallison beißend.

»Gewiß, gewiß. Dieses Etablissement sorgt für jeden Geschmack — manche Leute haben eine Vorliebe für kleine Chinesenmädchen, die Klavier spielen. Etwa nicht? Man kann keinen Menschen seiner Vorliebe wegen tadeln.«

Conway war durchaus nicht in Verlegenheit gebracht, aber Mallison errötete wie ein Schuljunge. »Man kann allerdings einen Menschen ins Zuchthaus schicken, wenn er Vorliebe für andrer Leute Eigentum zeigt«, fuhr er auf, zu einer Wut gereizt, die seinem Witz eine sehr rauhe Schneide verlieh.

»Totsicher, wenn man sie erwischen kann.« Der Amerikaner grinste gutmütig. »Und das bringt mich auf etwas andres. Ich kann euch Leutchen gleich auf der Stelle erklären, da wir nun schon mal bei dem Gegenstand sind, daß ich beschlossen habe, diese Träger sich ruhig wieder trollen zu lassen. Ich schätze, sie kommen ziemlich regelmäßig hierher. Und ich werde bis zum nächstenmal warten oder vielleicht bis zum übernächsten, das heißt, wenn die Mönche mir glauben, daß ich noch für meine Hotelrechnung gut bin.«

»Sie wollen sagen, daß Sie nicht mit uns kommen?«

»Jawohl. Ich habe beschlossen, noch eine Weile hierzubleiben. Für Sie ist ja alles sehr schön. Wenn Sie nach Hause kommen werden, wird die Musikkapelle spielen, aber ich werde höchstens von einer Ehrenkompanie Kriminalbeamter empfangen werden. Und je mehr ich darüber nachdenke, desto weniger verlockend erscheint mir das.«

»Mit anderen Worten, Sie sind einfach zu feig, die Suppe auszulöffeln.«

»Na, ich habe nie etwas für Suppen übrig gehabt.«

»Es ist Ihre Sache, und niemand kann Sie hindern, Ihr Leben lang hier zu bleiben, wenn Sie dazu Lust haben«, sagte Mallison mit kalter Verachtung, aber er sah sich wie nach Hilfe um. »Eine solche Wahl ist nicht gerade jedermanns Ideal. Aber Ideale sind verschieden. Was meinen Sie dazu, Conway?«

»Ich stimme Ihnen vollkommen bei. Ideale sind verschieden.«

Mallison wandte sich an Miß Brinklow, die plötzlich ihr Buch hinlegte und sagte: »Um Sie nicht länger im Zweifel zu lassen: ich glaube, ich werde auch hierbleiben.«

»Was?« riefen die andern wie aus einem Mund.

Mit einem hellen Lächeln, das mehr wie ein Anhängsel ihres Gesichts als wie eine Aufhellung ihrer Züge aussah, fuhr sie fort: »Ja, ich habe darüber nachgedacht, wie es geschah, daß wir hierhergerieten, und ich kann nur zu einem einzigen Schluß kommen: Es muß da eine geheimnisvolle Macht hinter den Kulissen walten. Glauben Sie nicht auch, Mr. Conway?«

Conway hätte es schwer gefunden zu antworten, aber Miß Brinklow ließ ihm keine Zeit dazu. »Wer bin ich«, fuhr sie noch hastiger fort, »daß ich die Befehle der Vorsehung in Frage ziehen dürfte? Ich muß zu irgendeinem Zweck hierhergesandt worden sein. Und darum bleibe ich.«

»Wollen Sie damit sagen, daß Sie hier eine Missionsstation zu eröffnen hoffen?« fragte Mallison.

»Ich hoffe es nicht nur, es ist meine feste Absicht. Ich weiß ganz genau mit diesen Leuten umzugehn – ich werde meinen Willen durchsetzen, seien Sie unbesorgt. Die haben hier alle keine innere Festigkeit.«

»Und Sie haben die Absicht, ihnen welche beizubringen?«

»Ja, die habe ich, Mr. Mallison. Ich bin ganz entschieden gegen diese Idee der Mäßigung, von der wir hier so viel hören. Sie mögen sie Weitherzigkeit nennen, wenn Sie wollen, aber nach meiner Ansicht führt sie nur zu den ärgsten Arten der Lauheit. Der ganze Fehler an diesen Leuten hier ist ihre sogenannte Weitherzigkeit, und ich gedenke diese mit allen meinen Kräften zu bekämpfen.«

»Und die Leute sind so weitherzig, daß sie Sie das tun lassen werden?« fragte Conway lächelnd.

»Oder Miß Brinklow ist so löwenherzig, daß die Leutchen hier sie nicht hindern können«, warf Barnard ein und

fügte mit einem Auflachen hinzu: »Es ist so, wie ich sagte, – dieses Etablissement sorgt für jeden Geschmack.«
»Möglich, wenn Sie just eine Vorliebe für Gefängnisse haben«, versetzte Mallison.
»Na, sogar das kann man von zwei Seiten betrachten. Du meine Güte, wenn Sie an alle die Leute in der Welt denken, die ihr ganzes Hab und Gut dafür geben würden, um aus der Tretmühle herauszukommen und an einem Ort wie diesem zu sein! Nur daß sie nicht heraus können. Sind wir im Gefängnis oder die andern?«
»Eine sehr tröstliche Überlegung für einen Affen im Käfig«, gab Mallison zurück. Er war noch immer höchst aufgebracht.
Später sprach er mit Conway allein. »Der Mensch geht mir noch immer auf die Nerven«, sagte er, im Hof auf und ab schreitend. »Es tut mir gar nicht leid, daß wir ihn auf dem Rückweg nicht mit uns haben werden. Sie können mich für empfindlich halten, aber mich wegen dieses Chinesenmädchens necken zu lassen, dazu langt mein Sinn für Humor nicht.«
Conway ergriff Mallison am Arm. Es wurde ihm immer deutlicher, daß er den jungen Menschen sehr gern hatte und daß die letzten, gemeinsam verbrachten Wochen dieses Gefühl trotz gelegentlichen Verstimmungen noch verstärkt hatten. »Ich dachte«, sagte er nun, »daß es auf mich ging, nicht auf Sie.«
»Nein, er hatte es auf mich gemünzt. Er weiß, daß ich mich für sie interessiere. Ja, das tue ich, Conway. Ich kann mir nicht erklären, warum sie hier ist und ob sie wirklich gern hier ist. Mein Gott, wenn ich ihre Sprache so spräche wie Sie, Conway, dann wäre ich bald im Reinen mit ihr.«
»Ich bin nicht so überzeugt. Sie spricht auch mit andern nicht viel mehr, wissen Sie.«
»Es ist mir ein Rätsel, daß Sie ihr nicht mit allen möglichen Fragen zusetzen.«
»Ich bin wohl nicht sehr darauf erpicht, den Leuten zuzusetzen.«
Er wünschte, er hätte mehr sagen können, und plötzlich überflutete ihn ein Gefühl von Mitleid und Ironie wie ein Nebelschleier. Dieser junge Mensch so voll Tatkraft und

Feuer würde die Sache sehr schwer nehmen. »Ich würde mich an Ihrer Stelle nicht um Lo-Tsen sorgen. Sie ist vollkommen glücklich.«
Der Entschluß Barnards und Miß Brinklows, in der Lamaserei zu bleiben, schien Conway Gutes für die Zukunft zu verheißen, obgleich er und Mallison dadurch scheinbar in ein feindliches Lager gerieten, zumindest vorläufig. Es war eine ganz besondere Lage, und er hatte keinen bestimmten Plan, wie er mit ihr fertig werden sollte.
Zum Glück bestand offenbar keine Notwendigkeit, damit fertig zu werden. Solange die zwei Monate nicht um waren, konnte nicht viel geschehen, und nachher kam eine Krise, die nicht weniger heftig wäre, wenn er auch versucht hätte, sich darauf vorzubereiten. Aus diesen und andern Gründen war er nicht geneigt, sich um das Unvermeidliche Sorgen zu machen, aber einmal sagte er doch zu Tschang: »Wissen Sie, ich mache mir Gedanken über den jungen Mallison. Ich fürchte, er wird es sehr übel aufnehmen, wenn er dahinterkommt.«
Tschang nickte mit einiger Anteilnahme: »Ja, es wird nicht leicht sein, ihn davon zu überzeugen, wie gut es das Schicksal mit ihm gemeint hat. Aber die Schwierigkeit ist schließlich nur eine vorübergehende. In zwanzig Jahren wird unser Freund ganz damit ausgesöhnt sein.«
Conway fand diese Art, die Sache zu betrachten, fast allzu philosophisch. »Ich möchte nur wissen«, sagte er, »wie man ihm die Wahrheit eröffnen wird. Er zählt die Tage bis zur Ankunft der Träger, und wenn sie nicht kommen —«
»Aber sie werden kommen.«
»Oh? Ich habe mir eher eingebildet, daß Ihr ganzes Gerede über sie nur eine entgegenkommende Fabel war, um uns die Sache zu erleichtern.«
»Keineswegs. Obwohl wir darin nicht fanatisch sind, ist es doch unsre Gewohnheit in Schangri-La, mäßig wahrheitsliebend zu sein, und ich kann Ihnen versichern, daß meine Mitteilungen über die Träger fast ganz richtig waren. Jedenfalls erwarten wir die Männer um diese Zeit.«
»Dann werden Sie Mallison nur schwer davon abhalten können, sich ihnen anzuschließen.«

»Aber wir würden das auch nie versuchen. Er wird nur entdecken – zweifellos durch persönliche Erfahrung – daß die Träger leider nicht in der Lage sind, irgend jemand auf dem Rückweg mitzunehmen.«
»Ach so. Also das ist die Methode. Und was erwarten Sie nachher?«
»Dann, mein werter Herr, nach einer Zeit der Enttäuschung, wird er – da er jung und optimistisch ist – zu hoffen beginnen, daß die nächste, neun oder zehn Monate später fällige Trägerkolonne sich seinen Vorschlägen zugänglicher erweisen werde. Und diese Hoffnungen werden wir, wenn wir klug sind, ihm anfangs nicht ausreden.«
Conway sagte scharf: »Ich bin gar nicht so überzeugt, daß er das hoffen wird. Ich glaube, er wird viel eher versuchen, auf eigene Faust zu entfliehn.«
»Entfliehn? Sollte man wirklich dieses Wort hier gebrauchen? Schließlich steht der Paß doch jedermann und jederzeit offen. Wir haben keine Wächter außer denen, die die Natur selbst bestellt.«
Conway lächelte. »Nun, Sie müssen doch zugeben, daß die ihr Amt recht gut auszufüllen wissen. Aber ich nehme nicht an, daß Sie sich in jedem Fall auf sie verlassen. Was war's mit den verschiedenen Forschungsexpeditionen, die hierherkamen? Stand der Paß auch ihnen ebenso offen, wenn sie wegwollten?«
Nun war die Reihe zu lächeln an Tschang. »Besondere Umstände, mein werter Herr, erforderten manchmal besondere Maßnahmen.«
»Ausgezeichnet. Also geben Sie den Leuten nur dann die Möglichkeit zur Flucht, wenn Sie wissen, daß sie Narren sein müßten, um von ihr Gebrauch zu machen. Trotzdem, glaube ich, werden es manche versuchen.«
»Nun ja. In einigen seltenen Fällen kam es vor. Aber in der Regel sind die Ausreißer froh, zurückkehren zu können, wenn sie eine einzige Nacht auf dem Plateau durchlebt haben.«
»Ohne Wetterschutz und geeignete Kleidung? Da kann ich ganz gut verstehn, daß eure milden Methoden ebenso wirksam sind, wie strenge es wären. Aber was ist's mit

den ungewöhnlichen Fällen? Den Leuten, die nicht zurückkehren?«

»Sie haben die Frage schon selber beantwortet«, erwiderte Tschang. »Sie kehren nicht zurück.« Aber er beeilte sich hinzuzufügen: »Ich kann Ihnen jedoch versichern, daß nur wenige so unglücklich waren, und ich hoffe, Ihr Freund wird nicht so übereilt sein, ihre Zahl zu vermehren.«

Conway fand diese Antwort nicht durchaus beruhigend, und Mallisons Zukunft beschäftigte weiter seine Gedanken. Er wünschte, es werde dem jungen Mann möglich sein, mit voller Zustimmung heimkehren zu können, und das wäre nicht einmal der erste Fall gewesen, denn etwas Ähnliches hatte sich doch erst jüngst mit Talu, dem Flieger, ereignet.

Tschang gab zu, daß die Leiter der Lamaserei ermächtigt seien, alles zu tun, was sie für klug hielten. »Aber wären wir klug, mein werter Herr, wenn wir uns und unsre Zukunft ganz dem Dankbarkeitsgefühl Ihres Freundes anheimgäben?«

Conway empfand das Zutreffende der Frage, denn Mallisons Haltung ließ alle Bedenken offen, was er täte, sobald er nach Indien gelangte. Das war sein Lieblingsthema und er hatte sich oft darüber verbreitet.

Doch auch das gehörte der westlichen Welt an, die allmählich von der üppigen, alles durchdringenden Welt Schangri-Las aus seinen Gedanken verdrängt wurde. Wenn er nicht gerade an Mallison dachte, fühlte er sich außerordentlich zufrieden; das ihm allmählich enthüllte Wesen seiner neuen Umgebung setzte ihn auch weiter dadurch in Erstaunen, wie sehr es seinem eigenen Bedürfnis und Geschmack zuinnerst entgegenkam.

Einmal sagte er zu Tschang: »Wie bewirkt ihr übrigens, daß sich die Liebe in das Leben, wie ihr es eingerichtet habt, einfügt? Es kommt doch vermutlich manchmal vor, daß diejenigen, die hierhergeraten, eine solche Neigung fassen.«

»Recht oft sogar«, erwiderte Tschang mit einem breiten Lächeln. »Die Lamas sind natürlich gefeit, ebenso die meisten von uns, sobald sie in die reiferen Jahre kommen. Aber bis dahin sind wir wie andre Männer auch, nur glaube ich behaupten zu können, daß wir uns vernünftiger benehmen. Und das gibt mir Gelegenheit, Mr. Conway, Ihnen zu beteuern, daß die Gastfreundschaft Schangri-Las umfassend ist. Ihr Freund, Mr. Barnard hat sich ihrer bereits bedient.«

Conway erwiderte das Lächeln. »Danke«, antwortete er trocken. »Ich zweifle nicht daran, daß er das getan hat, aber meine eigenen Neigungen sind — augenblicklich — nicht so aufdringlich. Es ist mehr die seelische als die physische Seite, über die ich Näheres wissen wollte.«

»Sie finden es leicht, die beiden zu trennen? Wäre es möglich, daß Sie sich in Lo-Tsen verlieben?«

Conway war ein wenig verdutzt, hoffte aber, daß er es nicht merken ließ. »Was bringt Sie auf diese Frage?«

»Weil es, mein werter Herr, durchaus passend wäre, wenn Sie das täten, — immer natürlich mit Mäßigung. Lo-Tsen würde darauf mit keinerlei Maß von Leidenschaft eingehn — das wäre mehr, als Sie erwarten könnten, — aber das Erlebnis wäre ein sehr köstliches, dessen kann ich Sie versichern, und ich spreche mit einiger Berechtigung, denn auch ich selbst war in sie verliebt, als ich noch viel jünger war.«

»Wirklich? Und ging sie darauf ein?«

»Nur durch bezauberndste Kenntnisnahme des Kompliments, das ich ihr zollte, und durch eine Freundschaft, die mit den Jahren immer kostbarer wurde.«

»Mit andern Worten, sie ging nicht darauf ein?«

»Wenn Sie es vorziehen, es so auszudrücken.« Und ein wenig sentenziös fügte Tschang hinzu: »Es war immer ihre Art, ihren Liebhabern den Augenblick der Sättigung zu ersparen, der mit jeder vollen Erfüllung verbunden ist.«

Conway lachte. »Das ist alles ganz schön in Ihrem Fall und vielleicht auch in dem meinen. Aber welche Haltung nähme ein heißblütiger junger Mensch wie Mallison dazu ein?«

»Mein werter Herr, das wäre das Allerbeste, was geschehn könnte. Nicht zum erstenmal, dessen versichere ich Sie, würde Lo-Tsen einen traurigen Verbannten trösten, sobald er erfährt, daß es keine Rückkehr gibt.«

»Trösten?«

»Ja, aber Sie dürfen meine Anwendung des Wortes nicht mißverstehn. Lo-Tsen schenkt keine Liebkosungen, außer solchen, die das verwundete Herz schon bei ihrer Anwesenheit empfindet. Wie sagt euer Shakespeare von Kleopatra — sie macht hungrig, so sie am meisten sättigt. Zweifellos ein beliebter Frauentyp bei leidenschaftlichen Völkern, aber eine solche Frau wäre in Schangri-La ganz und gar fehl am Ort. Lo-Tsen, wenn ich das Zitat verbessern darf, stillt den Hunger, wo sie am wenigsten sättigt. Es ist eine köstlichere und dauerndere Leistung.«

»Und wie ich annehme, besitzt sie darin große Geschicklichkeit?«

»Oh, ganz entschieden — wir haben viele Beispiele davon. Es ist ihre Art, das Keuchen der Begierde zu einem Flüstern zu beschwichtigen, das nicht weniger angenehm ist, wenn es unbeantwortet bleibt.«

»In diesem Sinn also könnte man sie als einen Behelf der Anstaltsleitung zur Laienvorbereitung betrachten?«

»Sie könnten sie als das betrachten, wenn Sie wollten«, erwiderte Tschang mit geringschätziger Offenheit, »aber es wäre anmutiger und ebenso wahr, sie dem in einer Glaskugel gespiegelten Regenbogen zu vergleichen oder dem Tautropfen an der Blüte eines Obstbaums.«

»Ich bin durchaus Ihrer Meinung, Tschang. Das wäre bei weitem anmutiger.« Conway erfreute sich an der gemessenen und doch beweglichen Schlagfertigkeit, die seine gutmütige Neckerei bei dem Chinesen sehr häufig hervorrief.

Als er aber das nächste Mal mit der kleinen Mandschu allein war, fühlte er, daß Tschangs Bemerkungen ein gut Teil Scharfsinn enthielten. Es war ein Hauch um das kleine Persönchen, der sich seinen eigenen Gefühlen mitteilte und die glosende Asche zu einer Glut entfachte, die nicht versengte, sondern nur wärmte. Und da erkannte er plötzlich, daß Schangri-La und Lo-Tsen in ihrer Art ganz vollkommen waren und daß er nicht mehr begehrte, als eine leise, nicht immer eindeutige Antwort in all dieser Stille zu wecken. Seit Jahren waren seine Leidenschaften wie ein Nerv gewesen, an dem die Welt zerrte; nun war der Schmerz endlich eingeschläfert, und er konnte sich seiner

Liebe hingeben, die weder quälend, noch langweilig war. Wenn er des Nachts an dem Lotusteich vorbeikam, konnte er sie sich manchmal in seinen Armen vorstellen, aber das Zeitgefühl flutete über seine Vision hinweg und beruhigte ihn zu einem endlosen, zärtlichen Zögern.

Er glaubte noch nie so glücklich gewesen zu sein, nicht einmal in den Jahren vor der großen Trennungsschranke des Krieges. Er liebte die abgeklärte Welt, die Schangri-La ihm bot, diese von ihrer gewaltigen Idee mehr befriedete als beherrschte Welt. Er liebte die vorwiegende Stimmung, in der Gefühle in Gedanken gekleidet waren und Gedanken durch ihre Umformung in Worte zu einem Glücksgefühl beschwichtigt wurden. Conway, den die Erfahrung gelehrt hatte, daß Grobheit keineswegs eine Gewähr für Aufrichtigkeit ist, neigte noch weniger dazu, eine wohlgedrechselte Phrase für einen Beweis von Unaufrichtigkeit zu halten. Er liebte diese von Gesittung und Muße durchdrungene Atmosphäre, in der ein Gespräch eine Kunstfertigkeit, nicht nur eine bloße Gewohnheit war, und er sagte sich gern, daß nun die müßigsten Dinge vom Fluch der Zeitvergeudung befreit, die zartesten Träume vom Geist willkommen geheißen werden konnten. In Schangri-La herrschte immer Stille, und doch war es ein Bienenhaus gemächlicher Geschäftigkeit. Die Lamas lebten, als lastete die Zeit tatsächlich auf ihnen, aber die Zeit wog kaum so schwer wie eine Flaumfeder. Conway wurde mit keinem andern mehr bekannt, aber er erfaßte allmählich den Umfang und die Mannigfaltigkeit ihrer Beschäftigungen. Abgesehn von ihrer Sprachenkenntnis, steuerten manche durch das Meer der Gelehrsamkeit auf eine Weise, die der westlichen Welt große Überraschungen beschert hätte. Viele waren damit beschäftigt, Werke verschiedener Art zu schreiben; ein Lama, so sagte Tschang, hatte wertvolle Untersuchungen über reine Mathematik vorgenommen, ein andrer verarbeitete Gibbon und Spengler zu einem gewaltigen Lehrwerk über die Geschichte der europäischen Kultur. Aber derartige Dinge waren nicht für sie alle und auch nicht jederzeit für den einzelnen. Es gab viele gezeitenlose Meeresarme, in die sie ganz nach

Laune tauchten und, wie Briac, Bruchstücke alter Melodien heraufholten oder, wie der ehemalige englische Kurat, eine neue Theorie über die Familie Brontë. Es gab sogar noch ungreifbarere, jedes praktischen Zwecks entbehrende Beschäftigungen. Als Conway einmal eine Bemerkung in diesem Sinn machte, erwiderte der Hohelama mit der Geschichte eines chinesischen Künstlers aus dem dritten vorchristlichen Jahrhundert, der viele Jahre darauf verwendet hatte, Drachen, Vögel und Pferde in einen Kirschkern zu schnitzen, und sein vollendetes Werk einem kaiserlichen Prinzen anbot. Der Prinz konnte anfänglich nichts darin sehn als einen Kirschkern, aber der Künstler forderte ihn auf, »eine Mauer erbauen zu lassen, ein Fenster darein einzusetzen und den Kern in der Pracht des Sonnenaufgangs durch das Fenster zu betrachten«. Der Prinz tat das und gewahrte, daß der Kern wahrhaftig sehr schön war. »Ist das nicht eine bezaubernde Geschichte, mein lieber Conway? Und glauben Sie nicht auch, daß sie uns eine wertvolle Lehre gibt?«

Conway bejahte. Es gefiel ihm, sich zu vergegenwärtigen, daß die abgeklärte Zielbewußtheit Schangri-Las eine unendliche Zahl wunderlicher und anscheinend nebensächlicher Beschäftigungen umfassen konnte, denn er hatte selber schon immer an solchen Dingen Geschmack gefunden. Ja, wenn er auf seine Vergangenheit zurückblickte, sah er sie überstreut mit den Abbildern von Aufgaben, die zu ziellos oder zu anstrengend gewesen waren, als daß er sie je bewältigt hatte. Nun aber waren sie alle möglich, sogar in einer müßiggängerischen Stimmung. Das war ein köstlicher Ausblick, und er war weit davon, zu spotten, als Barnard ihm anvertraute, daß auch er in Schangri-La eine interessante Zukunft für sich voraussehe.

Es ergab sich, daß Barnards Ausflüge ins Tal, die in letzter Zeit häufiger geworden waren, nicht ausschließlich Wein und Weibern galten. »Sehn Sie, Conway, ich erzähle Ihnen das, weil Sie anders sind als Mallison, — er hat es scharf auf mich, wie Sie vielleicht bemerkt haben werden. Aber ich habe das Gefühl, daß Sie meine Lage besser verstehn können. Es ist eine komische Sache — ihr britischen Beamten seid anfangs verdammt steif und ledern, aber ihr seid die Art von Kerlen, denen man am Ende doch am meisten vertrauen kann.«

»Ich würde dessen nicht ganz so gewiß sein«, erwiderte Conway lächelnd, »und jedenfalls ist Mallison ebenso britischer Beamter wie ich.«

»Ja, aber er ist kaum mehr als ein Junge. Er sieht die Dinge nicht vernünftig. Sie und ich, wir sind Männer von Welt – wir nehmen die Dinge, wie wir sie finden. Dieses Etablissement hier zum Beispiel – wir können noch immer nicht verstehn, was für eine Bewandtnis es damit hat und warum man uns hierher entführt hat, aber ist das nicht nun schon einmal so im Leben? Wissen wir denn überhaupt, warum wir auf der Welt sind, was das betrifft?«

»Vielleicht wissen es manche von uns nicht, aber worauf soll das alles hinaus?«

Barnard dämpfte seine Stimme zu einem ziemlich heiseren Flüstern: »Gold, mein Lieber«, antwortete er mit einer gewissen Verzückung, »nicht mehr und nicht weniger. In dem Tal unten sind buchstäblich Tonnen davon vorhanden. In meiner Jugend war ich Bergwerksingenieur, und ich habe nicht vergessen, wie ein Goldvorkommen aussieht. Glauben Sie mir, es ist so reich wie der ›Rand‹ und zehnmal leichter abzubauen. Ich vermute, Sie dachten, ich sei auf dem Bummel, so oft ich mich in meinem kleinen Lehnstuhl hinuntertragen ließ. Keine Spur, ich wußte genau, was ich tat. Ich hatte es mir längst ausgerechnet, daß diese Burschen hier sich nicht ihr ganzes Zeug von draußen herschicken lassen könnten, ohne mächtig dafür zu zahlen. Und womit sonst könnten sie zahlen als mit Gold oder Silber oder Diamanten. Das ist schließlich nur logisch. Und als ich ein bißchen umherzuspüren begann, brauchte ich nicht lange dazu, den ganzen Hokuspokus zu entdecken.«

»Sie haben das Ganze auf eigene Faust entdeckt?« fragte Conway.

»Na ja, das möchte ich nicht sagen, aber ich hatte meine Vermutungen, und dann habe ich sie Tschang auf den Kopf zugesagt – geradeheraus, wissen Sie, als Mann zu Mann, und glauben Sie mir, Conway, dieser Chinamann ist gar kein so übler Bursche, wie man gedacht hätte.«

»Ich persönlich habe ihn nie für einen üblen Burschen gehalten.«
»Natürlich, ich weiß, daß Sie immer etwas für ihn übrig hatten. Also werden Sie nicht überrascht sein, daß auch wir uns vertragen. Wir kamen jedenfalls großartig miteinander aus. Er führte mich durch alle Arbeitsstellen, und es wird Sie vielleicht interessieren, daß ich volle Erlaubnis von der Leitung habe, in dem Tal Schürfproben zu machen, so viel ich will, und einen umfassenden Bericht zu erstatten. Was sagen Sie dazu, mein Lieber? Die Leute schienen ganz froh, sich der Dienste eines Fachmanns versichern zu können, besonders, als ich ihnen sagte, ich könnte ihnen wahrscheinlich Ratschläge zur Erhöhung der Förderung geben.«
»Ich sehe schon, daß Sie sich hier ganz zu Hause fühlen werden«, sagte Conway.
»Tja, ich muß sagen, ich habe eine Beschäftigung gefunden, und das ist immerhin etwas. Und man kann nie wissen, was am Ende aus einer Sache wird. Vielleicht werden die Leute daheim nicht gar so darauf versessen sein, mich ins Kittchen zu stecken, wenn sie erfahren, daß ich ihnen den Weg zu einem neuen Goldfeld zeigen kann. Die einzige Schwierigkeit ist – ob sie mir auf mein bloßes Wort hin glauben werden.«
»Vielleicht. Es ist ganz außerordentlich, was Leute alles glauben.«
Barnard nickte begeistert. »Ich freue mich, daß Sie sehn, worauf ich hinaus will. Und da können Sie und ich ein Geschäft eingehn. Wir werden selbstverständlich Halbpart in allem machen. Sie haben nichts andres zu tun, als Ihren Namen unter meinen Bericht zu setzen – britischer Konsul, wissen Sie, und so weiter. Das hat den nötigen Nachdruck.«
Conway lachte. »Na, darüber können wir noch sprechen, machen Sie nur erst Ihren Bericht.«
Es belustigte ihn, eine Möglichkeit ins Auge zu fassen, deren Verwirklichung so unwahrscheinlich war. Zugleich aber war er froh, daß Barnard etwas gefunden hatte, was ihm so rasch Trost brachte.
Auch der Hohelama, den er immer häufiger zu sehn bekam, war froh darüber. Conway besuchte ihn oft am späten

Abend und blieb viele Stunden, noch lange, nachdem die Diener die letzten Tassen abgetragen hatten und schlafen geschickt worden waren. Der Hohelama unterließ nie, ihn über die Fortschritte und das Wohlbefinden seiner drei Gefährten zu befragen, und einmal erkundigte er sich eigens, welche Art von Laufbahn durch ihre Ankunft in Schangri-La so unvermeidlich unterbrochen worden sei.
Conway antwortete nachdenklich: »Mallison hätte es auf seinem Weg ganz schön weit gebracht — er ist energisch und besitzt Ehrgeiz. Die beiden andern« — er zuckte die Achseln — »zufällig paßt es beiden recht gut, hierzubleiben — für eine Weile jedenfalls.«
Er gewahrte ein Zucken von Licht hinter dem verhängten Fenster. Er hatte fernes Donnergrollen gehört, als er auf dem Wege zu den nun vertrauten Räumen die Höfe durchschritten hatte. Hier war kein Laut zu hören, und die schweren Behänge dämpften die Blitze zu einem blassen Flackern.
»Ja«, kam die Antwort, »wir haben unser Möglichstes getan, damit sich beide hier heimisch fühlen. Miß Brinklow wünscht uns zu bekehren, und auch Mr. Barnard möchte uns umwandeln — in eine Gesellschaft mit beschränkter Haftung. Harmlose Projekte — sie werden ihnen die Zeit ganz angenehm vertreiben. Aber Ihr junger Freund, dem weder Gold noch Religion Trost zu bieten vermag, was ist's mit ihm?«
»Ja, er wird wohl ein Problem werden.«
»Ich fürchte, er wird für Sie ein Problem werden.«
»Warum für mich?«
Es erfolgte nicht sogleich eine Antwort, denn in diesem Augenblick wurden die Teetassen gebracht, und bei ihrem Anblick sammelte sich der Hohelama zu einer trocken geflüsterten Erfüllung seiner Gastgeberpflichten. »Karakal sendet uns um diese Jahreszeit Stürme«, bemerkte er, das Gespräch dem Ritual gemäß auspolsternd. »Die Leute im ›Tal aller heiligen Zeiten‹ glauben, diese Stürme würden von Dämonen verursacht, die in den weiten Räumen jenseits des Passes toben. Im ›Draußen‹, so nennen sie es. Vielleicht haben Sie schon gehört, daß in ihrer Umgangssprache dieses Wort für die ganze übrige Welt gebraucht

wird; sie wissen natürlich nichts von Frankreich, England oder auch nur Indien und stellen sich vor, daß sich die schauerliche Hochebene, was ja fast der Fall ist, ins Unendliche erstrecke. Diesen Menschen, die es in ihrem warmen, windstillen Winkel so behaglich haben, erscheint es undenkbar, daß jemand, der sich in ihrem Tal befindet, je wünschen könnte, es zu verlassen. Ja sie bilden sich ein, daß die unglückseligen Leute von ›draußen‹ alle leidenschaftlich danach verlangen, hier Zugang zu finden. Es ist einfach eine Sache des Gesichtspunkts, nicht?«

Conway wurde durch diese Worte an Barnards einigermaßen ähnliche Bemerkungen gemahnt und wiederholte sie. »Wie ungemein vernünftig«, bemerkte der Hohelama dazu, »und dabei ist er unser erster Amerikaner – wir sind wirklich vom Glück begünstigt.«

Conway fand es reizvoll, sich zu vergegenwärtigen, daß das Glück der Lamaserei darin bestand, einen Mann zur Stelle geschafft zu haben, den die Polizei eines Dutzends Länder eifrig suchte und er hätte gern den kitzelnden Humor der Sache ausgekostet, wäre er nicht von dem Gefühl beherrscht gewesen, daß Barnard seine Geschichte zu gegebener Zeit lieber selber erzählen sollte. Also sagte er nur: »Zweifellos hat er ganz recht. Und es gibt heute viele Leute auf der Erde, die froh genug wären, hier zu sein.«

»Zu viele, mein lieber Conway. Wir sind ein Rettungsboot, das sich ganz allein in einem Sturm über Wasser hält. Wir können ein paar zufällig Überlebende aufnehmen, aber wenn alle Schiffbrüchigen uns erreichen und an Bord klettern würden, gingen wir selbst unter ... Doch daran wollen wir im Augenblick nicht denken. Ich höre, daß Sie ziemlich viel mit unserem vortrefflichen Briac zusammen waren. Ein reizender Landsmann von mir, obgleich ich seine Meinung, daß Chopin der größte aller Komponisten war, nicht teile. Ich ziehe, wie Sie wissen, Mozart vor ...«

Erst als die Teeschalen weggeräumt und die Diener für diesen Abend entlassen waren, wagte Conway die unbeantwortet gebliebene Frage zu wiederholen: »Wir sprachen über Mallison, und Sie sagten, daß er für mich ein Problem sein werde. Warum gerade für mich?«

Da antwortete der Hohelama sehr schlicht: »Weil ich, mein Sohn, sterben werde.«
Das war eine ganz außerordentliche Eröffnung, und für einige Zeit blieb Conway sprachlos. Endlich fuhr der Hohelama fort: »Sie sind überrascht? Aber mein Freund, wir sind doch gewiß alle sterblich, sogar in Schangri-La, und es ist immerhin möglich, daß ich noch ein paar Monate zu leben habe – oder sogar ein paar Jahre. Ich teile Ihnen nur die einfache Wahrheit mit, daß ich das Ende schon vor mir sehe. Es ist sehr liebenswürdig von Ihnen, so betroffen zu erscheinen, und ich will nicht leugnen, daß sogar in meinem Alter die Betrachtung des Todes einen Zug von Schwermut hat. Zum Glück ist körperlich wenig von mir übrig, was sterben kann, und was das übrige betrifft, so zeigen unsere Religionen eine erfreuliche Übereinstimmung in ihrem Optimismus. Ich bin ganz zufrieden, aber ich muß mich während der Stunden, die mir noch gegönnt sind, an ein mir fremdes Gefühl gewöhnen: ich muß mir klar machen, daß mir nur noch für eines Zeit bleibt. Können Sie sich vorstellen, was dieses eine ist?«
Conway schwieg.
»Es betrifft Sie, mein Sohn.«
»Sie erweisen mir eine große Ehre.«
»Ich habe im Sinn, noch viel mehr zu tun.«
Conway verneigte sich leicht, sprach aber nicht, und der Hohelama fuhr nach einer Weile fort: »Sie wissen wahrscheinlich, daß die Häufigkeit unsrer Unterredungen hier als etwas ganz Ungewöhnliches gilt. Aber es ist unsre Tradition, daß wir, wenn ich mir diesen paradoxen Ausspruch gestatten darf, niemals Sklaven der Tradition sind. Wir haben keine starren Richtlinien, keine unerbittlichen Regeln. Wir handeln, wie wir es für notwendig halten, ein wenig durch das Beispiel der Vergangenheit geleitet, aber noch mehr durch unsere gegenwärtige Weisheit und durch unsern hellseherischen Blick in die Zukunft. Und so kommt es, daß ich mich dazu ermutigt fühle, dieses Letzte zu tun.«
Conway schwieg noch immer.
»Ich lege in Ihre Hände, mein Sohn, das Erbe und das Schicksal von Schangri-La.«

Die Spannung war endlich gerissen, und Conway spürte dahinter die Macht einer milden, wohlwollenden Überredung. Der Widerhall der Worte verklang in Stille, bis nichts mehr übrig war als sein eigener Herzschlag, hämmernd wie ein Gong. Und dann unterbrachen diesen Rhythmus die Worte:
»Ich habe schon recht lange Zeit auf Sie gewartet, mein Sohn. Ich habe in diesem Zimmer gesessen und die Gesichter der Neuankömmlinge gesehn. Ich blickte in ihre Augen, hörte ihre Stimmen und hoffte immer, eines Tags Sie zu finden. Meine Gefährten sind alt und weise geworden, aber Sie, wiewohl noch jung an Jahren, sind schon heute weise. Mein Freund, es ist keine mühsame Aufgabe, die ich Ihnen hinterlasse, denn unser Orden kennt nur seidene Fesseln. Gütig und geduldig zu sein, die Schätze des Geistes zu hüten, mit Weisheit und im Geheimen alles zu leiten, während draußen der Sturm tobt, — das sind lauter Dinge, die höchst angenehm für Sie sein und Ihnen zweifellos große Glückseligkeit gewähren werden.«
Wieder versuchte Conway zu antworten, vermochte es aber nicht, bis endlich ein heftiger Blitz die Schatten erblassen ließ und ihn zu dem Ausruf brachte: »Der Sturm . . . dieser Wettersturm, von dem Sie sprachen . . .«
»Es wird ein Sturm sein, mein Sohn, wie die Welt ihn noch nie gesehn hat. Es wird keine Sicherheit durch Waffen geben, keine Hilfe von Herrschern, keine Antwort von der Wissenschaft. Er wird toben, bis jede Blume der Kultur zertrampelt und alles Menschliche einem ungeheuern Chaos gleichgemacht ist. Das war meine Vision, als Napoleon noch ein unbekannter Name war. Und ich erblicke sie nun mit jeder Stunde deutlicher. Können Sie behaupten, daß ich mich täusche?«
»Nein«, antwortete Conway, »ich glaube, Sie könnten recht haben. Ein ähnlicher Zusammenbruch erfolgte schon einmal, und dann kam die Finsternis des frühen Mittelalters und dauerte fünfhundert Jahre.«
»Die Parallele ist nicht ganz genau, denn dieses finstere Mittelalter war in Wirklichkeit nicht gar so finster, es war voll flackernder Laternen, und auch wenn das Licht in Europa ganz erloschen wäre, gab es andere Strahlen, buch-

stäblich von China bis nach Peru, an denen es wieder hätte entzündet werden können. Aber das finstere Zeitalter, das kommen wird, wird die ganze Welt in ein einziges Leichentuch hüllen. Es wird weder einen Ausweg noch Zufluchtsstätten geben, außer solchen, die zu geheim sind, um gefunden, oder zu bescheiden, um bemerkt zu werden. Und Schangri-La darf hoffen, beides zu sein. Der Flieger, der Ladungen von Tod über die großen Städte bringt, wird nicht unsres Wegs kommen. Und wenn es durch Zufall doch geschehn sollte, wird er uns vielleicht keiner Bombe wert halten.«

»Und Sie meinen, das alles wird sich während meiner Lebenszeit ereignen?«

»Ich glaube, daß Sie das Unwetter überleben werden. Und nachher, während des langen Zeitalters der Verödung, werden Sie vielleicht noch immer leben und älter und weiser und geduldiger werden. Sie werden das Wesentliche unserer Geschichte aufbewahren und um den Anhauch Ihres eigenen Geistes vermehren. Sie werden den Fremden willkommen heißen und ihm die Lehren des Alters und der Weisheit vermitteln. Und einer dieser Fremden wird vielleicht, wenn Sie selbst sehr alt sind, Ihr Nachfolger werden. Darüber hinaus verblaßt meine Vision, aber ich sehe in großer Ferne eine neue Welt sich inmitten der Ruinen erheben, sich ungelenk, aber hoffnungsvoll regen und nach ihren verlorenen, sagenhaften Schätzen suchen. Und die werden alle hier sein, mein Sohn, verborgen hinter den Bergen, im ›Tal aller heiligen Zeiten‹, wie durch ein Wunder für eine neue Renaissance aufbewahrt.«

Die Worte verstummten, und Conway sah das Antlitz vor sich erleuchtet von einer fernen, überströmenden Schönheit. Dann verblaßte der Glanz, und es blieb nichts übrig als eine Maske voll dunkler Schatten, die wie aus morschem, altem Holz aussah. Die Züge waren völlig regungslos, die Augen geschlossen. Er betrachtete sie eine Weile, und dann kam ihm, wie das Bruchstück eines Traums zum Bewußtsein, daß der Hohelama tot war.

Es schien Conway nötig, seine Lage wieder irgendwie mit der Wirklichkeit zu verbinden, damit sie nicht allzu selt-

sam werde, um glaubhaft zu sein. Mit unwillkürlicher Mechanik von Hand und Auge blickte er auf seine Armbanduhr. Es war eine Viertelstunde nach Mitternacht. Plötzlich, während er zur Tür schritt, fiel ihm ein, daß er ganz und gar nicht wußte, wie oder woher er Hilfe herbeirufen wollte. Die Tibetaner waren, wie er sich erinnerte, für die Nacht weggeschickt worden, und er hatte keine Ahnung, wo er Tschang oder sonstwen finden könnte. Er stand unschlüssig auf der Schwelle zu dem dunklen Flur. Durch ein Fenster konnte er sehn, daß der Himmel klar war, obgleich die Berge noch immer im Lichte der Blitze wie ein silberner Fries aufleuchteten. Und dann, inmitten des Traumes, der ihn noch immer umfangen hielt, fühlte er sich Herr von Schangri-La. Hier waren alle die Dinge, die er liebte, hier umgaben sie ihn, die Dinge jenes inneren Geistes, in dem er immer mehr lebte, fern der Hast und dem Getriebe der Welt. Sein Blick wanderte in die Schatten und wurde festgehalten von goldenen Lichtpunkten, die in satten, gewölbten Lackflächen flimmerten. Und der Duft von Tuberosen, so schwach, daß er schon auf der Schwelle der Wahrnehmung verging, lockte ihn von einem Raum zum andern. Endlich kam er fast taumelnd in den Hof und am Rand des Lotusteichs vorbei. Der Vollmond schwamm hinter dem Karakal hervor. Es war zwanzig Minuten vor zwei.
Später merkte er, daß Mallison neben ihm war, ihn am Arm gepackt hielt und ihn in großer Hast wegführte. Er begriff nicht, was das alles sollte, aber er konnte hören, daß der junge Mensch aufgeregt auf ihn einredete.

Elftes Kapitel

Sie gelangten in das Balkonzimmer, wo sie ihre Mahlzeiten einzunehmen pflegten. Mallison hielt ihn noch immer am Arm fest und zerrte ihn fast mit Gewalt weiter. »Kommen Sie, Conway. Wir haben nur bis Tagesanbruch Zeit, einzupacken, was wir können, und uns davonzumachen. Große Neuigkeiten, mein Lieber. Ich möchte wissen, was Barnard und Miß Brinklow sagen werden, wenn sie morgen entdecken, daß wir weg sind ... Aber die bleiben ja aus freier Wahl, und wir werden ohne sie wahrscheinlich viel besser weiterkommen ... Die Träger sind ungefähr acht Kilometer jenseits des Passes – sie kamen gestern, mit Lasten von Büchern und andern Dingen ... Morgen beginnen sie den Rückweg ... Das beweist doch, daß diese Kerle hier beabsichtigten, uns hereinzulegen, – sie haben uns kein Wort davon gesagt – wir wären hier noch, weiß Gott, wie lange gestrandet geblieben ... Sagen Sie, was ist los mit Ihnen? Sind Sie krank?«

Conway hatte sich auf seinen Sitz sinken lassen und die Ellbogen auf den Tisch gestützt. Er fuhr sich mit der Hand über die Augen. »Krank? Nein, ich glaube nicht. Nur – sehr – müde.«

»Wahrscheinlich das Gewitter. Wo steckten Sie die ganze Zeit? Ich wartete schon stundenlang auf Sie.«

»Ich – besuchte den Hohenlama.«

»Ach, den! Na, das war jedenfalls das letzte Mal, Gott sei Dank.«

»Ja, Mallison, es war das letzte Mal.«

Irgend etwas in Conways Stimme und noch mehr in seinem Schweigen nachher brachte Mallison in Zorn. »Mein Gott, wenn Sie nur das Ganze nicht so verdammt gelassen nähmen, – wir müssen uns doch beeilen!«

Conway versuchte sich zu klarerem Bewußtsein aufzuraffen. »Entschuldigen Sie«, sagte er. Teils um seine Nerven zu beruhigen, teils um sich zu vergewissern, daß, was auf ihn einstürmte, wirklich war, zündete er sich eine Zigarette an und fand, daß Hand und Lippe zitterten. »Ich fürchte, ich kann Ihnen nicht ganz folgen ... Sie sagen, die Träger ...«

»Ja, die Träger, Mensch, – nehmen Sie sich doch zusammen!«

»Sie planen, zu ihnen hinauszugehn?«

»Ich plane? Ich werde gehn! Sie sind dicht hinter dem Kamm, und wir müssen gleich aufbrechen.«

»Gleich?«

»Ja, natürlich – warum nicht?«

Conway machte einen zweiten Versuch, sich aus der einen Welt in die andre zu versetzen. Als ihm das endlich zum

Teil gelungen war, sagte er: »Sie vergegenwärtigen sich doch wohl, daß das vielleicht nicht so einfach sein wird, wie es klingt?«

Mallison schnürte ein paar kniehohe tibetanische Bergstiefel, während er abgerissen antwortete: »Ich vergegenwärtige mir alles. Aber es ist eben etwas, das wir tun müssen, und wir werden es tun, wenn wir Glück haben und die Zeit nicht vertrödeln.«

»Ich begreife nicht, wie –«

»Herrgott noch einmal, Conway, müssen Sie immer allem ausweichen? Haben Sie denn gar keine Schneidigkeit mehr in sich?«

Dieses halb leidenschaftliche, halb höhnische Flehen half Conway, sich zu sammeln. »Darauf kommt es nicht an. Aber wenn Sie eine Erklärung wollen, werde ich sie Ihnen geben. Es handelt sich um ein paar ziemlich wichtige Einzelheiten. Nehmen Sie an, Sie gelangen über den Paß und finden die Träger dort. Woher wissen Sie, daß die Sie mitnehmen werden? Woher können Sie sie dazu bewegen? Ist Ihnen nicht eingefallen, daß sie vielleicht nicht ganz so willig sein werden, wie Sie es haben möchten? Sie können sich nicht einfach vor sie hinstellen und verlangen, begleitet zu werden. Das alles braucht Vorbereitungen, und es muß erst darüber verhandelt werden.«

»Und sonst noch alles, was Verzögerung hervorruft!« rief Mallison erbittert. »Mein Gott, was sind Sie für ein Mensch! Glücklicherweise brauche ich mich wegen der Vorbereitungen nicht auf Sie zu verlassen, denn es ist alles vorbereitet worden – die Träger sind vorausbezahlt und haben eingewilligt, uns mitzunehmen. Und hier sind Kleider und Ausrüstung für die Reise, alles schon bereitgelegt. Also ist auch Ihre letzte Ausrede hinfällig. Kommen Sie, jetzt ist's Zeit zum Handeln.«

»Aber – ich verstehe nicht ...«

»Das nehme ich auch nicht an, aber es macht nichts.«

»Wer hat das alles ausgedacht und durchgeführt?«

Mallison antwortete schroff: »Lo-Tsen, wenn Sie es wirklich wissen müssen. Sie ist jetzt bei den Trägern. Sie wartet.«

»Wartet?«

»Ja. Sie kommt mit uns. Ich nehme an, Sie haben nichts dagegen.«
Bei der Erwähnung Lo-Tsens berührten sich die beiden Welten in Conways Geist und verschmolzen. Er rief heftig, fast verachtungsvoll: »Das ist Unsinn. Es ist unmöglich.«
Mallison war ebenso gereizt: »Warum unmöglich?«
»Weil ... Es ist eben unmöglich. Gibt eine ganze Reihe von Gründen dafür. Lassen Sie sich's an meinem Wort genug sein. Es ist schon unglaublich genug, daß sie jetzt wirklich dort draußen sein soll, – ich bin mehr als erstaunt über alles, was, wie Sie sagen, geschehn ist, – aber der Gedanke, daß sie mitgeht, ist einfach verrückt.«
»Ich sehe gar nicht ein, warum es verrückt ist. Es ist ebenso natürlich, daß sie weg will, wie, daß ich weg will.«
»Aber sie will gar nicht weg. Darin irren Sie eben.«
Mallison lächelte gezwungen. »Sie glauben wohl, bedeutend mehr über sie zu wissen als ich, nicht wahr? Aber vielleicht ist es am Ende doch nicht so.«
»Was meinen Sie damit?«
»Man kann sich mit Leuten auch anders verständigen, ohne einen Haufen Sprachen zu lernen.«
»Um Himmels willen, was wollen Sie damit sagen?« Dann fügte Conway etwas ruhiger hinzu: »Das ist doch lächerlich. Wir dürfen nicht streiten. Sagen Sie mir, Mallison, was bedeutet das alles? Ich verstehe noch immer nicht.«
»Warum dann Ihr ganzes Getue?«
»Sagen Sie mir die Wahrheit, bitte, sagen Sie mir die Wahrheit!«
»Na, die ist einfach genug. Ein Kind in ihrem Alter, hier eingeschlossen mit einer Menge verschrobener Tattergreise, – natürlich will sie weg, wenn man ihr die Möglichkeit gibt. Bisher hat sie keine gehabt.«
»Glauben Sie nicht, daß Sie sich Lo-Tsens Lage vielleicht im Licht Ihrer eigenen vorstellen? Wie ich Ihnen schon immer sagte, ist sie vollkommen glücklich.«
»Warum sagte sie dann, sie wolle mitkommen?«
»Das hat sie gesagt? Wie konnte sie das, sie spricht doch nicht Englisch.«
»Ich fragte sie – auf tibetanisch – Miß Brinklow hat mir die Worte zusammengesetzt. Es war kein sehr fließendes

Gespräch, aber es genügte vollkommen, um – um zu einem Einverständnis zu führen.« Mallison errötete ein wenig. »Verdammt nochmal, Conway, starren Sie mich nicht so an! – Jeder Mensch würde glauben, ich habe auf Ihrem Jagdgrund gewildert.«

»Kein Mensch wird das glauben, hoffe ich. Aber diese Bemerkung sagt mir mehr, als Sie mich vielleicht wissen lassen wollten. Ich kann nur erklären, daß es mir sehr leid tut.«

»Und warum, zum Teufel, sollte es Ihnen leid tun?«

Conway ließ die Zigarette fallen. Er fühlte sich erschöpft, verärgert und voll tiefer, widerspruchsvoller Zärtlichkeit, die er lieber nicht erweckt gesehen hätte. Er sagte sanft: »Ich wollte, wir würden nicht immer aneinander geraten. Lo-Tsen ist sehr reizend, ich weiß, aber warum sollten wir deswegen streiten?«

»Reizend?« wiederholte Mallison verächtlich. »Sie ist wohl viel mehr als das. Sie dürfen nicht glauben, daß jeder Mensch so fischblütig ist wie Sie. Lo-Tsen zu bewundern wie ein Ausstellungsstück in einem Museum, das entspricht vielleicht Ihrer Auffassung dessen, was sich ihr gegenüber gehört, aber meine ist praktischer. Wenn ich jemand, den ich gern habe, in einer elenden Lage sehe, dann versuche ich eben, etwas dagegen zu tun, und tue es auch.«

»Aber man kann dabei auch überstürzt handeln, das ist wohl sicher. Was glauben Sie, wohin soll sie gehn, wenn sie Schangri-La verläßt?«

»Sie muß doch Freunde in China oder irgendwo haben. Jedenfalls wird sie besser daran sein als hier.«

»Wie können Sie davon nur so überzeugt sein?«

»Dann werde ich mich darum kümmern, daß sie versorgt ist, wenn niemand sonst es tun will. Schließlich, wenn man Menschen aus einer geradezu höllischen Lage errettet, dann überlegt man nicht erst lange und zieht nicht Erkundigungen ein, wohin sie sich wenden sollen.«

»Sie finden also Schangri-La höllisch?«

»Unbedingt! Es liegt etwas Finsteres und Böses über dem Ort und der ganzen Geschichte von Anfang an, der Art, wie wir hierhergebracht wurden, ohne jeden Grund, von irgendeinem Verrückten, — und wie man uns hier unter allerhand Vorwänden festhielt. Aber das Entsetzlichste daran ist für mich die Wirkung, die es auf Sie hatte.«

»Auf mich.«

»Ja, auf Sie. Sie sind einfach hier herumgeschlendert, als läge an gar nichts etwas und als wären Sie zufrieden, ewig hierzubleiben. Sie haben mir sogar zugegeben, daß es Ihnen hier gefällt ... Conway, was ist denn nur mit Ihnen geschehn? Können Sie denn nicht wieder der alte sein? Wir haben uns in Baskul so gut vertragen — Sie waren damals ganz anders.«

»Mein lieber Junge!«

Conway streckte ihm die Hand hin, und Mallisons Händedruck antwortete heiß und voll lebhafter Zuneigung. Der junge Mann fuhr fort: »Es ist Ihnen wahrscheinlich nicht zum Bewußtsein gekommen, aber ich war schrecklich allein in diesen letzten Wochen. Niemand gab anscheinend auch nur einen Pfifferling um das einzige, das wirklich wichtig war, — Barnard und Miß Brinklow hatten ja gewissermaßen Grund dazu, aber es war schon recht scheußlich, als ich dahinterkam, daß auch Sie gegen mich waren.«

»Das tut mir leid.«

»Ja, das sagen Sie immer, aber damit ist niemandem geholfen.«

Conway erwiderte, einem plötzlichen Antrieb folgend: »Also, dann lassen Sie mich Ihnen dadurch helfen, daß ich Ihnen etwas erzähle. Wenn Sie mich angehört haben, werden Sie hoffentlich vieles von dem verstehn, was Ihnen jetzt sonderbar und schwierig scheint. Jedenfalls werden Sie dann einsehn, warum Lo-Tsen Sie unmöglich begleiten kann.«

»Ich glaube nicht, daß irgend etwas mich zu dieser Einsicht bringen könnte. Außerdem: Machen Sie's so kurz als möglich, denn wir haben wirklich keine Zeit zu verlieren!«

Da berichtete ihm Conway, so knapp er konnte, die ganze Geschichte Schangri-Las, wie sie der Hohelama erzählt hatte und sie im Gespräch mit Tschang ergänzt worden war. Nicht im entferntesten hatte er je beabsichtigt, diese Dinge mitzuteilen, aber er fühlte, daß es unter diesen Umständen berechtigt, ja unerläßlich war. Mallison war ein

Problem für ihn, das stimmte, und er mußte es lösen, wie er es für gut fand. Er berichtete schnell und fließend, und während er sprach, geriet er neuerlich in den Bann dieser seltsamen, zeitlosen Welt; ihre Schönheit übermannte ihn, während er sprach, und mehr als einmal glaubte er eine Seite aus seinem Gedächtnis herunterzulesen, so klar hatten sich ihm gewisse Gedanken und Ausdrücke eingeprägt. Nur eines verschwieg er, um sich ein Gefühl vom Leib zu halten, dem er noch nicht gewachsen war: den Tod des Hohenlamas in dieser fast vergangenen Nacht und seine Nachfolge.

Als er sich dem Ende seiner Geschichte näherte, fühlte er sich erleichtert und froh, sie hinter sich zu haben; es war die einzig mögliche Lösung gewesen. Ruhig blickte er nach seinen Worten auf, überzeugt, etwas Gutes geschafft zu haben.

Aber Mallison trommelte mit den Fingern auf die Tischplatte und sagte nach einer langen Pause: »Ich weiß wirklich nicht, was ich sagen soll, Conway, . . . außer, daß Sie völlig verrückt sein müssen . . .«

Langes Schweigen. Die beiden Männer starrten einander an. Conway, in sich gekehrt und enttäuscht, Mallison in glühender Ungeduld und Verlegenheit. »Sie halten mich also für verrückt?« fragte Conway endlich.

Mallison lachte nervös auf. »Na ja, nach einer solchen Geschichte muß ich das wohl sagen. Ich meine . . . wissen Sie, wirklich . . . so ein vollkommener Unsinn . . . mir scheint, daß man über so was überhaupt nicht weiterreden kann.«

Conway antwortete mit einem Blick und in einem Ton unendlicher Überraschung: »Für Unsinn halten Sie es?«

»Tja . . . wofür sonst könnte ich es halten? Seien Sie nicht böse, Conway, es ist vielleicht ziemlich stark, wenn ich das sage, — aber kein Mensch mit gesunden Sinnen könnte wohl darüber im Zweifel sein.«

»Sie glauben also noch immer, daß uns blinder Zufall hierherbrachte, ein Wahnsinniger, der mit einem Flugzeug durchzubrennen und fünfzehnhundert Kilometer zu fliegen plante —, nur als Jux?«

Conway bot ihm eine Zigarette an, Mallison nahm sie; beide waren dankbar für die dadurch entstandene Pause.

Schließlich erwiderte der Jüngere: »Hören Sie, es hat doch keinen Zweck, das Ganze, Einzelheit für Einzelheit, durchzugehn. Ihre Theorie, daß die Leute hier irgendwen irgendwohin in die Welt entsandten, damit er Fremde kapere, und daß der Kerl fliegen lernte und wartete, bis es sich traf, daß ein geeignetes Flugzeug Baskul mit vier Passagieren verlassen sollte ... Also, ich will nicht sagen, daß diese Theorie schlankweg unmöglich ist, obwohl sie mir lächerlich bei den Haaren herbeigezogen scheint. Immerhin, wenn es weiter nichts wäre als das, könnte man sie vielleicht ernst nehmen, aber wenn Sie sie mit allen möglichen andern Dingen koppeln, die ganz und gar unmöglich sind, — dem Alter der Lamas von ein paar hundert Jahren, dem Jugendelixier oder wie Sie es nennen wollen, das die hier entdeckt haben, — nun, dann kann ich mich nur fragen, von welchem Bazillus Sie gebissen worden sind, sonst nichts!«
Conway lächelte. »Sie finden es schwer glaublich, das kann ich mir denken. Vielleicht hatte ich anfangs selber Zweifel — ich entsinne mich nicht mehr genau. Gewiß, es ist wirklich eine außergewöhnliche Geschichte, aber ich sollte doch meinen, Sie müßten mit eigenen Augen Beweise genug gesehn haben, daß dies hier ein außergewöhnlicher Ort ist. Denken Sie doch an alles, was wir gesehn haben, Sie und ich, — ein weltabgeschiedenes blühendes Tal inmitten unerforschter, öder Gebirgsketten, ein Kloster mit einer europäischen Bibliothek —«
»Ja, ja, und Zentralheizung und modernen Badezimmern und Nachmittagstee und allem andern — das alles ist ein großes Wunder, ich weiß es.«
»Nun, und was entnehmen Sie daraus?«
»Verdammt wenig, das gebe ich zu. Es ist ein völliges Rätsel. Aber das ist noch kein Grund, Geschichten zu glauben, die nach den Naturgesetzen einfach unmöglich sind. An Badezimmer mit Heißwasserleitung zu glauben, weil man selber in ihnen gebadet hat, ist etwas andres, als den Leuten ihr Alter von ein paar hundert Jahren zu glauben, weil sie es einem eingeredet haben.« Er lachte abermals auf, noch immer unsicher. »Hören Sie doch, Conway, dieser Ort hat Ihre Nerven angegriffen, und das wundert mich

auch gar nicht. Packen Sie Ihre Sachen und verschwinden wir! Wir können diese Debatte in ein paar Monaten nach einem netten kleinen Abendessen im Kolonialklub fortsetzen.«
Ruhig erwiderte Conway: »Ich habe nicht den Wunsch, in jenes Leben überhaupt zurückzukehren.«
»Welches Leben?«
»Jenes, an das Sie denken ... Kolonialklub ... Fünfuhrtanz ... Polo ... alles das ...«
»Ich habe doch kein Wort von Tanz und Polo gesagt! Und außerdem, was haben Sie dagegen? Heißt das: Sie wollen nicht mit mir kommen? Hierbleiben wie die beiden andern? Aber mich werden Sie wenigstens nicht abhalten können, mich auf und davon zu machen!« Mallison warf seine Zigarette weg und war mit einem Satz bei der Tür; seine Augen flammten. »Sie haben den Verstand verloren!« rief er wild. »Sie sind wahnsinnig, Conway, das ist es! Ich weiß, Sie sind immer gelassen und ich bin immer gleich in der Höhe, aber ich bin jedenfalls bei Vernunft und Sie sind's nicht! Man hat mich davor gewarnt, bevor ich mich Ihnen in Baskul anschloß, aber ich hielt es für irrig, und jetzt sehe ich, daß es richtig —«
»Wovor hat man Sie gewarnt?«
»Daß Sie im Krieg verschüttet worden sind und seitdem manchmal so sonderbar sein können. Ich mache Ihnen keinen Vorwurf—Sie können nichts dafür, das sehe ich ein,— und Gott weiß, wie ungern ich das alles sage ... Ach, ich geh' jetzt. Das Ganze ist so gräßlich und zum Speien, aber ich muß gehn. Ich habe mein Wort gegeben.«
»Wem? Lo-Tsen?«
»Wenn Sie es wissen wollen — ja.«
Conway stand auf und streckte ihm die Hand hin. »Leben Sie wohl, Mallison!«
»Zum letztenmal: Kommen Sie mit?«
»Ich kann nicht.«
»Dann — leben Sie wohl!«
Sie drückten einander die Hand. Mallison ging. Conway blieb im Laternenschimmer sitzen. Es schien ihm, einem ihm ins Gedächtnis gegrabenen Wort nach, daß die schönsten Dinge gerade die zarten und vergänglichen, daß die

beiden Welten letztlich unversöhnbar seien und daß eine von ihnen, wie eh und je, an einem Faden hänge. Er grübelte eine Weile, dann sah er auf die Uhr; es war zehn Minuten vor drei.

Er saß noch immer am Tisch und rauchte seine letzte Zigarette, als Mallison zurückkam. Der junge Mann trat ziemlich verstört ein, und als er Conway erblickte, blieb er im Schatten stehn, wie um seine Gedanken zu sammeln. Er sprach kein Wort; Conway wartete ein wenig, dann fragte er: »Hallo, was ist los? Warum sind Sie wieder da?«

Die völlige Natürlichkeit der Frage trieb Mallison näher; er schälte sich aus seinem schweren Schafpelz und ließ sich auf einen Stuhl sinken, das Gesicht aschfahl, am ganzen Körper zitternd. »Ich hatte nicht den Mut«, rief er, dem Schluchzen nahe. »Dort, wo wir alle angeseilt wurden, – erinnern Sie sich? So weit kam ich . . . Ich brachte es nicht fertig. Ich vertrage keine Abgründe, und im Mondschein sah es furchtbar aus. Blöd, was?« Er verlor völlig die Fassung und brach verzweifelt zusammen, bis Conway ihn beruhigte. Dann fuhr er fort: »Die brauchen keine Angst zu haben, die hier, – niemand wird sie je zu Land angreifen. Aber, mein Gott, ich gäbe viel drum, wenn ich hier mit einer Ladung Bomben rüberfliegen könnte!«

»Warum wollen Sie das, Mallison?«

»Weil dieser Ort, was immer er auch ist, dem Erdboden gleichgemacht gehört. Er ist ungesund und unrein – und übrigens, wenn Ihr Lügengarn auch wirklich wahr wäre, würde ihn das nur um so hassenswerter machen! Eine Schar von Hutzelgreisen, die hier wie Spinnen auf jeden lauern, der in die Nähe kommt . . . Es ist dreckig . . . Wer will schon überhaupt so alt werden, he? Und Ihr gepriesener Hohelama, wenn er auch nur halb so alt ist, wie Sie sagten, dann ist es höchste Zeit, daß jemand ihn von seinem Dasein befreit . . . Oh, Conway, warum, warum wollen Sie nicht mit mir weg? Es widerstrebt mir, Sie um meinetwillen zu beschwören, aber verflucht nochmal, ich bin jung, und wir waren doch gute Freunde – gilt Ihnen mein ganzes Leben gar nichts gegen die Lügenreden dieser grauenhaften Kreaturen? Und Lo-Tsen – auch sie ist jung – zählt sie gar nicht?«

»Lo-Tsen ist nicht jung«, sagte Conway.
Mallison blickte auf und begann unnatürlich zu kichern. »Nein, nein, bitte, nicht jung, natürlich, durchaus nicht. Sie sieht aus wie siebzehn, aber Sie werden mir wahrscheinlich verraten wollen, daß sie eine gut erhaltene Neunzigerin ist.«
»Mallison, sie kam im Jahre 1884 hierher!«
»Mensch, Sie sind von Sinnen!«
»Lo-Tsens Schönheit, Mallison, ist, wie alle andre Schönheit auf Erden, schutzlos vor denen, die sie nicht zu schätzen wissen, ein zerbrechliches Ding, das nur leben kann, wo man zerbrechliche Dinge liebt. Nehmen Sie sie aus diesem Tal hier, und sie wird sich verflüchtigen wie ein Echo!«
Mallison lachte rauh, als wüßte er es besser und fände sein Selbstvertrauen bei dem Gedanken wieder. »Davor hab' ich keine Angst. Nur hier ist sie ein Echo, wenn man das überhaupt von ihr sagen kann.« Nach einer Pause fügte er hinzu: »Aber mit solchem Gerede kommen wir ja nicht weiter. Geben wir lieber das Poetische auf und stellen wir uns auf den Boden der Tatsachen. Conway, ich will Ihnen helfen — ich weiß, es ist alles reiner Unsinn, aber ich bin bereit, mit Ihnen darüber zu debattieren, wenn Ihnen das was nützt. Schön, sagen wir, was Sie mir erzählt haben, ist nicht unmöglich und man braucht es nicht weiter zu untersuchen. Und nun erklären Sie mir ernstlich, welche Beweise haben Sie für Ihre Geschichte?«
Conway schwieg.
»Nur den, daß Ihnen jemand ein phantastisches Lügengewebe aufgebunden hat! Nicht einmal von einem durchaus vertrauenswürdigen Menschen, den Sie Ihr ganzes Leben lang gekannt haben, würden Sie sich so was ohne Beweise einreden lassen. Und was für Beweise haben Sie in diesem Fall? Meines Wissens gar keine. Hat Ihnen Lo-Tsen je ihre Geschichte erzählt?«
»Nein, aber —«
»Warum glauben Sie sie dann aus einem andern Mund? Und diese ganze Geschichte mit der Lebensverlängerung — können Sie auch nur einen einzigen Tatbestand zur Bekräftigung erbringen?« Conway überlegte einen Augen-

blick und wies dann auf die unbekannten Chopinstücke hin, die Briac gespielt hatte. »Also das sagt mir gar nichts – ich bin kein Musiker. Aber selbst wenn sie echt sind – kann er nicht irgendwie auf sie gestoßen sein, ohne daß seine Geschichte deshalb wahr sein muß?«

»Das ist gewiß möglich.«

»Und dann diese Kunst, das Leben zu verlängern und so weiter – Sie sagen, es gibt sie. Worin besteht sie? Sie erklären, es handelt sich um ein Mittel, – schön, was für ein Mittel, möchte ich wissen? Haben Sie es je gesehn oder versucht? Hat Ihnen überhaupt jemals wer haltbare Angaben darüber gemacht?«

»Einzelheiten nicht, das gebe ich zu.«

»Und Sie fragten nie nach Einzelheiten? Es fiel Ihnen nicht auf, daß eine solche Geschichte irgendwie beglaubigt werden müßte? Sie schluckten sie, wie sie ging und stand?« Er nahm seinen Vorteil wahr und fuhr dringlich fort: »Wie weit geht Ihre wirkliche Kenntnis dieses Ortes, abgesehn von dem was man Ihnen erzählt hat? Sie haben ein paar alte Männer gesehn – weiter nichts. Sonst kann man nur sagen, daß hier alles gut eingerichtet ist und offenbar nach hübsch hochgeistigen Grundsätzen geleitet wird. Wie und warum das Ganze gegründet wurde, wissen wir einfach nicht, und warum man uns hierbehalten will – wenn man tatsächlich diese Absicht hat – ist gleichfalls ein Rätsel. Aber das alles ist noch lange keine gute Ausrede, um jede alte Legende zu glauben, die einem aufgetischt wird! Und Sie, Mann, sind doch ein kritischer Kopf – Sie würden nicht einmal in einem englischen Kloster alles glauben, was man Ihnen erzählt, – ich verstehe einfach nicht, daß Sie alles glauben, nur weil Sie irgendwo in Tibet sind!«

Conway nickte; selbst wo er eine tiefere Einsicht hatte, konnte er einer gutgelungenen Beweisführung seinen Beifall nicht versagen. »Das war eine treffende Bemerkung, Mallison. Ich glaube, die Wahrheit ist die: wenn es sich darum handelt, Dinge zu glauben, für die kein augenfälliger Beweis erbracht wird, neigen wir alle dazu, das zu glauben, was uns am meisten anzieht.«

»Also, hol' mich der Kuckuck, wenn ich etwas Anziehendes daran finden kann, so lange zu leben, bis man eine halbe Leiche ist. Wenn ich die Wahl habe, dann lieber ein kurzes und frohes Leben! Übrigens, dieses Gewäsch vom Zukunftskrieg kommt mir sehr dürftig vor. Woher soll man wissen, wann es wieder einen Krieg geben und wie er sein wird? Haben sich nicht alle Propheten am letzten Krieg blamiert?« Und als Conway schwieg, fuhr er fort: »Gleichviel, ich glaube nicht daran, daß gewisse Dinge unvermeidlich sind. Und wenn sie's wären, braucht man deswegen noch nicht die Hosen voll zu haben. Gott weiß, ich würde es höchstwahrscheinlich mit der Angst kriegen, wenn ich in einem Krieg mitkämpfen müßte, – aber lieber das, als mich hier begraben!«

Conway lächelte. »Mallison, Sie haben eine unerhörte Gabe, mich mißzuverstehn. In Baskul dachten Sie, ich wäre ein Held, – hier halten Sie mich für einen Feigling. Tatsächlich bin ich weder das eine noch das andre, und es kommt natürlich auch nicht darauf an. Wenn Sie wieder in Indien sind, können Sie den Leuten, wenn Sie wollen, erzählen, daß ich in einem tibetanischen Kloster geblieben bin, weil ich Angst vor einem neuen Kriege habe. Das ist zwar keineswegs mein wahrer Grund, aber sicherlich werden ihn alle die Leute glauben, die mich bereits für verrückt halten.«

Mallison antwortete ziemlich bedrückt: »Wissen Sie, es ist ja dumm, solche Reden zu führen. Soll kommen, was will, ich werde nie ein Wort gegen Sie sagen, darauf können Sie sich verlassen. Ich verstehe Sie nicht – das gebe ich zu – aber ich – ich wollte, ich könnte Sie verstehn. Oh, ich wollte, ich könnte es! Conway, kann ich Ihnen denn gar nicht helfen? Kann ich nichts sagen oder tun?«

Ein langes Schweigen trat ein. Conway brach es endlich: »Nur eine Frage hätte ich an Sie, wenn Sie mir's nicht verübeln, daß ich so rein persönlich spreche.«

»Ja?«

»Lieben Sie Lo-Tsen?«

Die Blässe des jungen Mannes wich schnell einem tiefen Erröten. »Ich denke ja. Ich weiß, Sie werden es unsinnig und unvorstellbar finden, was es vielleicht auch ist, aber ich kann nicht gegen meine Gefühle an.«

»Ich kann das gar nicht unsinnig finden.«

Ihr Streit schien nun, nach reichlichem Umherschlingern, im Hafen gelandet zu sein; und Conway ergänzte: »Auch ich kann nicht gegen meine Gefühle an. Sie, Mallison, und das Mädchen sind zufällig die einzigen zwei Menschen auf der Welt, an denen mir etwas liegt ... was Sie vielleicht komisch von mir finden werden.« Unvermittelt stand er auf und durchschritt das Zimmer. »Nun dürften wir wohl alles gesagt haben, was sich sagen läßt, wie?«
»Ja, ich glaube auch«, erwiderte Mallison, fuhr aber mit plötzlich erwachter Lebhaftigkeit fort: »Gott, wie unsinnig das ist — daß sie nicht jung sein soll! Gemeiner, scheußlicher Unsinn! Conway, das können Sie doch nicht glauben? Es ist einfach zu lächerlich! Was soll denn das heißen?«
»Woher wollen Sie denn Gewißheit haben, daß sie jung ist?«
Mallison wandte sich halb ab, das Gesicht von scheuem Ernst erhellt. »Weil ich es eben weiß — vielleicht sinke ich dadurch in Ihrer Achtung —, aber ich weiß es nun einmal. Ich fürchte, Conway, Sie haben sie niemals richtig verstanden. Äußerlich war sie kalt, aber das war nur die Folge ihres Lebens hier — es hatte ihre innere Glut in Frost verwandelt. Aber die Glut ist da.«
»Um aufgetaut zu werden?«
»Ja ... man kann auch so sagen.«
»Und sie ist jung, Mallison? Sie sind dessen wirklich so sicher?«
Der andre entgegnete leise: »Mein Gott, ja, natürlich — sie ist ein Mädchen. Sie tat mir schrecklich leid, und es zog uns zueinander, denke ich. Dessen braucht man sich doch wohl nicht zu schämen. Ich glaube tatsächlich, es war das Anständigste, was je an einem Ort wie diesem vorgekommen ist ...«
Conway trat auf den Balkon und blickte auf die strahlende Helmzier des Karakal; der Mond segelte hoch im wellenlosen Ozean dahin. Es kam ihm zum Bewußtsein, daß ein Traum sich — wie alles, was zu schön ist, — bei der ersten Berührung mit der Wirklichkeit in Nichts aufgelöst hatte und daß die Zukunft der ganzen Welt, gewogen gegen Jugend und Liebe, leicht wie Luft war. Und ferner wußte

er, daß sein Geist in einer eigenen Welt weilte, einem Schangri-La als Mikrokosmos, und daß auch diese Welt bedroht war. Denn als er sich zu einem Entschluß stählte, sah er im Geist die Wandelgänge sich winden und dehnen unter dem Stoß, die Pavillons wankten, alles war nahe daran, in Trümmer zu gehn. Er war nur zum Teil unglücklich, aber unendlich und trauervoll erstaunt. Er wußte nicht, ob er verrückt gewesen und nun wieder zur Vernunft gekommen oder aber eine Zeitlang bei Verstand gewesen und nun wieder verrückt geworden war.

Als er sich umwandte, schien er verändert zu sein, seine Stimme klang schärfer, fast barsch, und sein Gesicht zuckte ein wenig; er glich nun weit mehr Conway, dem Helden von Baskul. Zum Handeln entschlossen, sah er Mallison mit plötzlich erwachter Lebhaftigkeit an. »Glauben Sie, daß Sie am Seil über die schwierige Stelle kommen können, wenn ich mit Ihnen gehe?« fragte er.

Mallison stürzte auf ihn zu. »Conway!« rief er halb erstickt. »Sie wollen wirklich mitkommen? Haben Sie sich endlich doch entschlossen?«

Sie verließen Schangri-La, nachdem Conway eilig seine Reisevorbereitungen getroffen hatte. Es ging verblüffend einfach und war mehr eine Abreise als eine Flucht; es gab keinerlei Zwischenfälle, als sie das Netz von Mondstrahlen und Schatten auf den Höfen überquerten. Man könnte meinen, es sei überhaupt kein Mensch anwesend, dachte Conway, und der Gedanke an diese Leere wandelte sich sogleich zum Begriff der Leere an sich, indessen Mallison, den er kaum hörte, ununterbrochen von der bevorstehenden Reise schwatzte. Seltsam, daß ihr langwieriger Streit so inTat übergegangen war und daß einer diese geheime Zufluchtstätte verließ, der so viel Glück in ihr gefunden hatte! Tatsächlich hielten sie schon kaum eine Stunde später atemlos an einer Biegung des Pfads und erblickten Schangri-La zum letztenmal. Tief unter ihnen lag, einer Wolke gleich, das »Tal aller heiligen Zeiten«, und Conway war es, als schwebten die verstreuten Dächer ihm durch den Dunst nach. Der Augenblick des Abschieds war da. Mallison, den der steile Anstieg für eine Zeit zum

Schweigen gebracht hatte, stieß hervor: »Tüchtiger Mann, wir halten uns glänzend – nur weiter so!«
Conway lächelte wortlos; er knotete schon das Seil für die schwindelnd schmale Traverse. Der junge Mann hatte recht gehabt: Conway hatte den Entschluß seinem Geist abgerungen – das heißt, dem Rest seines Geistes, und dieses kleine, regsame Bruchstück hatte nun Oberhand; der übrige Teil verharrte in kaum erträglicher Abwesenheit. Er war ein Wanderer zwischen zwei Welten, der immerdar wandern mußte, aber für den Augenblick fühlte er in der wachsenden inneren Leere nichts, als daß er Mallison gut leiden mochte und ihm helfen mußte, daß es ihm, gleich Millionen andern, bestimmt war, Weisheit zu fliehen und ein Held zu sein.
Vor dem Abgrund wurde Mallison nervös, aber Conway schaffte ihn nach bewährter Bergsteigerweise hinüber, und als diese Prüfung vorüber war, neigten sie über Mallisons Zigaretten einander die Köpfe zu. »Conway, es ist verflucht anständig von Ihnen, das muß ich sagen ... Vielleicht können Sie sich vorstellen, was in mir vorgeht ... Ich kann Ihnen gar nicht sagen, wie froh ich bin ...«
»Dann würde ich es an Ihrer Stelle nicht sagen.«
Nach einem langen Schweigen, bevor sie sich wieder auf den Weg machten, sagte Mallison doch: »Ich bin aber nun einmal froh – nicht nur meinetwegen, sondern auch um Ihretwillen ... Fein, daß Sie's nun endlich einsehn, was für reiner Unsinn das ganze Zeug war ... Es ist einfach wundervoll, daß Sie wieder der alte sind ...«
»Wie man's nimmt«, versetzte Conway mit einer schmerzlichen Bitterkeit, die ihn über seine Zweifel hinwegtrösten sollte.
Im Morgengrauen überschritten sie die Wasserscheide, ohne von Wachen angerufen zu werden, wenn überhaupt welche aufgestellt waren; es fiel Conway ein, daß der Weg – ganz im Geist des Ortes – wohl nur mäßig bewacht war. Bald darauf erreichten sie die Hochfläche, die von brüllenden Stürmen blankgefegt war wie ein Knochen, und nach einem in Absätzen unternommenen Abstieg kam das Lager der Träger in Sicht. Dann ging alles nach Mallisons Vorhersage; die Männer, feste Kerle in Fellmützen

und Pelzfellen, waren vor dem Sturm zusammengekrochen und erwarteten sie, eifrig bereit, sich auf den Weg nach Tatsien-Fu zu machen, das siebenhundert Kilometer ostwärts, an der chinesischen Grenze lag.

»Er kommt mit uns!« rief Mallison erregt, als sie Lo-Tsen trafen. Er vergaß, daß sie nicht Englisch sprach, aber Conway übersetzte seine Worte.

Ihm schien es, daß die kleine Mandschu noch nie so strahlend ausgesehn hatte. Sie grüßte ihn mit einem bezaubernden Lächeln, aber ihre Blicke galten nur dem jüngeren Mann.

Nachspiel

In Delhi traf ich Rutherford wieder. Wir waren Gäste bei einem Bankett des Vizekönigs gewesen, aber den ganzen Abend, infolge der voneinander entfernten Sitze und und des Zeremoniells, nicht eher zusammengekommen, als bis uns nachher die beturbanten Diener unsere Hüte reichten. »Komm mit in mein Hotel, und trinken wir etwas«, lud er mich ein.

Wir legten im Wagen die öde Strecke zwischen dem Stillleben im Stile Lutyens' und dem heiß durchpulsten Filmstreifen Alt-Delhis zurück. Ich wußte aus den Zeitungen, daß er soeben aus Kaschgar zurückgekehrt war. Rutherford besaß diesen gutgestriegelten Ruf, der seinem Träger aus allem den größtmöglichen Nutzen einbringt; jede Ferienfahrt mit ungewöhnlichem Ziel wird zu einer Forschungsreise aufgebauscht, das Publikum weiß natürlich nicht, daß der Forscher es sich angelegen sein läßt, nichts Neuartiges zu unternehmen, und so schlägt er aus hastig gebildeter Meinung Kapital. Mir zum Beispiel war Rutherfords Reise, im Gegensatz zu den Pressestimmen, nicht besonders sensationell erschienen; die versunkenen Städte von Khotan waren altbekanntes Zeug, wenn man seinen Sir Aurel Stein und Sven Hedin im Kopf hatte. Ich stand mit Rutherford auf genügend vertrautem Fuß, daß ich ihn damit aufziehen durfte, und er lachte. »Ja, aus der Wahrheit hätte sich eine bessere Geschichte machen lassen«, gab er geheimnisvoll zu.

Wir tranken Whisky in seinem Hotel. »Du gingst also auf die Suche nach Conway?« begann ich, als der Augenblick für diese Frage gekommen schien.

»Suche ist ein viel zu starkes Wort«, antwortete er. »Man kann sich in einem Lande, das halb so groß wie Europa ist, nicht auf die Suche nach einem einzelnen Menschen machen. Seine letzte Nachricht war, du erinnerst dich, daß er von Bangkok nach Nordwesten gehe. Einige Spuren fanden sich in dieser Richtung; meiner Meinung nach hat er sich zu den Volksstämmen an der chinesischen Grenze aufgemacht. Ich glaube kaum, daß er Birma zu betreten

beabsichtigte, denn dort hätte er britischen Beamten in die Arme laufen können. Jedenfalls verliert sich seine Spur irgendwo im obern Siam, aber ich habe natürlich nie daran gedacht, sie dort viel weiter zu verfolgen.«
»Du hieltest es für leichter, das ›Tal aller heiligen Zeiten‹ zu suchen?«
»Das schien mir immerhin ein greifbareres Ziel. Du hast dir vermutlich mein Manuskript angesehen?«
»Weit mehr als das. Übrigens hätte ich es schon zurückgestellt, aber du hattest keine Anschrift hinterlassen.«
Rutherford nickte. »Ich bin neugierig, welchen Eindruck es auf dich gemacht hat.«
»Ich fand es sehr bemerkenswert – vorausgesetzt natürlich, daß alles wirklich auf authentischen Erzählungen Conways beruht.«
»Darauf gebe ich dir mein feierliches Wort. Ich habe nicht das geringste hinzuerfunden – ja, es steht sogar weit weniger mit meinen eigenen Worten darin, als du glaubst. Mein Gedächtnis ist gut, und Conway verstand sich auf Beschreibungen. Vergiß auch nicht, daß wir etwa vierundzwanzig Stunden fast unaufhörlich miteinander sprachen.«
»Also, wie gesagt, höchst bemerkenswert.«
Er lehnte sich lächelnd zurück. »Wenn das alles ist, was du darüber zu sagen hast, werde ich selber reden müssen, wie ich sehe. Du hältst mich vermutlich für einen ziemlich leichtgläubigen Menschen. Ich glaube wirklich nicht, daß ich das bin. Man begeht im Leben oft Fehler, weil man zuviel glaubt, aber man führt ein verdammt langweiliges Dasein, wenn man zuwenig glaubt. Ich war von Conways Geschichte in mehr als einer Hinsicht gefesselt, und darum war mein Interesse groß genug, ihr soweit als möglich nachzugehen, abgesehen von der Möglichkeit, ihm selbst zu begegnen.«
Er zündete sich eine Zigarre an und fuhr fort: »Es erforderte eine Menge Reisen, kreuz und quer, aber mein Verleger kann nichts dagegen haben, wenn er einmal in der Zeit ein Reisebuch von mir bekommt. Alles in allem müssen es einige tausend Kilometer gewesen sein – Baskul, Bangkok, Tschung-Kiang, Kaschgar – alle diese Städte habe ich besucht, und das Geheimnis steckt irgendwo in

dem Gebiet zwischen ihnen. Aber das umfaßt eine beträchtliche Fläche, und meine ganzen Nachforschungen führten höchstens bis an seinen Rand – und den des Geheimnisses, was das betrifft. Wenn du wissen willst, was von Conways Abenteuern, soweit ich sie nachprüfen konnte, greifbare Tatsachen sind, kann ich dir nur sagen, daß er seinerzeit Baskul am 20. Mai verließ und in Tschung-Kiang am 5. Oktober eintraf. Das letzte, was wir von ihm wissen, ist, daß er Bangkok am 3. Februar wieder verließ. Der Rest ist Wahrscheinlichkeit, Möglichkeit, Mutmaßung, Mythe, Legende oder wie du es nennen magst.«

»Du hast also gar nichts in Tibet gefunden?«

»Mein Lieber, ich kam gar nicht bis nach Tibet. Die Leute von der Regierung wollten nichts davon hören; wenn sie einmal eine Everest-Expedition genehmigen, ist das schon das Äußerste, und als ich ihnen sagte, ich beabsichtige, das Kwen-Lun-Gebirge auf eigene Faust zu durchstreifen, sahen sie mich an, als hätte ich eine Biographie Gandhis vorgeschlagen. Tatsächlich verstanden sie mehr davon als ich. Streifzüge durch Tibet sind nichts für einen einzelnen; dazu gehört eine gut ausgerüstete Expedition, geleitet von jemand, der wenigstens ein paar Wörter der Sprache kann. Ich erinnere mich, als Conway mir die Geschichte erzählte, fragte ich mich immerzu, wozu das ganze Getue wegen der Träger nötig war, und warum sie nicht einfach alle weggingen? Ich brauchte nicht lange, um dahinterzukommen. Die Regierungsleute hatten ganz recht – sämtliche Reisepässe der Welt hätten mich nicht über die Pässe des Kwen-Lun-Gebirges bringen können. Ich kam gerade so weit, um es aus einer Entfernung von etwa fünfundsiebzig Kilometern an einem klaren Tage zu sehen. Nicht viele Europäer können sich dessen rühmen.«

»Ist es so unzugänglich?«

»Die Bergketten glichen einem weißen Fries am Horizont, mehr sah ich nicht. In Jarkand und Kaschgar fragte ich alle Leute über sie aus, aber es war zum Staunen, wie wenig ich herausbekommen konnte; es muß der unerforschteste Gebirgszug der Welt sein. Glücklicherweise traf ich einen Amerikaner, der ihn einmal zu durchqueren versucht hatte, aber keinen Paßübergang hatte finden können. Es gebe Pässe, sagte er, aber schrecklich hochgelegene und auf keiner Landkarte verzeichnete. Ich fragte ihn, ob nach seiner Meinung ein Tal, wie Conway es beschrieben hat, vorhanden sein könne, und er antwortete, es sei nicht ausgeschlossen, aber nicht sehr wahrscheinlich — wenigstens geologisch nicht. Dann fragte ich ihn, ob er je von einem kegelförmigen Berg, fast so hoch wie der höchste Gipfel des Himalaya, gehört habe, und seine Antwort darauf gab einem zu denken. Es gebe eine Legende von einem solchen Berg, erklärte er, aber er für sein Teil halte sie für unbegründet. Es werde sogar von Bergen, höher als der Everest, gemunkelt, aber er messe dem keine Glaubwürdigkeit bei. »Ich bezweifle, daß irgendeine Erhebung im Kwen-Lun-Gebirge mehr als sechseinhalbtausend Meter Höhe hat, wenn überhaupt so viel«, sagte er, gab aber zu, daß es nie regelrecht vermessen worden ist.

Dann holte ich ihn aus, was er über tibetanische Lamasereien wisse, — er war wiederholt in Tibet gewesen — und er gab mir die üblichen Schilderungen, die man in allen einschlägigen Werken lesen kann. Sie seien keine hübschen Plätzchen, versicherte er mir, und die Mönche in der Regel verkommen und schmutzig. ›Leben sie lange?‹ fragte ich, und er sagte: ›Ja, oft, wenn sie nicht an irgendeiner scheußlichen Krankheit sterben.‹ Nun ging ich kühn auf das Wesentliche los und erkundigte mich, ob er je Legenden über außerordentlich lange Lebensdauer unter den Lamas gehört habe. ›Schockweise‹, erwiderte er, ›sie zählen zu den eingebürgerten Lügenmären, die man überall hören, aber nicht nachprüfen kann. Es wird einem erzählt, daß irgendein greulicher Patron schon hundert Jahre in seiner Zelle verbracht habe, und sein Aussehn ist auch ganz danach, aber man kann natürlich nicht seinen Geburtsschein von ihm verlangen.‹ Ich fragte ihn weiter, ob sie seiner Meinung nach irgendein okkultes oder medizinisches Mittel zur Lebensverlängerung und Jugenderhaltung besäßen, und er sagte, man schreibe ihnen eine Menge höchst sonderbarer Kenntnisse dieser Art zu, aber er habe den Verdacht, daß sie im Grund auf dasselbe hinausliefen wie der indische Seiltrick, — es sei immer etwas, das ein

andrer gesehn hatte. Dagegen bemerkte er, daß die Lamas tatsächlich eigenartige Macht über den Körper zu haben scheinen. ›Ich sah sie splitternackt am Rand eines zugefrornen Teiches sitzen, bei unter Null Grad und scharfem Sturm, während ihre Diener das Eis aufhackten und ihnen ins Wasser getauchte eiskalte Tücher um den Leib wanden. Das wiederholen sie ein dutzendmal oder öfter, und die Lamas trocknen die Tücher an ihren Körpern. Warmhalten durch Willenskraft, könnte man sagen, aber es ist eine armselige Erklärung dafür.‹«
Rutherford schenkte sich nochmals ein. »Natürlich hat das alles, wie mein Freund, der Amerikaner, zugab, nichts mit Langlebigkeit zu schaffen. Es beweist nur, daß die Lamas abwegige Geschmäcker für Selbstzucht haben ... Und dabei müssen wir es bewenden lassen. Du wirst mir beistimmen, daß man auf Grund alles bisherigen Beweismaterials nicht einmal einen Hund hängen könnte.«
Es sei in der Tat unzulänglich, antwortete ich und fragte, ob die Namen Karakal und Schangri-La dem Amerikaner irgend etwas zu sagen gehabt hätten. »Gar nichts. Ich versuchte es. Als ich ihn eine Weile ausgefragt hatte, erklärte er: ›Offen gesagt, mache ich mir nicht viel aus Klöstern, ich habe sogar einmal einem Mann, den ich in Tibet traf, erklärt, wenn ich jemals eine besondere Anstrengung machen würde, wäre es, um den Klöstern im Bogen auszuweichen, nicht um sie zu besuchen.‹ Diese hingeworfene Bemerkung weckte einen sonderbaren Gedanken in mir; ich fragte ihn, wann diese Begegnung in Tibet stattgefunden habe. ›Ach, das ist schon lange her‹, erwiderte mein Amerikaner. ›Vor dem Krieg, ich glaube im Jahre elf.‹ Ich drängte ihn, um weitere Einzelheiten zu erfahren, und er erzählte sie, soweit er sie noch im Gedächtnis hatte. Anscheinend reiste er im Auftrag einer amerikanischen geographischen Gesellschaft mit mehreren Mitarbeitern, Trägern und so weiter – eine richtige Gala-Expedition. Irgendwo im Kwen-Lun-Gebirge traf er den andern, einen Chinesen, den Eingeborene in einer Sänfte trugen. Es ergab sich, daß der Mann sehr gut Englisch sprach und den Teilnehmern der Expedition wärmstens empfahl, eine bestimmte Lamaserei in der Nähe zu besuchen, ja sich sogar

als Führer anbot. Der Amerikaner sagte, sie hätten keine Zeit und auch kein Interesse, und damit Punktum.« Nach einer Weile fügte Rutherford hinzu: »Ich will nicht behaupten, daß das Ganze viel auf sich habe. Wenn sich jemand an ein nebensächliches Erlebnis vor zwanzig Jahren zu erinnern sucht, kann man dem unmöglich viel Bedeutung beimessen. Immerhin führt es zu verlockenden Schlußfolgerungen.«

»So ist es, aber ich wüßte auch gar nicht, wie eine gut ausgerüstete Expedition, wenn sie der Einladung gefolgt wäre, gegen ihren Willen in Schangri-La hätte zurückgehalten werden können.«

»Gewiß. Und vielleicht war es gar nicht einmal Schangri-La.«

Wir dachten darüber nach, aber es schien uns zu unbestimmt zu sein, um es weiter zu erörtern, und ich stellte daher die Frage, ob in Baskul sonst etwas entdeckt worden sei.

»Baskul war aussichtslos und Peschawar noch -loser. Niemand konnte mir eine Auskunft geben, außer daß die Entführung des Flugzeugs sich tatsächlich ereignet hatte. Sie gaben das nicht gern zu – sie sind auf diesen Vorfall nicht eben stolz.«

»Und man hörte nichts mehr von dem Flugzeug?«

»Kein Wort, kein Gerücht, auch von den vier Insassen nicht. Ich brachte jedoch ans Licht, daß das Flugzeug dafür gebaut gewesen war, so hoch zu gehn, daß es die Gebirgsketten überfliegen konnte. Ich versuchte auch, diesem Barnard auf die Spur zu kommen, aber sein Vorleben erwies sich als so rätselhaft, daß es mich nicht überraschen würde, wenn er wirklich Chalmers Bryant gewesen wäre, wie Conway sagte. Jedenfalls war Bryants spurloses Verschwinden mitten in dem Wirbel und Verfolgungsgeschrei sehr erstaunlich.«

»Hast du versucht, etwas über den Piloten herauszubekommen?«

»Ja, aber auch das war aussichtslos. Der staatliche Pilot, den der Kerl niederschlug und dessen Rolle er dann spielte, ist seither abgestürzt, mithin führte diese vielversprechende Spur zu einem toten Punkt. Ich schrieb sogar einem meiner Freunde in Amerika, der dort eine Fliegerschule leitet, ob er in letzter Zeit Schüler aus Tibet gehabt habe. Seine Antwort war prompt und enttäuschend; er sagte, er könne Tibetaner und Chinesen nicht auseinanderhalten und habe etwa fünfzig Chinesen zu Schülern gehabt, die sich alle für den Kampf gegen die Japaner vorbereiteten. Wie du siehst, auch hier nicht viel Aussichtsreiches. Dagegen machte ich eine recht merkwürdige Entdeckung, die ich ebenso leicht auch daheim in London hätte machen können. Um die Mitte des neunzehnten Jahrhunderts gab es in Jena einen deutschen Professor, der auf Weltreisen ging und 1887 Tibet besuchte. Er kehrte niemals wieder, und es hieß, er sei beim Übergang über einen Fluß ertrunken. Sein Name war Friedrich Meister.«

»Himmel! Einer der Namen, die Conway nannte!«

»Ja, wiewohl es auch nur Zufall sein kann. Jedenfalls ist es kein Beweis für die ganze Geschichte, denn der Jenenser Professor wurde 1845 geboren. Keine sehr aufregende Sache das.«

»Aber sonderbar«, antwortete ich.

»Allerdings, recht sonderbar.«

»Hast du eine Spur der andern gefunden?«

»Nein. Leider hatte ich kein ausführliches Verzeichnis als Behelf. Ich konnte keinen Bericht über einen Chopin-Schüler namens Briac entdecken, was allerdings nichts dagegen beweist, daß er gelebt hat. Conway machte recht sparsamen Gebrauch von Namen, wenn man's recht überlegt, — von rund fünfzig Lamas, die dort gelebt haben sollen, nannte er nur drei oder vier. Nebenbei bemerkt, war über Perrault und Henschell ebenfalls nicht das geringste in Erfahrung zu bringen.«

»Und was ist's mit Mallison?« fragte ich. »Hast du dich bemüht, herauszukriegen, was aus ihm wurde? Und aus dem Mädchen — der Mandschu?«

»Lieber Freund, natürlich bemühte ich mich. Das Mißliche war, wie du aus dem Manuskript ersehn haben wirst, daß Conways Geschichte damit schließt, wie die drei mit den Trägern das Tal verlassen. Was weiter geschah, konnte oder wollte er mir nicht erzählen; vielleicht hätte er es getan, wohlgemerkt, wenn mehr Zeit gewesen wäre. Mein

Gefühl sagt mir, daß man eine Tragödie annehmen kann. Die Unbilden der Reise müssen geradezu grauenhaft gewesen sein, abgesehn von der Gefahr des Banditenunwesens, ja sogar der Verräterei unter den eigenen Führern. Wir werden wohl kaum je genau erfahren, was geschehn ist, aber es scheint ziemlich sicher, daß Mallison nie nach China gelangte. Ich habe alle möglichen Erkundigungen eingezogen, weißt du. Vor allem forschte ich nach, ob Bücher oder andre Dinge in umfangreichen Sendungen über die tibetanische Grenze gesandt wurden, aber in allen Städten, die dafür in Betracht kamen, Schanghai und Peking, zog ich reine Nieten. Das beweist natürlich nicht viel, denn die Lamas sorgten sicherlich dafür, daß ihre Methoden des Zuschubs geheim blieben. Dann versuchte ich es in Tatsien-Fu. Das ist ein unheimlicher Ort, eine Art Jahrmarkt am Ende der Welt, verteufelt schwierig zu erreichen, wo die chinesischen Kulis ihre Teelasten hinschaffen und die Tibetaner sie übernehmen. Du kannst das in meinem demnächst erscheinenden Buch nachlesen. Europäer kommen nicht oft so weit. Ich fand die Bevölkerung recht höflich und entgegenkommend, aber es ergab sich nicht ein einziger Anhaltspunkt dafür, daß Conways Reisegesellschaft dort eingetroffen war.«

»Also ist es noch immer unaufgeklärt, wie Conway nach Tschung-Kiang kam?«

»Die einzige Schlußfolgerung ist die, daß er dorthin geriet, wie er eben auch anderswohin hätte geraten können. Jedenfalls haben wir wieder den Boden der Tatsachen unter den Füßen, sobald wir nach Tschung-Kiang kommen, und das ist schon etwas. Die Klosterschwestern im Missionshospital waren unanzweifelbar, und das war auch Sievekings Aufregung auf dem Schiff, als Conway das angebliche Chopinstück spielte.« Rutherford schwieg eine Weile, dann setzte er nachdenklich hinzu: »Das Ganze ist eine gute Übung im Auswägen von Möglichkeiten, und ich muß sagen, die Waagschalen neigen sich weder auf die eine noch auf die andre Seite. Wenn man Conways Geschichte ablehnt, muß man entweder an seiner Ehrlichkeit oder an seinem Verstand zweifeln — seien wir aufrichtig!«

Er schwieg abermals, als wollte er mir Zeit zu einer Bemerkung geben, und ich sagte: »Du weißt, daß ich ihn nach dem Krieg nicht mehr sah, aber wie ich höre, war er durch den Krieg sehr verändert.« Rutherford versetzte: »Ja, das war er unbedingt, man kann es nicht leugnen. Man kann einen Menschen, der fast noch ein Knabe ist, nicht drei Jahre lang körperlicher und seelischer Höchstspannung aussetzen, ohne daß etwas in ihm in Fransen geht. Die Leute würden allerdings wohl sagen, daß er es überstand, ohne eine Schramme davonzutragen. Aber die Schrammen waren da – innen.«

Wir sprachen noch kurze Zeit über den Krieg und seine Wirkungen auf verschiedene Menschen, bis Rutherford endlich fortfuhr: »Aber eins muß ich noch erwähnen – in gewisser Hinsicht vielleicht das Allermerkwürdigste. Ich erfuhr es im Laufe meiner Nachforschungen in der Mission. Sie taten ihr möglichstes für mich, wie du dir denken kannst, aber sie konnten sich nur noch an wenig erinnern, besonders da sie zu jener Zeit durch eine Fieberepidemie vollauf in Anspruch genommen worden waren. Eine meiner Fragen ging dahin, wie Conway überhaupt ins Hospital gelangt war – ob er allein gewesen oder ob er krank aufgefunden und von jemand hingebracht worden sei. Sie konnten sich nicht genau entsinnen, schließlich lag es ja auch schon lange zurück, aber plötzlich, als ich das Verhör schon abbrechen wollte, warf eine der geistlichen Schwestern hin: ›Ich glaube, der Arzt sagte, er sei von einer Frau hierhergebracht worden.‹ Mehr konnte sie mir nicht mitteilen, und da der Arzt nicht mehr bei der Mission weilte, war für den Augenblick keine Bestätigung zu erhalten.

Da ich nun aber schon so weit gelangt war, hatte ich keine Lust, die Sache verloren zu geben. Wie sich erwies, war der Arzt an ein größeres Spital in Schanghai gekommen, und ich machte mir daher die Mühe, mir seine Anschrift zu verschaffen und ihn aufzusuchen. Es war gleich nach dem Luftangriff der Japse, und die Lage war ziemlich düster. Ich hatte den Mann schon früher einmal, bei meinem ersten Besuch in Tschung-Kiang getroffen, und er war sehr höflich, aber schauderhaft überanstrengt, jawohl, schauderhaft ist das richtige Wort, denn glaub mir, wie die Zeppe London mitspielten, war nichts gegen das, was die Japse in den Eingeborenenvierteln von Schanghai anrichteten. Ja, gewiß, sagte er sogleich, er erinnere sich an den Fall des Engländers mit dem verlorenen Gedächtnis. Ob er wirklich von einer Frau ins Missionshospital gebracht worden sei, fragte ich. Ja, gewiß, von einer Frau, einer Chinesin. Ob er sich an sie erinnere? Nein, er wisse nur, daß sie selbst fieberkrank gewesen und fast unmittelbar darauf gestorben sei ... Hier wurden wir unterbrochen – ein neuer Verwundetentransport wurde eingebracht und auf Tragbahren in die Hospitalgänge gepfercht – die Krankenzimmer waren alle überfüllt – und ich wollte dem Mann nicht weiter Zeit rauben, besonders da der Kanonendonner von Wu-Sang daran gemahnte, daß er bald noch mehr zu tun bekommen werde. Als er wieder zu mir zurückkehrte – er sah ganz munter aus inmitten all der Grausigkeit – stellte ich ihm noch die letzte Frage. Du kannst dir wohl denken, welche. ›Diese Chinesin‹, sagte ich, ›war sie jung?‹«

Rutherford streifte die Asche von der Zigarre, als hätte ihn der Bericht ebenso aufgeregt, wie er mich dadurch aufgeregt zu haben hoffte. Dann fuhr er fort: »Der kleine Mann sah mich einen Augenblick lang feierlich an, dann sagte er in dem komisch abgehackten Englisch aller gebildeten Chinesen: ›O nein, sie war höchst alt – älter als alle, die ich je gesehn habe.‹«

Lange saßen wir in tiefem Schweigen. Dann sprachen wir wieder von Conway, wie er mir in der Erinnerung noch vor Augen stand, knabenhaft und begabt und voll unwiderstehlichen Zaubers; vom Krieg, der ihn verändert hatte; von vielen Rätseln der Zeit und des Lebens und des Geistes; und von der kleinen Mandschu, die »höchst alt« gewesen war; und von dem seltsamen, über jeden Horizont hinausgehenden Traum vom »Tal aller heiligen Zeiten.«

»Glaubst du, daß er jemals wieder hinfinden wird?« fragte ich.

Amerikanische Erzähler

Truman Capote
Die Grasharfe
Roman. Band 1086

E. E. Cummings
Der ungeheure Raum
Roman. Band 5978

Ernest Hemingway
Wem die Stunde schlägt
Roman. Band 408

Sylvia Plath
Die Bibel der Träume
Erzählungen, Prosa aus den Tagebüchern
Band 9515

Thornton Wilder
Dem Himmel bin ich auserkoren
Roman. Band 5316
Theophilus North
oder Ein Heiliger wider Willen
Roman. Band 10811

Tennessee Williams
Moise und die Welt der Vernunft
Roman. Band 5079

Fischer Taschenbuch Verlag

fi 540/4

Unterhaltsame Literatur

Eine Auswahl

Stanley Ellin

Die geordnete Welt des Mr. Appleby
Kriminalstories
Band 8286

Der Tag der Kugel
Kriminalstories
Band 8295

Tod am Weihnachtsabend
Kriminalstories
Band 8267

Audrey Erskine-Lindop

An die Laterne!
Roman
Band 10491

Der Teufel spielt mit
Thriller
Band 8378

Klaus Fröba
Wölfe in Blinding
Band 8293

Catherine Gaskin

Denn das Leben ist Liebe
Roman. Band 2513

Das grünäugige Mädchen
Roman. Band 1957

Im Schatten ihrer Männer
Roman. Band 8245

Wie Sand am Meer
Roman. Band 2435

Martha Gellhorn
Lianas letzte Liebe
Roman
Band 11183

Brad Gooch
Lockvogel
Storys
Band 11184

Shirley Ann Grau
Harter blauer Himmel
Roman
Band 8280

Constance Heaven

Kaiser, König, Edelmann
Roman
Band 8297

Königin mit Liebhaber
Roman
Band 8296

Stürmischer Walzer
Roman
Band 8299

Fischer Taschenbuch Verlag

fi 1220 / 5 c

Unterhaltsame Literatur

Eine Auswahl

Richard Hey
Ein unvoll-kommener Liebhaber
Roman
Band 10878

Mary Higgins Clark
Wo waren Sie, Dr. Highley?
Band 8057

James Hilton
Der verlorene Horizont
Ein utopisches Abenteuer irgendwo in Tibet
Roman
Band 10916

Victoria Holt
Im Schatten des Luchses
Roman
Band 2423
Königsthron und Guillotine
Das Schicksal der Marie Antoinette
Roman
Band 8221
Treibsand
Roman
Band 1671

Barry Hughart
Die Brücke der Vögel
Roman. Band 8347
Meister Li und der Stein des Himmels
Roman. Band 8380

Rachel Ingalls
Mrs. Calibans Geheimnis
Roman
Band 10877

Gary Jennings
Marco Polo
Der Besessene
Bd. I: **Von Venedig zum Dach der Welt**
Band 8201
Bd. II: **Im Lande des Kubilai Khan**
Band 8202
Der Prinzipal
Roman
Band 10391

James Jones
Verdammt in alle Ewigkeit
Roman. Band 1124

Fischer Taschenbuch Verlag

fi 1220/6d

Unterhaltsame Literatur

Eine Auswahl

Erica Jong
Fanny
Roman. Band 8045

M. M. Kaye
Insel im Sturm
Roman. Band 8032
Die gewöhnliche Prinzessin
Roman. Band 8351
Schatten über dem Mond
Roman. Band 8149

Werner Lansburgh
»Dear Doosie«
Eine Liebesgeschichte in Briefen. Band 2428
Wiedersehen mit Doosie
Meet your lover to brush up your English
Band 8033

Doris Lerche
Du streichelst mich nie!
Psycho-horror-picture-show I. Band 8219

Doris Lerche
Kinder brauchen Liebe
Psycho-horror-picture-show II. Band 8289
Keiner versteht mich!
Psycho-horror-picture-show III. Band 8240

Die wahren Märchen der Brüder Grimm
Heinz Rölleke (Hg.)
Band 2885

Märchen und Geschichten aus der Welt der Mütter
Sigrid Früh (Hg.)
Band 2882

Märchen und Geschichten zur Weihnachtszeit
Erich Ackermann (Hg.)
Band 2874

Antonine Maillet
Bären leben gefährlich
Roman. Band 11185

Pat Mallet
Gelegenheit macht Liebe
Das scharfe Buch der kleinen grünen Männchen
Cartoons. Band 8337
Der große Pat Mallet
Band 8017
Die kleinen grünen Männchen bleiben am Ball
Band 8041
Die kleinen grünen Männchen sind wieder da
Band 2507
... und die kleinen grünen Männchen waren doch dabei
Band 8018

Fischer Taschenbuch Verlag

fi 1220/3 e

Unterhaltsame Literatur

Eine Auswahl

Jules Verne

Reise zum Mittelpunkt der Erde
Roman. Band 8901

20 000 Meilen unter den Meeren
Roman. Band 8906

Reise um die Erde in 80 Tagen
Roman. Band 8907

T. H. White
Schloß Malplaquet oder Lilliput im Exil
Roman. Band 2702

Tad Williams
Traumjäger und Goldpfote
Roman. Band 8349

Barbara Wilson
Mord im Kollektiv
Band 8229

David Henry Wilson
Der Fluch der achten Fee
Ein Märchen
Band 10645

Barbara Wood

Herzflimmern
Roman
Band 8368

Lockruf der Vergangenheit
Roman. Band 10196

Seelenfeuer
Roman. Band 8367

Sturmjahre
Roman. Band 8369

Geert Zebothsen
Wettlauf mit dem Tod
Roman
Band 8348

Marion Zimmer Bradley

Die Feuer von Troia
Roman. Band 10287

Lythande
Erzählungen
Band 10943

Tochter der Nacht
Roman. Band 8350

Marion Zimmer Bradley (Hg.)

Schwertschwestern
Magische Geschichten I
Band 2701

Wolfsschwester
Magische Geschichten II
Band 2718

Windschwester
Magische Geschichten III
Band 2731

Traumschwester
Magische Geschichten IV
Band 2744

Fischer Taschenbuch Verlag

fi 1220/5h